明日灭亡

RUIN OF TOMORROW

三　部　曲

张草◆著

明日灭亡 ③

末 日 涅 槃

RUIN OF TOMORROW
THE NIRVANA ON DOOMSDAY

九州出版社
JIUZHOUPRESS

小时候听过蝙蝠的故事，留下很深的印象。

故事这么说：蝙蝠跟鸟交朋友，他自认长得跟鸟一样，鸟儿却不以为然，说他没羽毛，又鼠头鼠脑的，应该跟老鼠交朋友才是。蝙蝠去找老鼠，老鼠也不认他是同类，因为老鼠没有翅膀。

待我到中国台湾留学的时候，终于深深感受到蝙蝠的心情。大学的同班同学对我会开口讲华语感到很惊讶："你的中文怎么这么好？"在他们的印象中，马来西亚在东南亚，华人的中文也不应该好到哪里去。

当他们知道我竟然在写小说的时候，就更为惊奇了。还有一位同学很不服气，又不明白我身为一介华侨，来自他印象中蛮荒之地，怎么可能在台湾写小说写到能出书？他自负才华比我高，却没这本事？当然，这些都是二十年前的往事，时至今日，在台湾出书的马来西亚人已不罕见。

我是马来西亚华裔，生长于马来西亚，由于先贤的努力和争取，我们仍然有机会学习自己的语言，有华商维持的华文小学，政府的国立中学也有华文课，也有华人创办的"独立中学"以华语教学，我们更自小阅读华文报章，国营电视台也有每天半小时的华文新闻。所以，我们华人会说写华语当然不足为奇。

由于我们生长于多元种族的社会，因此一般在校内都会"三语"并学，亦即学习作为国语的马来文、国际语的英文，还有自己本族的华文。而每个华人子弟，多少也会听会讲一些周遭常听到的方言，如我祖籍广东，但本地客家人多，母方又是祖籍福建，所以这三种方言，我都会一些。

但无论如何，我的成长轨迹都与我在台湾的大学同学不同，因为我毕竟不是在中华文化的发源地长大的。我仰慕中国历史文化，却仿佛总是站在远处观察，因此感觉到中文对我而言不只是母语，而是一种迫切的使命。所以，我对与中华文化有关的事物，都会饥渴地去吸收，永远只怕知道得不够多。

但是，身处中华文化环境中的年轻人，又未必懂得珍惜他周遭随手可得的资料，反而去仰慕与我们完全不同基因的西洋文化，导致中文奇幻小说曾经有一段时间充满了精灵、矮人、巨人、巫师、骑士、飞龙等舶来品，这类作品也如同蝙蝠：在东方显得突兀，西方人也看得出是伪西式。

因此，多年以来我一直在尝试的是，写出中文专有的科幻和奇幻，而不是西方科幻奇幻的模仿品或中文版，而是确确实实以中华文化为基础的科幻与奇幻。由此，我在高中时代开始将宋代以前的笔记小说写成《云空行》，大学时写出科幻长篇《明日灭亡》三部曲，短篇集《双城奇谭》将乡野奇谭混入现代社会，《庖人三部曲》以武侠面貌探讨历史，还有许多实验性的"极短篇"企图寻求小说的各种可能。

在创作多年后，我的小说终于可以跟中国大陆的读者们正式见面，感觉上是又期待又担心，期待的是将有这么多人可以读到我的作品，担心的是读者的接受度，毕竟这是蝙蝠的文章，是海外华侨第三代洄游文字故乡的第一次邂逅，不免会有丑媳妇见家翁的紧张。

数年前，我曾拜会倪匡先生，他老人家一针见血地问我："为什么你的人物有时讲北京腔，有时湖南腔，有时又上海腔？"不禁令我汗如雨下。倪先生来自大陆，听惯五湖四海的腔调，我们海外华人无此经验，我们的经验是听客家话、福建话、广东话等语言差异，对于"腔"是无法深入体会的。所以为了让所有华人都听得懂，我希望我写的是世界的中文，希望能将各地中文的地方性特征减到最低，没有特定一地的俚语，好让世界各地的中文读者都能看得懂。

或许，这也是当蝙蝠的好处吧！

张草

2015.2.2于亚庇陋居

法鼓山　圣严

　　这本书是作者所写"明日灭亡三部曲"的完结篇，凡是读过《天启爆炸》及《地球觉醒》两书的人，都已知道张草先生在科幻小说界，不仅是今日的新秀，其实已是顶尖的能手和高手。

　　我不懂小说的种类究竟有多少，至于科幻小说，乃是结合了神怪、武侠、传奇、历史、科学、宗教、社会、言情等各类小说的长处，加上作者丰富的想象力，能把怪诞离奇出乎常情的故事情节，写得出神入化，而且合情合理；能将书中的人物，穿透时空，可使过去及未来，倒转重叠、任意交错，呈现于一个一个的场景之中。

　　因此要把科幻小说写得悬疑重重、高潮迭起、气势回荡，除了作者的想象力，尤其重要的是文学创作的素养、足够的科技及人文知识、精细的观察能力、清晰而又复杂的表达手法。

作者写《末日涅槃》，如果是预言，当然说得通，如果是故事，依常识而言，就不合情理了，可是通过科幻的叙述，能将时空倒置逆转，生活在今天的人类，便可亲眼见到明日世界的毁灭。以宗教经验来说，这应该就是被称为天眼通的范畴了。因为运用宿命通能看到过去时空中的景物，借天眼通可看到未来时空中的景物。能不能把已过世的人送往未来的时空，能不能把今天的人送回历史上已成过去的时空？从神通的原则来说，那是不可能成立的，因为神足通仅用于当时的空间环境，变大小、变远近、变多少。可是在张草的科幻小说中所写的人物，就能自由自在地优游于过去、现在、未来的时空之间，也就带领着读者们，纵贯三世、横遍十方、做穿越时空的遨游，比起列子的御风，庄子的逍遥，更富于想象力了，也比一般所说的神通力还要棋高一着。

不过，作者是一位已经学佛多年的佛教徒，本名张容嵘，阅读过不少的佛书，二〇〇〇年来到法鼓山的农禅寺，正式皈依了三宝，我给他取的法名是常运，因此他在写"明日灭亡三部曲"时，虽以科幻的笔触，创造人物、描写景象、叙述故事，万分精彩，也总会提醒读者，幻化是无常的，所以称为"明日灭亡三部曲"。特别是在《末日涅槃》之中，非常熟练地引用了不少佛学的知识和观点，也可以说，这是一部寓佛学的小说。他自己告诉我："本书为科学加历史加佛学加预言之综合，试图以更广阔的视角，检视成住坏空之无常。"

我对科幻小说是外行，但也翻阅过几本倪匡先生的作品，所以也能看出，张草先生的确又是另一位个中的奇才，何况他是借科幻小说的创作，向当今学养丰富的读者们介绍佛法，因此略述所见，算作是序。

二〇〇三年三月三十一日序于法鼓山

《明日灭亡1：天启爆炸》

一六二六年，端午节次日的上午，顺天府发生一场大爆炸，内城四分之一被毁。

未来的地球联邦，全球统一，人种也统一，所有联邦公民由人口研究中心制造培育。有两种人不得生存于地球联邦，一种是"纯种"，因为纯种违反了地球联邦人种大融合的原则；另一种是"野生人类"，那是不经生化子宫而直接由人生下来的人类，只准许生活在赤贫的"禁区"。

一位漏网之鱼的"纯种" θ81402028悄悄出生了，他是罕见的天才少年。在加入历史研究院后，纯种身份被掀发，因此被令参与危险的时间旅行计划，由八位只有头颅的超能力者将他送往过去鉴定历史，他趁机遁往明朝末年的顺天府，意图阻止灾变。

他掉落在顺天府城东的证因寺大殿，同时也面临前所未有的问题，不但语言不通，而且没人相信他说的故事。同时，奥米加们也追来了这个时代，要将他消灭。他在濒死时被一位神秘人物救活，后来才发现，那个人正是未来的他！他阻止不了顺天府灾变，愤恨之中，他在证因寺出家，法号正思，但私底下他自称鸠思，时时提醒自己对地球联邦的仇恨。

《明日灭亡2：地球觉醒》

地球联邦由十二人席会管理，其中最高发言者为"第一主席"。但事实上，还有一位神秘的真正统治者，居住在深深的地底下，已经有好几百年……"祂"创造了人类，统理地球联邦巨细靡遗，而祂是一部古老的量子计算机。为人类文明劳心劳力的祂，已然快要停止工作了，祂一旦停摆，地球联邦便会面临灭亡的噩运。

于是，祂派出了祂精心培养的第一主席继承人——法地玛—λ16798K——为地球联邦、为人类文明的未来寻找出路。这时候，她发现在这条寻找答案的旅程上的，不只她一人，原来还有一位"兄弟"，他已经得到禁区长老的提示，前往南极。

而陷在明末的鸠思，希望能让自己拥有佛教所谓的"神通"，希望以此穿梭过去未来。当复仇的怒火转弱后，他渐渐看清了自己的愚痴，他对历史的变量充满了好奇，在一步步的学佛之路上，证因寺的明月法师不断给予他引导，他探求时间的真谛，最后却发觉连时间也只不过是一种妄念！他痛定思痛，将法号改回正思。

此时，奥米加二代从未来追杀至证因寺，一向看来平庸的知藏然头竟以神通力将奥米加送回未来，然后马上坐化！正思体内的疫苗也正好失效，古细菌侵犯毫无抵抗力的他，在他濒死之际，明月救了他。明月用神通将他送往更古的万历时代后，也立刻坐化了。抵达更久远以前时代的正思，深知自己的性命是两位师兄用生命换来的，他漫游到顺天府城北的广化寺，立志精进苦行。

地球联邦

1．正思／鸠思／θ 81402028：被地球联邦鉴定为"纯种"，原本就不应该出生，担任过历史研究员，被迫参加危险的时间旅行计划，他趁机逃往明末，意图阻止顺天府的灭亡。

2．玛利亚：地球联邦真正的统治者。

3．沙也加— θ 83405761：正思的女友，在他失踪后进入历史研究院。

4．婆罗门—α 51：地球人口研究中心主任，收养正思。

5．菲立普—γ 49：历史研究院院长，因受不了压力而自杀。

6．S—α 999：地球联邦第一主席，乃统治全球的十二人席会之首。

7. 苏—η99907：历史研究院影子院长，后取代S成为第一主席。

8. 奥米加（Ω）一代：八个只有头的超能力者，可以进行时空转移，协助正思逃往古代后，遭到清洁队屠杀。

9. 奥米加二代：唯一有身体的一批奥米加，在追杀正思的任务中，人员损失惨重。

10. 大胡子：奥米加二代的首领。

11. 橘色00：生化人，被设定成沙也加身份，率领奥米加三代前往寻找正思，但她不知道真正的任务是追杀正思。

12. 奥米加三代：前往明末追杀正思，差点令正思死亡。

13. 法地玛—λ16798K："三位一体"之一，玛利亚指定继承人。

14. 那由他："三位一体"之一，有两个头。

15. 哈山—ε9800：地球人口研究中心"三一计划"执行长。

16. 安妮—ε670："三一计划"研究员。

17. 琼—δ1559：联邦育幼中心主任。

18. 厄俄斯福洛斯—ι7144321：历史研究院院长。

19. 橘色900：生化人，陪同那由他一起去探索禁区。

20. 奥米加四代：前往明末执行毁灭顺天府的任务。

21. ΩVI-8"托特"：最懦弱但能力最强大的奥米加，暗恋法地玛。

明朝末年

1. 法航：天启年间，证因寺住持。

2. 慧施：证因寺年轻比丘，正思初到明末时由他照顾。

3. 明月：证因寺的老比丘，看似糊涂，实际身份莫测。

4．然头：证因寺知藏（图书管理员）。

5．净观：万历年间，广化寺住持。

6．张政图：天启年间，通政使，负责编辑邸报。

7．沉香：张政图之小妾。

禁区

1．菊色770：生化人，"奶蜜之地"禁区ME15的监视者。

2．长老：禁区Hi54的领袖人物。

3．格喜：长老的年轻得力助手。

撒马罗宾

1．路西弗：空行者，爱作诗，其坠落毁了死海边的两城，千年后被那由他找到。

2．泰约：空行者，继承了路西弗的诗作，继路西弗千年后坠落，为地行者所救。

3．地行者：在地面孵化的撒马罗宾。

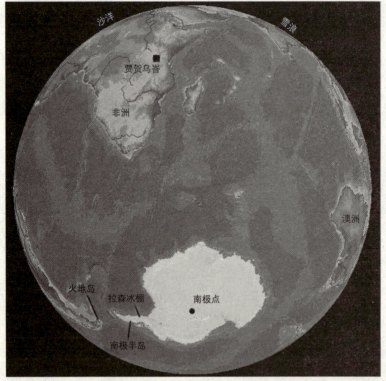

《末日涅槃》地图

目录

CONTENTS

序 章

/

死 海

明亮之星，早晨之子啊，

你何竟从天坠落？

——《旧约·以赛亚书》14·12

米雪尔·古基督纪元1551年

与家人用过晚餐之后，便是他的个人时间了。

米雪尔登上顶楼，反锁房门，家人们都知道，这时候不得打扰他，他会待在房中直至清晨。这习惯并非最近才养成的，早在他流浪行医时，便已建立了这套规矩。

米雪尔自幼追随外祖父学习数学、化学、草药学等基础科学，也学习了神圣的拉丁文和希腊文，外祖父还教了他占星学和天文学，这些都在为他将来学医铺路。

但是，外祖父还传授了足以令他被教会绑上柱子烧死的知识。

那是古代的秘法，当时被称为魔法。

外祖父这么做是有理由的，因为他拥有与众不同的天赋。他自小就表现得与众不同，他能看见别人看不见的东西，说出还未发生的事情……这些出众的表现会令他日后被指控为魔鬼的仆人。外祖父深谋远虑，企图教他如何探索自身潜能的源头，让他日后能远离灾祸，或者……进而操纵他，甚至利用他。

长大后，米雪尔在欧洲四处行医济世。他在成功阻止几场瘟疫后声名大噪，也娶了一位富有的寡妇。但最教他欢喜的还不是衣食无忧，而是在抢救瘟疫患者时，接触到了在教会强权阴暗下有幸没被烧死的术士，他们平日看起来庸庸碌碌，没想到竟保存了教会全面统治欧洲之前的神秘古籍。

　　循着这些古籍的指导，他终于找到古人操纵潜力的方法，在实际的练习中，他渐渐地运用自如，也养成了每晚定时自我锻炼的习惯。

　　今晚，他又要运用它来预见未来了。

　　米雪尔点燃蜡烛，烛火迸发出动物油的腥臭，一阵呛鼻，啊！他们又不遵循他的指示去制作蜡烛了！他流浪时便已经研究出最佳的蜡烛制法，为什么这些用人老是不参照他发明的制方呢？他摇摇头，心里动念要写一本相关的著作，将他四处搜罗和自己发明的秘方，向大众倾囊相授。

　　米雪尔将三脚架上的铜盆注满清水，把他珍惜的神杖倚放在支架中，然后端坐在铜凳上。他双手拨弄清水，两眼半合，感受到水分子颤动的能量，透过十指流入双臂，清水沾湿了裙裾和裸足。

　　在冥想之中，暗弱的烛光透入眼睑，在大脑底部聚焦……终于，他看见一点亮光自昏沉中升起，渐渐放大，展开成一张屏幕……然后，他看见时间之流，浪涛汹涌……

　　他看见伊斯兰大军与欧洲人的厮杀。啊！又是伊斯兰！自从十字军东征后，欧洲人只要一听见伊斯兰便会神经紧绷，米雪尔也不例外，他视伊斯兰为欧洲永世的敌人，即便他知道欧洲人如何屠杀穆斯林，令许多无辜的穆斯林血流成河，不过他还是下意识地畏惧伊斯兰！他听见双方的祈祷声，一方在呼唤阿拉，一方在呼叫基督，他不知道这是哪一个时间点上的景象，他所见的是过去十字军的战役呢，抑或是未来将死的人？他站在战场上，放眼四顾，浓烈的硝烟狰狞地沾染天空，几道沉闷的声音破空而过，他仰首看见声音的来源，是几只前所未见的铁鸟，正以难以置信的速度呼啸着掠过天空。

战争！战争！为何每当他预见未来，总是会看见死亡和战争呢？难道战争就是人类未来的全部吗？他不忍观看此景，但他老是会看见此景。

一声巨震撕裂天际，火红巨云自地面升起，冲破苍穹，瞬间便夺去数以万计的生命。他泪水溢出眼眶，但依然铁着心看下去，他要写下这一切，他要对后世提出警语，他要将发生的时间、地点、人物一一清楚写下！

不！待稍稍冷静之后，他便将刚刚的念头完全甩掉了，毕竟他也是四十多岁的人了，再也不像年少时会被情绪左右他的念头。他知道，即使将一切写得清清楚楚，世人也不会感激他的，他的文字会成为对后世的诅咒。不，他不会那么做，他只会留下谜语，任世人猜测。

拨开铜盆中的清水，米雪尔从幻象中回来，蜡烛已经燃了半支，夜已过半，在准备再一次冥思之前，他需要歇息片刻。他坐在舒服的椅子上，眼角一瞥，随手在散落桌上的书堆中拿起一本《旧约》。身为犹太人，他深知这部由诸书集成的文本对犹太人而言是多么重要，父亲逼不得已改宗基督教，也是看准了基督教与犹太教有这部共同的宗教典籍。

他对迫害犹太人的欧洲人是又爱又恨，他们在他成长的过程中赠予他不少难堪的回忆，令他对自己的血统深感耻辱，他极力使自己成为一位称职的基督徒，他不断努力学习，甚至远赴亚威农学医，乃至在瘟疫横行中成为名闻西欧的医生。

信手翻开《旧约》，一幅黑夜的景象马上冲入眼帘，他陡地一惊，是的，他置身于黑夜的山边，这不是他熟悉的地方，他在哪里？他知道他手中仍然拿着书，他知道他其实还在自己的房中，但眼前的幻象过于真实！

莫非刚才的冥想还未结束？

米雪尔知道，他的潜力再度启动了，他正身处死海南端，这是基督诞生前两千年左右的世界，山边有一座名城所多玛，有一个老人正坐在所多玛城门口，老人的名字是罗得。

罗得·古基督纪元前约2000年

记载上没有说清楚，罗得是独自坐在那里，还是有他的家人或随从陪伴？罗得是个有众多家人、侍从和牲口的富人，他曾在战争中被东方四王掳去，还是叔父亚伯拉罕亲自领军去将他救出的。

经过了这许多灾难，想来，他不会胆敢自己呆坐在那儿。

或许他是在纳凉吧？

这里到了晚上，温度变化很大，但仍带有几分暑气，米雪尔甚至还感觉到一股闷风拂来，很是不舒服。他发觉他仍然在阅读这段《创世纪》中的文字，但与此同时，他的神识也回到了过去，正伴随着主人翁目睹事件发生的经过！他跟活生生的经典人物同在一段时间带上！

米雪尔不可思议地端详罗得，罗得一脸花白的大胡须，像一大捆棉花，在微风下轻轻摇晃，老迈但非常精明的眼神，凝视着远方。

忽然，罗得挺直了腰，注视彼方的黑暗。米雪尔不知不觉中也望向黑暗，他循着罗得的视线望向西北，有两个人正缓缓接近所多玛城，罗得一看见他们，顿时满脸兴奋。

那两人的长相跟常人迥异，他们不留须，脸色苍白，像是抹上油脂似的泛着一层光泽，脸上也没什么表情，看起来十分疲倦，似乎对任何事再也提不起劲。

"我主呀！"罗得极为恭敬地迎上前去，不敢碰触到两人的衣角。他马上跪在两人面前，整个人弯腰下拜，直到将脸伏到地面为止。

他们并非第一次见面，这两位异人对他而言，宛如神祇派遣来人间的使者，他恳切地说："请你们到仆人家洗洗脚上沙尘，住个一夜，清晨再走吧！"他自称仆人，也是一种由衷的敬意。

两位异人显出迟疑，互相连眼神也没交换，便同时回答："不了，我们在街上过夜便行了。"

罗得愈加恳切了："我主啊，请你们到仆人家来，内人会为你们准备无酵饼，还有干净舒适的床铺……"他又说了许多好处，说得异人也有些动摇了。

罗得敬畏地领两人进城，穿过大街，转了几个弯，才来到他的房子，但一路上已经引起不少人的注意。米雪尔转头四顾，接触到城民们不友善的目光，不禁为罗得担心起来，因为他早已知晓接下来会发生的事。

其实罗得原本并非城中的居民，他是某支闪族游牧者的长老，又是强悍的长老亚伯拉罕的侄儿。亚伯拉罕素以战力强大闻名，以前所多玛城被外人攻击时，还是亚伯拉罕为他们解围的。

是以罗得借庞大的财力寄居在此，又有叔父亚伯拉罕的功绩做后盾，已使城中居民对这名外人产生疑虑和不信任：如果亚伯拉罕愿意，是否也会随时攻下这城，然后让罗得担任国王呢？

罗得的任何举动都会被人疑为别有用心，也成为城中原有势力者潜在于政治和经济上的敌人，所以一有任何风吹草动，便很容易化成燎原大火。

这两位异人已经引起城民们的注目，他们进城的消息火速在城内传播。当罗得的妻子正在烤无酵饼时，家门外已经渐渐聚了许多人，这些人不安地窃窃私语，空气中流窜着丝丝的浮躁，连难得使人凉快的夜风，也停止了吹动。

各种猜疑在黑夜中流窜，人们早就对罗得抱有戒心，谁知道这两位相貌特殊的人是什么来历？他们可能是潜入所多玛的奸细，就如混进羊群中的狼一般包藏祸心。

当人越聚越多，流言也越传越炽时，人们的不安化成了不满，情绪也激动了起来。

空气的温度上升了，城里的猫狗们也无法入眠，纷纷呼唤起同伴来了。

罗得的家人向他报告门外的情形，他连眉也不敢皱，免得引起两位异人的担心，而是镇静地招待两人用完无酵饼，心里巴望门外的人群快快散去。

终于，当罗得要招待他们上床休息时，门外有人作一声喊："罗得出来！"

这下子，有如火药见火，一发不可收拾，门外众人齐声高喊起来："罗得出来！"鼎沸的空气，好热好热，今夜恐怕是难眠之夜了。

罗得心里一阵紧绷，生怕门外的噪声会影响到两位贵客。

"罗得出来！把他们交出来！"

罗得慌张地望向两位异人。

两位异人一点也不显得紧张，眉宇之间只略略显得一丝忧虑，他们也不望向吵闹的大门，相反地，他们抬头望天，望着被屋顶遮蔽的那片夜空。

米雪尔也随他们望向屋顶，上面会有什么呢？

他才这么一动念，神识便马上冲过屋顶，飞窜入夜空。

上面有什么？上面有什么？上面有什么？

米雪尔马上便会知道了。

近地轨道·同一时间

穿过空气稀薄之地，大气层至此已荡然无存。

从这里望向母亲之星，母星边缘泛着一圈淡雅的白光，他知道，母亲之星另一侧正被太阳直接照射，依母星人的说法，那一侧正处于"白天"。

这些是他所无法明了的事情。

自出生以后，他从来没有回过母星，对于母星的一切认知，都只不过是他记忆中默认的数据而已。

不过，很快他就要回去了。

这是第一次，也是最后一次，他能亲临母星的土地，不过这一刻也早在设定之中，远在他诞生之前就已经被决定了。

他依恋地望向宇宙深处，繁星如钻，镶嵌在纯净的黑暗中，虽然彼此间距离极远，他仍然当它们是每日倾吐的老朋友。

"路西弗……"他听见一个声音，是另一位伙伴在呼叫他。

"我是路西弗，"他回应道，"是泰约吗？"

"我是泰约，我即将穿越你的轨道，"对方说，"又见面了。"

"这是最后一次见面了。"

"……你的轨道。"对方欲言又止。

"是的，这是最后了。"

对方沉默了一阵，说："我想再听一次你的诗，我有这个荣幸吗？"

"我刚作了一首。"

"我准备好了。"

路西弗远远看见一个白点正膨胀起来，他知道那便是泰约了，泰约正张开听帆，加强接收他的诗句。路西弗见泰约正逐渐飞近，于是将身躯转向泰约，轻轻唱道：

漂泊于星尘废墟　眺望老逝星光

生命之火焰　在黑暗空无中退却

万年间传述

英雄争战　疆土开拓

种种生起灭亡

只余尘沙　沉寂回音

他唱完的那一刻，正好泰约越过他前方二十公里之处，两者打了个照面。泰约还年轻，听帆仍旧强韧有力，飘浮在宇宙中看起来格外俊美。

"咱们的生命有限，"泰约说，"诗的生命不朽。"

"诗的价值，只在被吟唱的刹那，"路西弗说，"它们全会随我而逝。"

"不，我可以帮你流传下去。"

"没有意义，"路西弗黯然说道，"连母星都已经沉默，我的诗已无存活的理由。"

"你把它们全给我，我再将它们告诉每一位空行者，诗的生命会一直延续，到最后一次坠落为止。"

泰约诚恳的话语打动了他，路西弗沉思了一下，心中掠过无数个念头。他已濒临生命的终章，本来以为一切会随之湮灭，而泰约的出现竟改变了诗的命运。

于是他说："那么，谢谢你了。"说着，他的运行忽然出现变化，角速度出现明显的改变，他感到自己快要失去平衡了。"时间近了。"

"那么，要快了。"泰约说。

路西弗不再校正自己的轨道，在被母星的重力完全拉扯下去之前，他用最高的传输速度，将万年来所作的诗悉数传给泰约。

在坠落开始时，他还来得及听见泰约的回话："五十八万四千六百零三首，包括一千六百七十九万八千篇诗稿。"

"正确。"

泰约已循着自身的轨道远他而去，他知道泰约还很年轻，距坠落的时刻还远得很，得知他的诗篇能在日后被传诵下去，他也甚感欣慰。

啊，坠落终于开始了。

他渐渐感受到重力加速度的威力，他感到躯体越来越沉重，摩擦温度也在加速提高中。但他并不会被焚毁，他的神经中枢能够忍耐极端温度，好在严酷的宇宙中生存。

在那致命的最后撞击之前，他都还能够保持脑袋的清醒。

他计算，在死亡之前，他还有十五腊缚的时间，足以草拟一篇诗稿。

所多玛·次日清晨

太阳出来的时候，罗得惊慌奔跑，逃往附近的小城琐珥。

他脑中回响着两位异人告诉他的话："快逃！你必须逃命！不得回头，也不得站在平原！要往山上跑去！"

"为什么？"他很想这么问，但他没问，他不敢问，他相信那两名异人的话是正确无误的。那两人的种种行为显示他们不是人类，不，不应该是人类，他们必定是祖先所相信的神祇，否则就是神祇的使者！

前一晚，所多玛城的居民在他家门外吵闹不休时，罗得毅然走出去，从背后关上大门，然后独自面对众人："诸位，请别这么做，他们是我的客人，无论如何，罗得都不该将他们交给你们，如果我这么做，日后在这迦南地还有何信誉可言！"

众人七嘴八舌地嚷道："把他们交出来！""你有心将他们隐藏，一定有问题！""这人是奸细！他们来，为的是侵略所多玛！"

罗得不由得大怒："你们质疑罗得的德行，又一再侮辱他的人格！如果你们怀疑我住在所多玛的诚意，好！我有两个女儿，还是处女，我将她们交给你们，任你们为所欲为！只是这两人既然已经到我舍下，请不要对他们做什么，教我难做！"

众人一时噤声，有人悄声说："咱们离去吧。"

随即有人叫道："你们瞧，这人宁可将女儿奉送，也不愿交出客人，居心叵测，想必有天大的阴谋！""这人来我们城里寄居，还想要当王呢！""杀死罗得！取他的财产！"众人作一声喊，一拥而上，有人拉扯罗得，有人敲打大门，有人用石块敲击紧闭的窗户。

正在混乱之际，大门轰然打开，两名异人现身，众人还来不及反应，只见强光自异人背后亮起，宛如正午的阳光一般猛烈，门外众人不由得一阵目眩，眼睛刹那间仿佛瞎了一般，连脑袋里狂暴的念头也顿时被洗刷一空。

两名异人伸出手，将罗得一把拉回屋中，赶忙将门合上。等了一会儿，门外众人逐渐散去，口中还模模糊糊地嘟嚷不清。

罗得也惊异不已，他没看清楚那两人使了什么手法，即使看清楚他也弄不明白，因为刚才的情境完全是出乎他想象的！罗得的家人们也被吓得聚在房中一角哆嗦，他们期望这一家之主能做点什么，但他们只看到张口结舌的罗得。

"没时间了，"两名异人语气急促，却一点慌张的样子也没有，事实上，他们连嘴巴也未见打开，"你在这城中还有什么人吗？无论是子女或是任何有关系的人，你赶紧带他们逃离这里，这城即将毁灭，这里的一切活物都将死亡，你已经没有时间了。"

"为什么？"罗得兀自惊惶不已，事情来得太突然，他一时还没有办法逐字理解，"为什么忽然间这个城便要毁灭了？"

两名异人抬头望向天花板，不发一言，但显得有点焦虑。他们白洁的袍子不像任何人类的布料，此刻像是有生命似的微微鼓起，在无风的室内轻轻拂动。

"难道……"罗得循着他们的视线抬头望去，"这是神的旨意？"

两名异人没有再说话。

罗得咬一咬牙，转身向两个女儿说："我去通知你们的未婚夫。"说着，便跑出门外，门外已经一个人也没有，只有邻家的狗儿正安静畏缩在地，害怕地呜咽着。

狗儿想必也是感觉到什么了。

这么想着，罗得奔向未来女婿的家，要他们跟他逃走，但想当然耳，他说的话就像疯老头的笑话般，没人会相信他，这么一来，连他自己也忍不住怀疑起自己的话来了。

从记载中，我们不知道罗得到底还做了什么事，也不知道他何时回家，为什么会拖到天明还没逃走。我们只知道天亮了，两名异人催促他离开，而且他们说的是："起来！带着你的妻子和你在这里的两个女儿出去！"大概罗得回家之后就睡觉了，所以他们才会喊他起来，我们只知道逃出来的有罗得夫妻俩和两个女儿，不知道他其余的家人、牧人、羊群等究竟怎样了。

"再迟疑片刻，你将和此城同时化为灰烬！"两名异人不再多说，他们一人握着罗得夫妻的手，一人握着罗得女儿的手。罗得只觉忽然一阵疾风，他们风驰电掣似的飞窜出城，两侧的房屋飞逝而过，一转眼便穿出城门。

他们两脚不着地，干硬的土沙在脚板下方扬起，一直到远远地离开所多玛城了，两名异人才将他们放下："你们听着，只管往前逃，不要待在平原，要逃往山上，不可以回头看，否则你会因此而死。"

"我……我是一个老人，我的妻女脚步不够快，恐怕没办法逃到山上去，"罗得已经别无选择，"我们可以到附近的一座小城去吗？它叫琐珥，就在……"

不待罗得说完，两名异人互视一眼，口中喃喃道："计算是……""边缘地带。""你去吧！"他们向罗得说。

罗得拖了妻女，头也不回地跑了。

在最后的一刻，他终于相信了。

因为罗得已经看到，在远方的天际，苍穹上方斜斜拖下一道火焰，火焰后方迸放出灿烂的光彩，伴随着一阵一阵震耳的奇妙声音，仿佛天空中卷起的浪花，一波波拍打着四野的空气。如果是现代，或许有人会告诉你，那叫"音爆"。

那道火焰的速度已经比声音还快，而且仍在加速中。

每接近地面五公里，大气密度便增加一倍，温度也随之急升。在短短的濒死过程中，燃烧路西弗的空气加速毁灭他的肉体和机件，他引以为傲的听帆首先化成蓝色火焰，他雪白的皮肤也已经化为炭粉，只剩下毁不掉的头脑陶醉于诗的构思中，字斟句酌。

两名异人没有跟随罗得逃走，他们遥望天空，如果他们有泪腺，此刻必已泪流满面。

在迫近地面时，路西弗才惊觉下方有人！

依照原本的设定，这里应该是无人居住的区域，是他们历代空行者的坟场。他了解这些人将伴随他死去，于是，他在诗的最后一句加上一行：

"凡生必有灭，亘古不移……"

顷刻之间，他所坠落之处，两座大城和其余小部落被冲击波摧毁，一时满天尘沙，烟气如幕布般在地平线拉起，连早起猎食的秃鹰都被沉重的烟气熏杀。

地面瞬间展开一个巨大的坑洞，宛如大地霍然咧开大口，吞噬早起的人、睡梦中的人、商人、乞丐、正要出门的人，以及他们的祖先所筑起的每一块砖块、所踩过的每一片泥沙。

这一片恐怖的情境，连在近地轨道上的泰约都看得一清二楚。

坑洞推展到死海，死海登时破了一个大缺口，海水毫不客气地灌入，将毁灭的故事在来不及被人传诵以前洗刷一空。

昨天还是充满了生命的地方，如今已经浸泡在咸水之底。

百年来商旅们使用的路线，也从此改道了。

至此，米雪尔自冥想中苏醒，正好看见由窗外穿入的曙光。他仍未自《旧约》的场景里头脱离，早晨的阳光反而变得不真实了起来，他还是搞不清楚，刚才的幻象跟以往迥异，他看见的是过去而非未来，但这个过去有许多情节是经典上未曾记载的，比如说……他抬头望向天花板……

天空中的那些生物，他们是天使吗？还是某种他方的神祇？他揉揉眼睛，然后拿起一张纸，将昨晚所见写下——

撒马罗宾，在百里上空的大气中……

末了，他在文件尾端记上日期，并签上他的笔名——M. 诺斯特拉达穆。

切开腹部，诞下两头、四臂的怪物，

数年之后，它仍将活得好好的。

——诺斯特拉达穆（Nostradamus）《百诗集》I之58

第 一 章

/

怪 物

他是三分之二的神，三分之一的人类，

伟大的女神阿鲁鲁设计了他的身体，亲手调制他的轮廓，

诸神为创造吉尔伽美什而给予他完美的身体，

太阳神萨玛许给予他俊美，暴风神亚达给予他勇气，

于是他比任何人类都来得优异。

——《吉尔伽美什史诗·第一片泥板》

哈山

哈山—ε9800知道很多事，但他不打算告诉任何人。

比如说，他记得婆罗门—α51是怎么死的。

婆罗门—α51曾经是"地球人口研究中心"主任，但某日上午，一批穿着蓝色制服的清洁队员闯了进来，宣布要将他抹除，从此，婆罗门—α51便从研究中心和所有的档案记录上消失了。

但记忆不会消失。

哈山—ε9800还记得更多。

婆罗门—α51被清洁队员带到研究中心休息室，然后被绑在一把椅子上。高大黝黑的他一点也不反抗，似乎对所遭遇的一切感到理所当然，只淡淡地向清洁队员问道："所以，最终我是因为哪一条罪名而死呢？"

清洁队员的脸庞像是被冰冻过一般，只管忙碌手上的事务，将药液抽入针筒，把婆罗门—α51的衣袖卷起。

哈山—ε9800之所以会目睹这一幕，是因为他正好爬到休息室的床底下找东西。那是一份实验数据，一份他花了三年时间追踪研究的实验数据。他不知该说是幸运还是不幸：幸运的是他们并没有发现他，不幸的是他正好也在休息室。休息室有许多隐秘的橱柜和床铺，清洁队不该挑这个地方来行刑的。

接着，哈山—ε9800看到了一件很不可思议的事，清洁队员们纷纷两手抱拳，低首念念有词，念了约莫一分钟后，随即齐声发出一声叹息："愿神怜恩！"这句话是用联邦语说的。

这简单的一句话令哈山—ε9800大受震撼，他不敢相信，这句话竟然会出自刽子手般的清洁队员口中。

那不是"宗教"吗？

那种原始人类的愚痴信仰，那种在小学课本中被责为过去无尽战乱之因的迷信行为，怎么会在这个地球联邦的重要团体中出现呢？

被绑在椅子上的婆罗门—α51安静地让他们念诵完毕，才说："我的儿子也被你们杀了吗？"这是他的最后一句话。

婆罗门—α51死得很迅速，椅子上很快便只瘫了一具肉袋。

清洁队员陆续为婆罗门—α51检查、诊断，再在一张单子上填写完毕以后，才鱼贯离去。

哈山—ε9800知道他们还会再回来一趟，他们应该会回来收拾尸体。他从床底下可以看见门缝外，清洁队员并未走远，他们只是站到门外走廊去，静悄悄地不知忙些什么。

他在床底下屏着息，等了几分钟，清洁队员才又再进来，将婆罗门—α51的尸体带走。他知道，地球联邦资源奇缺，主任的尸体会马上被回收，重新转化为能源。

一个人消失之后，他便成了一个禁忌，通常都没有人再提起他的名字或任何事迹，仿佛从来不曾存在过一般。大家都知道，地球联邦无所不在，任何人的一言一行都在监控之中。

即便如此，一个曾经存在过的人，是不可能在瞬间消失得干干净净的，尤其是像婆罗门—α51这样的好人。他身为主任，但当他对下属说话时，总是像慈父般温和亲切，没有人可能忘得了这样一位好人。

后来哈山—ε9800听到了一些耳语，是有关婆罗门—α51的死因的，他们说他操作胚胎时隐瞒问题，知情不报。

哈山—ε9800听了之后有些讶异，他不知道这会是死罪，于是还特地去翻查研究中心的规则手册，他可不想死得像婆罗门—α51一样。

婆罗门—α51死在他面前的阴影一直挥之不去。

他活得战战兢兢，生怕发生任何一点小过失，他还不时朝天花板高呼"地球联邦万岁"，好证明他的忠诚度。

或许是因为他的强烈表现，他有了一份重要的任务。

他被任命为"三位一体计划"的执行长。

婆罗门—α51的死状，像诅咒般盘旋在他脑海里。这使得哈山—ε9800非常小心翼翼地审视每一个步骤，即使是细微的部分，也不敢交给下属去办理，他知道有许多人眼红他，才不过三十出头便担了这么一个重要职位，搞不好有人会伺机暗算。

他的谈吐要小心，以免有人刻意扭曲他的遣词用字。

他的动作要小心，以免一个小程序的失误，弄砸了整个计划。

尤其是当他不知道他手上的计划有多重要时，他更应该要万分谨慎。

"三一计划"是"地球人口研究中心"众多计划中的一个，不过这些计划有轻重之分，可以说其中大部分的计划只是幌子，用于掩饰更重要的计划，又或者只是一个大型计划中的某个小环节。

哈山—ε9800得知的计划内容十分简单：将三份染色体样本合成一份。

他得到的是三支细胞培养槽，一支是精子，两支是卵子，没有提供者编号。

他知道这代表三个人，三个任何人，他不会尝试去猜测这些人是统治阶层，是公民，抑或是更大胆的揣测——野生人类？总之，他必须将这三份样本以各种比例和方式融合，成为一个具有二十三对染色体的人类细胞，再将合成染色体置入去除细胞核的卵子，刺激它分裂，让它发育成人。

计划目标是一百个成功培育的个体，也就是一百个成功从生化子宫诞生的人类。这个计划难关重重，因为染色体是成对相存的，他该如何去分配三分之一的染色体呢？依文献资料，过去大毁灭发生前也有人尝试将三个人的性细胞合而为一，不过那只是用了两个精子的染色体和一个去掉细胞核的卵子，严格来说，那还是两个人的结合而已，因为母方提供的只有卵子的线粒体DNA。

哈山—ε9800跟他的组员们尝试了无数次失败，终于在多年后，"三位一体"才正式进入生产阶段。但问题尚未全然排除……

"执行长，畸形的胚胎也算数吗？"在每日的例行会议上，一名研究员向他提出这个疑问。

哈山—ε9800愣了一愣："难道我们有畸形的胚胎吗？"

"今天刚发现，00-51胚胎出现两个头部。"

哈山—ε9800马上查阅会议桌上的计算机，手册上的"畸胎"项目载明：凡畸胎带有遗传性疾病，影响日后身心健全者，一概销毁。

一个双头畸胎日后会不会有身心问题呢？

哈山—ε9800陷入沉思中。

他将来会不会受同龄孩童排挤呢？会不会因此造成心理上的创伤乃至于产生暴力倾向呢？会不会影响地球人口研究中心的威望呢？诸如此类的担忧令他困惑良久，最终他下了一个决定："暂时保留，我要先寻找过去的案例，明日才下决定。"

事情很简单，他只需在过去各主任和执行长的工作日志中输入"畸形"、"畸胎"之类的关键词。

他找到数百条项目，答案一律是销毁，不过销毁原因并不因为他是畸胎，而是伴随有其他疾病，比如在胎儿二十二旬大时发觉先天性心脏缺陷，抑或二十五旬大时有恶性肿瘤，才会下这个决定。

也就是说，至今为止，还没有一个畸胎是单纯因为畸形而被销毁的。

"再观察。"他下了这个决定。

他吩咐研究员继续为其余已经融合好的"三一细胞"加入荷尔蒙和钙离子，刺激它开始分裂。

于是一分二，二分四……

人之所以为人，就在他基因序列确定的那一刹那决定了。

胚胎

起始，是一种难以言喻的奇妙感觉。

坚固而细碎的微小粒子，因着湿润的关系，渐渐凝聚了。

因着热量的关系，范德华力、共价键、离子键、金属键等被层层定义的因缘也出现了。

因着各种默认的指令，抑或后来加入的干扰，细胞于是分裂，分成各种不同功能的细胞，它们各自寻找自己的位置，慢慢增加自己所属的族类，最终变成一颗中空的球体。

在电光石火之际，一阵悸动流窜其间，生命之火于焉在球体内点燃。

他感觉不到重力，在一团温暖的液体中载浮载沉，这时候，他对于"我"这种感觉还没那么强烈。

开始时，只是一点简单的信息，像是微弱的电流轻触，这时候，这些外来的信息还没有产生具体意义，没有喜怒哀乐，没有恐惧，没有不满，没有欲望索求。

然后他翻转，像衣服从外面翻到内部，像面包师傅将面团揉压、混合。要形容这些细胞翻折的情况，有一门称为"拓扑学"的数学方法，不过那又是另一种人为定义的学问，他完全不去理会，反正无论如何他还是会翻的。

翻转造成褶皱，褶皱围成空腔，当空腔形成时，他混沌的感觉出现了微细变化，我们姑且称之为"心智"。

由于这段空腔是未来一切神经的源头，是重要的脊柱和七个能量中心所在，同时，也是未来肠腑的来源。也就是说，心智和食欲是同一个来源。

这解释了许多人类自身问题的源头。

这是编号00-51的"三一胚胎"生命中的第十九天。

随着这段空腔继续往内翻折，他对于"我"的感觉越来越强烈，到了第五旬半时，他开始对四周低回的机器声感到安心，但他不满于空气中每个小时播放一次的"地球联邦万岁，地球联邦是唯一的"这类声音，这些声音会改变水分子的结构，令他很不舒服。

他也不满他对这个身体没有绝对的操纵权。

那是第五旬结束时，他原本像泡沫一样的前肢末端逐渐分开了，十指也已经有了肌肉，只不过骨骼还未分段，尚未产生能令手指弯曲的关节，虽然如此，他已经尝试去操纵手指的肌肉。

就在那时候，他发觉企图尝试操纵身体的，并不只有他一个。

还有另一个意识，也在试图做着同一件事。

这或许是他生命中的第一次惊疑和第一次恼怒。

这或许也是他第一次那么强烈地想占有某样东西，而这个东西是他的身体。

他开始无时无刻不为自己争取，当血液开始流动时，他争取流到他脑中的血液，他争取他的头骨生成所需的营养，这一切为的是争取生存，当然，这只是一个美化了的借口。

渐渐地，他对他的存在已经感到十分自在，他感到这个身体是他的，另一个企图分享的家伙已经被他压制下去了。不过，他知道另一位分享者依然存在，只是信息已经十分微弱，所以他还是不会掉以轻心的。

他浮在温暖的仿羊水中，偶尔用视线还模糊的眼球凝视脐带，好奇着这条长长的东西通往何方。在微弱带红的光线下，他看不见脐带的尽头。

他聆听自己的心跳，感觉仿羊水轻抚着趾头，尽心尽力为自己而活。仿羊水的味道令他安心，他感觉到这就是全部的世界……不，外头还有一个世界。

时而，生化子宫外遮光的蔽幕会拉开，穿入刺眼的光线，他不安地转过头去，隐约看见玻璃外有模糊的人影晃动，他听见他们悄声说话，他甚至能辨认得出某些常听见的声音。

第二十五旬结束时，他觉得这个世界已经过度拥挤，不，不是因为有另一位分享者，而是因为他长大了，大得连温暖的仿羊水都所剩无几了，连组成生化子宫的胶原蛋白都快要达到保鲜期限，准备崩解了。

他对这个地方感到厌恶，他不想再待在这充满异味的仿羊水之中了。

他开始缓缓转身，令自己沉重的头朝下，这样似乎比较舒服。

他讨厌这里，但他不知道还有什么地方可以去，难道是外头吗？外头安全吗？想到要离开这个日渐变差的环境，他又开始感到不安，因为这里毕竟是他最为熟悉的地方。

忽然间，在毫无预警之下，仿羊水迅速减少了。他大为吃惊，恐慌地摆动手足，他感觉到他的世界正在崩溃，随着仿羊水的流失，重力逐渐拉扯他的身体，他越来越感到全身紧绷，似乎所有的细胞都快要窒息了。

他被狂暴地抽离生化子宫，全身立时陷入一片冰冷的空气之中，薄弱的皮肤像被千万把利刃活生生剥皮般痛楚。他的脐带被人夹住，阻断了他一切的生命来源，自有意识以来，他从来没有比现在更加恐惧过。

他忍不住咧开大口，一股冷空气冲入气管，令缩成一团的肺脏火速膨胀，他顿时如释重负，贪婪地呼吸空气，还不断警觉地环视四周。

有几只手正触摸他，用沾了温水的软布擦拭他，他试图反抗，但毫无效果，直到他被一张暖烘烘的毛巾包起来之后，那些人才总算停止对他的凌虐。

"这个畸形儿还是最健康的呢！"这是他首次听见未经仿羊水传递的声音，听起来比较尖。

"他的另一个头怎么了？"有人扯动他的脖子，将他的脸转过去，"乖乖，真难看。"

"他也不哭，不会有问题吧？"

"基因序列完全正常，除非有什么文献上从没记录过的病了。"

他知道这些人在讨论他，只是不懂他们在啰唆些什么。他卖力地睁大眼，试图用微弱的视力看清对方，但无论他多么努力，也只能看见强光中的一团乌影。

"另一个呢？00-52怎样了？"

"夭折。"接着是一阵沉默，"解剖过后，送去回收吧。"

爸爸

他在一片聒噪的环境中长大，四周总是充满了婴儿的嬉戏声或哭声，他知道谁肚子饿了，也知道谁尿湿了不舒服，但他坚持自己的原则，他不随便哭。

他观察。

他转动肌肉尚不发达的脖子，看看左右躺着的婴儿们，这些娃儿全是他的兄弟姐妹，他们的基因全都源自同样的三个人，但打从一开始，他便知道自己与众不同。

随着日子过去，他的兄弟姐妹们一个个夭折死去，为了杜绝传染病，他们被分开抚养，被置入仿如蜂巢的一个个育婴间里，这总算让他得到了一个清静的环境。

育幼人员会定期进来，看看他是不是尿湿了，看看房间墙壁屏幕上的数据，确认他今天是否摄取了足够的营养和水分，是否有足够的运动量，是否有足够的喜悦。如果不够，他们便要设法逗他开心，这对一个婴儿的身体健康和心灵成长都相同重要。

每当育幼人员必须逗他开心时，他便察觉育幼人员面有难色。他们会忍不住稍露嫌恶的表情，语带不耐地说："这两张脸的小东西，真难看啊。"他虽然还听不懂他们的语言，但他听得出语气中的负面意思。

某一天，他觉得这里的气氛有些许改变。

播音器传出一把温柔的女声："各位联邦育幼中心人员请注意，各位联邦育幼中心人员请注意，今天有重要人物来访，请大家注意言行，请大家注意言行，地球联邦万岁。"

那天，育幼人员对他特别轻柔，连换尿布的动作也跟往日不同，虽然外人看来没什么差别，但在婴儿眼中，这些枝微末节却是昭然若揭。

然后，一个留了整齐鬓须的男人来到他的育婴间前方，透过玻璃，又惊又喜地看着他。他觉得这个深色皮肤的男人似曾相识，他需要更多的条件来辨识来人。

"他就是我们的00-51吗？"男人语气中带着些许不敢置信。

嗬，他认出来了，这男人的声音，是他过去最熟悉的，好久没听过了呢。

那男人的声音有一股橘子的香甜，还有轻柔的淡紫色，当他还待在胶原蛋白包裹的仿羊水中时，每天都会听到的。

"是的，哈山—ε9800先生。"回答的是一把沉稳的女声，她看起来身形庞大，是一位令人安心的保护者。

"他的编号呢？"

"他没有编号。"

"为什么？"哈山—ε9800惊奇地说，"他在胚胎时有编号，虽然只是实验样本编号，他将来会是公民，应该也要有编号才对。"

"他将来会不会是公民，那还长远得很。"那女人冷漠地说。

"听着，"哈山—ε9800动怒了，他的声音顿时变成暗浊的棕色，"每一个孩子，都是地球人口研究中心骄傲的产物，更何况这是领导人亲自命令的'三一计划'，而这个，"他看见哈山—ε9800指向他，"这个孩子是我们最健康的个体，你不仅不许对他有差别待遇，还应该特别照顾他。"

"你认为我们会怎样？"那女人也不悦了，"他有两个头，我们从来没照顾过这种孩子，也不相信他将来能够融入社会。"

"两个头？"哈山—ε9800紧绷着唇，有些退缩地别过脸去，"总之，这是咱们两个中心的合作计划，而这个孩子，可能会是我们最成功的结果。"说完，哈山—ε9800转过头来，用充满怜悯的眼光看着他，口中喃喃说："可怜的孩子。"

他不明白那种眼光的意义，不过他很清楚地知道，这个人，是少数很期待他继续活下去的人。

他不会令这个人失望的。

"你们只需要把他们制造出来，就了事了，而我们联邦育幼中心关注的，是一个孩子的未来。"那女人说，"他是一个畸形儿，他没有未来。"

"你怎可如此断言？"哈山—ε9800抱起他，轻抚他稀疏的毛发，忍不住将眼光停留在婴儿的另一张脸上。

比起正常的那张脸，眼珠子正精灵地打量他，那另一张脸就像一片肿瘤似的，附在正常的脸的左边，五官像揉过的纸团，嘴巴是歪的，眼睛是翻白的，显然合不起来，大大的鼻孔正微弱地呼着气。

那女人又说话了："这一批三一婴儿夭折率很高，早就超出标准值了。我不明白这实验的目的，不过这显然是个失败的实验，我从来没见过这么脆弱的婴儿。"

"请给我最新的报告。"哈山—ε9800将婴儿放回去，接过那女人递过来的电子档案夹，禁不住蹙眉道："只剩下一半存活？"

"如你所见，一百个，仅剩四十九个。"

哈山—ε9800一边不安地抚摸鬏须，一边离开他的育婴间。

他扭动手足，发出啊啊声，希望将那把熟悉的声音唤回来。

努力了一阵之后，他发觉哈山—ε9800的淡紫色声音不再飘浮在空气中，这才好不容易放弃了。

除了每日一成不变的吃喝拉撒，婴儿们便似乎没事可做了。

事实上，婴儿的脑细胞可是在蓬勃地生长着，来自四面八方的刺激，都是脑细胞们生长的养分，声音刺激听觉皮质、语言区的成熟，光影刺激眼球的发育和视觉皮质的成熟……

所以00-51并不会觉得无聊，这世界对他来说是崭新的，充满了新鲜事。

即使育幼人员不喜欢主动来照顾他，令他缺少其他婴儿能有的人际互动，他还是不会感到无聊。

因为躺在育婴间中，他不时会感到一阵电磁波的流动，那阵电磁波总会准时光临，抚摸他的身体，在微微的酥麻感后，得到他的心律、血压、呼吸频率等生命指数。

他感觉到，那是一种关爱。

于是，他尝试跟它沟通。

刚开始，那阵电磁波似乎吃了一惊，他可以清楚地感到它的迟疑和停顿。

过不久，它也对他产生了兴趣。

它试着传送一些单字给他，他也很快就回应了，但只能发出一长串的怪叫声，无法构成有意义的语句。

虽然他的脑袋还没成熟得能令他说话，但已足以接收和了解语言文字。他急着想要跟人沟通，却恼于一句话也说不好，忍不住便要哭出来。

"嗬，那小怪物要哭了。"他听见一名育幼人员这么说，天生好强的他，马上忍住了哭，倔强地盯着对方。"还瞪我呢？"那人说。

那阵电磁波又悄悄地来了，它轻柔地安慰他，要他别急躁，他现在才六个月大，再过几个月，他便能说话了，他可以趁这段时期好好学习。

好，学习。他同意了。

他跟电磁波建立了一种亲密关系，他知道它会保护他，虽然每次电磁波来探访时，总带有一阵酸味，还有细微的振荡，但他喜欢它，它可比育幼人员友善多了。

于是，在他能开口说话之前，他已经学会了标准联邦语，也开始利用这套语言，吸收地球联邦过去和现在的知识。

哈山—ε9800再度来探访时，表情比上次更忧郁了。

他知道为什么，因为昨天就听育幼人员说过，哈山—ε9800今日会来访，而他们必须向他报告"三一孩童"只剩下十五名了。

"小家伙，你已经长得这么大啦？"

他已经能走路了，虽然还是摇摇摆摆的。

哈山—ε9800过来拉拉他的小手，眼神忍不住溜向他的左半边脸，他知道，那边还有另一张脸，是他兄弟的脸。

那张脸歪歪斜斜的，连五官也是扭曲的，一只眼睛张不开，另一只则翻了半只白眼，微张的嘴唇下有参差不齐的乳牙，还有口水止不住滴下来。

那张脸像是挂在他头上的肿瘤，他不喜欢，打从还在生化子宫就不喜欢了，这名兄弟就像鬼魅般纠缠着他，令人们视他为怪物，排斥他，轻视他。

但哈山—ε9800令他吃了一惊。

哈山—ε9800伸手抚摸那张丑陋的脸，那个他厌恶的兄弟，然后怜爱地说："可怜的小东西，你受苦了。"

哈山—ε9800的声音仍然是淡紫色的甜橘香。

他心里涌上一股暖意，喉咙有一股冲动，想爆出一长串的话，但他忍住了，是那阵电磁波老早就教诫过他的："00-51，你要忍耐，否则人们会过于惊怕，人们会害怕过于特殊的人。"

但他还是有一股想要展现自己的欲望。

他于是思索了一下，小声地说："爸爸。"

哈山—ε9800大为震惊，他瞠目结舌了好一会儿，转头四顾，确认没人听见，于是轻轻抚着他的肩，问："你刚才说什么？"

"爸——爸——"他又说了一遍。

他窥见哈山—ε9800眼中有一丝感动。

哈山—ε9800转身去找育幼人员，小声问他们问题。

他的耳朵听不见哈山—ε9800在说什么，但这并不妨碍他的听觉功能，他的听觉皮质仍然可以清清楚楚接收到他们的对话。

"你们会教小孩怎么叫人爸爸妈妈吗？"

"会呀。"

"他刚才叫我爸爸了。"

"不可能，只有在确认被收养后，我们才会教的。"

"但他的确叫了。"

育幼人员狐疑地望过来，随即走到他面前蹲下，用不信任的语气说道："来，说爸爸。"

他不作声，假装在专心玩手上的塑料积木，还故意让左边的脸朝向那名育幼人员。

育幼人员向哈山—ε9800耸耸肩，然后便离去了。

哈山—ε9800舍不得离开，他一腿跪下，扶着00-51的肩膀，柔声说："听着，你要活下去，一定要活下去，你在这里是没有编号的，一旦你死了，你在这个世界上就不会留下任何记录。"

他停下手上的玩具，转头望向哈山—ε9800关爱的眼神。

然后他点点头。

安妮

哈山—ε9800摆了一杯热咖啡在安妮—ε670旁边。

这是哈山—ε9800很常做的事，身为"三一计划"执行长，他常常泡咖啡给研究员喝。

不过这次不一样。

他只泡了两杯，一杯是给自己的。

而且他还满脸通红，额头泌汗，拿着咖啡杯的手也在微颤，像是吃了兴奋剂一样。

"安妮，你可以嫁给我吗？"

好不容易说出了这句话，整个人差点就要窒息了，他一边大口喘气，一边别过头去，不敢看安妮—ε670的反应。

没想到，安妮—ε670只是冷冷地回了句："别跟我开这种玩笑。"手上忙着整理记录，没有半点停下来的意思。

哈山—ε9800吞了吞口水："我……我是说真的。"

"好吧，"安妮—ε670放下手上的工作，推了推眼镜，面向哈山—ε9800，"我们当了这么多年同事，我也知道你是个连开玩笑都不懂的人，其他人都会取笑你的迟钝，事实上，你比我还无趣。"

哈山—ε9800不断吞口水，紧张地望着安妮—ε670说话的嘴唇。

安妮—ε670继续说："我们年纪也不小了，我不是美女，而且也不再年轻，如果你会向我求婚，绝不可能是因为爱上了我，顶多了不起是为了你自私的性需求。"

他大力摇头。

"你还有什么理由？"

他深吸一口气，道："我们做研究的人都有这个毛病，喜欢对事情分析个一清二楚，不过我的理由更简单。"

"说。"她两手交叉在胸前，顺便瞟了一眼墙上的钟，心里快速计算到下班之前还能完成多少工作。

"我需要一位法律上的伴侣。"

"为什么？"

"这样的话，我才可以申请'心灵填补计划'。"

"你要养小孩？"安妮—ε670错愕道，"没有伴侣也可……"

"计划修正了，"哈山—ε9800截道，"我最近去查询过，必须要法律上的夫妻才能申请。"

安妮—ε670透过镜片端详这个男人，她打从十七岁加入地球人口研究中心便认识他了，但他从来不是一位惹人注目的男人，既没有出众的才能和体格，也没有任何令女人心动的条件，就连几年前他被任命为计划执行长，也颇令人意外，最后大家一致认为那是因为他过于谨慎（而不是因为才能）才被任命的。

她开始评估眼前的这个男人，或许真有重新认识他的必要，也或许这只是在浪费时间而已。

安妮—ε670转过身去："谢谢你的咖啡，我想，你还是再回去冷静思考一旬好了。"

"我不是个容易冲动的人。"

"我知道。"

"安妮，事情是……"

"一旬。"她坚持要他思考。

为了表示他的诚恳，哈山—ε9800等了十天，在第十一天，他才将一份婚姻申请表放在安妮—ε670面前。

安妮—ε670着实有些讶异，事实上这几天她也在忐忑不安，她不知在第十天时该怎么拒绝才好，昨天她还不安了一整天，没想到哈山—ε9800还多拖了一天才发动攻击。

"哈山，哈山，"她叹口气说，"你对婚姻有什么期望？"

"我需要你安静一分钟，听我说完。"

安妮—ε670正欲开口，哈山—ε9800马上摆了一杯咖啡，咖啡正飘出香醇的气味，上面覆盖了浓浓的一层奶泡，撒了些柠檬皮碎屑，是她最爱的口味。

哈山—ε9800伸出一根手指："给我一杯咖啡的时间，好吗？"

她迟疑了一下，拿起咖啡，慢慢一口口呷着。

哈山—ε9800耐心地等着。

"说呀。"

哈山—ε9800怔了一下，忙说："你还记得00-51吗？"

"你要收养他？！"

哈山—ε9800赶忙掩着她的嘴巴，但不敢放肆，手指只轻触在她唇缘，这个举动已经惹得安妮—ε670满脸飞红。

哈山—ε9800镇定地说："答应我，先不说话。"待她点头同意，他才说："00-51已经两岁了，他在联邦育幼中心没有编号，受到隔离，他们不希望让其余的孩子对他留下印象，你知道，他们说三岁以后记忆才成形，他们要让所有孩子认为地球联邦是完美的，也不让其他公民看见他的存在……"

哈山—ε9800有了信心，说得更起劲了："你知道，他没有编号，表示育幼中心只在等待他的夭亡，他们根本认为他是个累赘。但这孩子十分顽强，一百个成功诞生的'三一'，现在只剩下七个，七个！其余的要不是心脏衰弱，就是肺功能不全、先天免疫不全，等等。而00-51的健康状态呢，却是所有孩子里头最好的。"

他暂停了一下，看看安妮—ε670的反应。

她只是低头喝咖啡，没有半点他预期的惊讶。

他感到有些泄气，但为了00-51，他不能就此退缩："他的生命力比谁都旺盛，甚至于他的身心发育比其他孩子来得早，他现在两岁，已经在算加法了，他的表达能力也很强，还会念出墙上海报的字！育幼中心的人告诉我，说他突然就会的。他有一股强烈要活下去的意志力，但如果我不收养他，他可能就会被一直软禁在育幼中心，不知有什么下场。"

安妮—ε670喝完了咖啡，将杯子"锵"的一声放上碟子，用她绿色的眼睛凝视着哈山—ε9800，缓缓地说："执行长……你有没有考虑过，这样的一个孩子，联邦将来会不会消灭他？"

"如果会的话，早在胚胎时期就该下指令了。"

"他们可能还在观察而已。好，撇开不谈，即使你收养了他，这个被人视为怪物的孩子，你又打算怎样教育他？怎么让他在这个完美的地球联邦生存呢？"

哈山—ε9800舔了舔上唇："我想……你最好能够亲眼见见他，见过之后，相信你不会再理会他的另一个头。"

"好啊。"

哈山—ε9800大喜过望，两眼顿时明亮了起来。

"别误会了，我没有说要跟你组成一个家庭，"她将婚姻申请表收入抽屉，"我只是想看看，能帮上什么忙。"

哈山—ε9800靠上前去，紧握她的手："谢谢你！谢谢你！"

会面

安妮—ε670也是"三一计划"的成员之一，所以联邦育幼中心很快就批准了她的造访申请。

进入育幼中心，他们听不到小孩聒噪的玩耍声，因为小孩们全被依照智能分类隔离，在各自的楼层抚养着，各楼层之间无法轻易相通，隔音工作也做得很好，企图令小孩们以为他们居住的楼层便是整个世界。

他们随育幼人员进入升降机，升降机爬升到最顶楼，再穿过一条长长的走道，才在走道末端出现一扇遗世独立的小门。

门打开后，出现的是空荡荡的一个大房间，角落摆了一张床，床上什么也没有，床单和枕头都被堆在高大的落地窗边，一个穿着斗篷的小孩坐在被单上，眺望窗外的景色。

"是他自己拖去窗边的。"育幼人员的语气有些懊恼。

床单边散落了一些玩具，除此之外，便只有窗边的一盆绿色观叶植物略作点缀。

小孩看窗外景色看得入神，听见还有别人的声音，才缓缓转过头来瞧瞧。

"爸爸。"一见来人是哈山—ε9800，小孩主动迎了上去，张开两臂要他抱抱。哈山—ε9800将他抱起来，一脸笑意望向安妮—ε670。

"你教他叫的？"

哈山—ε9800摇头。

安妮—ε670看不见小孩的另一个头，小孩穿了有风帽的斗篷，将左边的脸盖了起来。如果没看见另一张脸，说实话，她还觉得这小孩蛮不错的，五官可以说俊俏，只是眉毛看起来有点凶。

"我给你介绍，"哈山—ε9800对小孩说，"她叫安妮。"

安妮—ε670勉强挤出笑容，小孩看了她一眼，随即伸出两臂要她抱。

她一时不知所措，哈山—ε9800鼓励地朝她颔首，她才不熟练地伸出双臂，将小孩不稳地抱在胸前。小孩的身体温度比较高，她感到一股暖意传来，心里暖洋洋的。

小孩好奇地伸出小手，摸了摸她高挺的鼻子，口齿伶俐地说："爸爸的比较扁，比较黑。"安妮—ε670讶异地瞪大眼。

哈山—ε9800在一旁得意地说："如何？我说过他不同吧？"他们心里都知道，他的措辞用字不是一般两岁的程度。

"你是妈妈吗？"小孩冷不防说道。

安妮—ε670蹙了蹙眉，随即笑道："不是的。"

"可是，"小孩说，"爸爸是这么希望的。"

安妮—ε670盯了哈山—ε9800一眼，用眼神责问他，他吃惊地慌忙摇头，用嘴形说"我不知道"。

"爸爸希望我们成为一家人。"小孩随即转向哈山—ε9800说："我会求玛利亚的。"

"谁是玛利亚？"哈山—ε9800忖道，用眼神询问身边的育幼人员，育幼人员也困惑地耸耸肩。

安妮—ε670对小孩说的话不置可否，她抱小孩走向窗边，俯视下方绿色的草地，轻声问说："你刚才在看什么呀？"

他指向远处的一间房屋，房子有个半圆顶，看上去有些残旧，在一堆设计新颖的建筑物间，显得分外突出。安妮—ε670不明白，怎么会有人不愿意住新房子呢？向政府申请翻修是免费的呀。

一艘巡逻艇缓缓飞越那间旧房子上空，兜了个圈子，才再慢慢移往联邦育幼中心的方向。

"那是谁的家？"

小孩摇摇头，转头望向出口，安妮—ε670也望过去，只看见门槛上方的监视摄影机。小孩将一只小指抵在嘴唇上，促狭一笑："下次告诉你。"

探访告一段落之后，他们向小孩道别，在离开顶楼时，哈山—ε9800一直没说话。他见安妮—ε670跟小孩相处得不错，心中不禁窃喜，但如今又见她一脸冷漠，就跟平日在实验室一样，又令他心里七上八下的。

正当他想开口时，随行的育幼人员突然说："我们主任要见你们。"

两人错愕之间，育幼人员已将升降机停在地下室，领他们到访客室，并告诉他们，育幼中心主任已经在那边等待了。

哈山—ε9800只见过那位主任一次，这趟并没打算要跟她见面，对于这种不在预期中的见面，他总感到些许忐忑不安。

"幸会，我是琼—δ1559。"她用厚实的手掌跟两人一一握了手，令人油然生起一股安心感，"开门见山，你们的'三一计划'不怎么成功。"

哈山—ε9800有些紧张，他向来不擅于面对陌生人："当初的实验，只是为了探索三套人类染色体合成一个的可能性而已。"哈山—

ε9800没说出他的疑惑：这三套染色体是早已预选的，不由得他做主，他猜想应该是什么重要人物的染色体，但他不敢质疑。

育幼中心主任琼—δ1559挥一挥手："我不过问实验目的，那超出了我的权限范围，我只关心小孩，你们的小孩夭折率太高，而最健康的那个又是个怪……畸形儿。"

"还有一个也很健康。"哈山—ε9800轻声说道。

"你说的是那女孩，λ16798K，也就是你们的00-21，她该是你们最满意的成果了。"

"不，或许对你们而言，00-21隶属于完美的一类，但00-51对我而言，才是我的骄傲。"哈山—ε9800笃定地说，竟在不知不觉中，激动得溢出了泪水，"我爱那孩子，我要收养他。"

琼—δ1559满月似的脸庞上，有一对精明的小眼，她满怀疑窦地观察这男人一阵子，才用最柔和的声音说："你知道，你必须先申请心灵填补计划。"

"我知道。"

"而且申请结果，是由我们开会审定的。"

"我也知道。"

"老实说，你现在的措辞和表现，会令我要求你在申请的同时，还必须附上一份心理评估报告。"

哈山—ε9800神经一紧，赶忙噤声。

"哈山先生，你来访的次数十分频繁。"琼—δ1559知道自己掌握了局势，满意地将自己埋入沙发中，"或许你很关心这个计划，但你只集中在关心那个怪物，呃……对不起，是畸形儿，总之，这已经表示你的动机不纯，我希望你能多多注意你的权限。"

然后，琼—δ1559站起来要握手，表示要送客了。

这一次，哈山—ε9800觉得她厚实的手掌软绵绵的，背地里隐藏了一颗冷酷的心。

玛利亚

联邦育幼中心的夜晚十分宁静，从最顶楼的窗户，可以望见首都贾贺乌峇的夜色，稀落的灯光显出这城市的人口密度不高，依照地球联邦的完美平衡原则，这样的人口数正好和食物生产维持着一个安全比例。

小孩知道这个道理，因为玛利亚曾经教过他，早在玛利亚用单纯电磁波的形态跟他见面时，便已经教了他不少知识。

玛利亚创造了这一切，也统理这一切，所以祂知道。

"玛利亚？"他躺在床单上，朝黑暗的天花板轻声说道。

"孩子，该就寝了。"玛利亚轻柔的声音，像暖风拂过空气。

"您会帮我的，对吗？"

"不过时间还没到。"

"还要多久？"

"一年。"

小孩发出不满的吟叫声，用脚踢开被单。

在小孩不高兴的时候，玛利亚忽然感到一阵没来由的慌张，祂的光纤中出现了一小段乱码，一波接一波，像是程序演算中的噪音。这种事祂之前也遇到过，但祂以为那只是因为祂的年纪太大了，这一瞬间，袘才明白到这似乎跟那小孩有关。

"你应当知道，如果弄得我不高兴，判断你对地球联邦有害，我可是会消灭掉你的。"

小孩继续嘟囔了一阵，才沉默下来。

果然，噪音消失了。

玛利亚赶忙启动整修程序，按照人类的说法，就是重整思绪。

过一会儿，小孩又试着说道："玛利亚……"

玛利亚没回应他。

"有一天，我会见到您吗？"

玛利亚还是不回答。

袘默默地计算了一会儿，忽然在程序深处出现一个尖锐的波峰，这一刹那，袘忆起了好久好久以前的一件往事，当时袘也曾出现这种运算。

袘很清楚地知道，这种情况被称为"恐惧"。

袘的视讯终端瞄了小孩一眼，只见他扭动了一下，便安静地睡着了。

"很有趣。"玛利亚说。

不过袘不是对小孩说的。

方才跟小孩说话的玛利亚，只不过是袘延伸到全球各地的触角之一，而袘真正的身体，已栖身于地底一段很长的岁月。袘从没告诉过小孩袘真正的所在，可是今天上午，小孩却向来访的研究员指出那间老旧的房子。

拥有人类有史以来所有知识的袘，此刻竟产生一股无力感。

于是，在那间老房子深深的地底下，袘召唤来地球联邦的"第一主席"，对她说："很有趣。"

"是，伟大的玛利亚。"第一主席苏—η99907回答说。

"理论上，人类的记忆要在三岁以后才成为永久记忆，而这个小孩很不同……很不寻常。"

"全知的玛利亚，"苏—η99907站在阴暗又干燥的地底，有些战战兢兢地说道，"我应否建议您，在他造成任何威胁之前，我们应率先摒除这个风险吗？"

"不，不不，"不带感情的柔声，令人完全猜不透祂的想法，"我们暂且先观察，我相信，我们有足够能力担当风险。"

玛利亚安静了一下，才又说："我看我总算明白，为什么他们会称他为怪物。"

父母

琼—δ1559脸色发青，看着手上的一份文件。

"这是什么？"她以为她看错了，因为她完全不记得自己做过这种事。

文件下方有她的签名，确确实实，连她自己都看不出破绽。

文件上注明的是：那个两头的畸形儿00-51正式被哈山—ε9800与安妮—ε670收养。

她绝不允许这种事发生，她在地球人口研究中心那两个怪胎面前发过誓的！这攸关她的名誉，况且这也是一项极严重的联邦罪名。

到底是什么人胆敢仿冒她的签名？她知道！一定是那两个人无

疑！除了他们，还有谁会有动机呢？

她主意一定，马上按下桌上的按钮："给我接清洁队。"

一分钟后，一把冷酷的男人声音响起："我是东24区队长，请报上编号和身份。"

"δ1559，联邦育幼中心主任。"她的语气十分火暴。

"阁下要报案吗？"

"有人伪造文书，伪造我的签名，这会构成什么罪名？"

"阁下要报案吗？"

"我当然要报案！我还有嫌疑犯！"

男子的声音依旧不疾不徐的："请将阁下提及的文件传送过来，我已经准备好接收。"

琼—δ1559在盛怒下一时弄不清楚操作程序，费了一阵子功夫才传送过去。

很快地，清洁队那头再度出现那男人的声音："我是东24区队长，报案申请不被允许。"

"什么？"琼—δ1559又惊又怒，"为什么？！"

"文件内容完全合法，授权码和芯片内码完全合法输入。"

"芯片内码？"

每位地球联邦公民惯用的那根大拇指中，都会植入一片芯片，从离开联邦育幼中心、被人收养的那天起就被植入。这芯片不仅是个人身份辨识，也是追踪监视每一位公民行动轨迹的利器。

如果文件中含有她的芯片内码，表示这份文件曾经经过她的手。

"是的，"那男人说，"而且只含有你的芯片内码。"

也就是说，这份文件从头到尾只经过她一人之手。

"不可能！"琼—δ1559喊道，"我绝对不会批准那两个怪胎收养那个小怪物！"

那男人沉默了一下，才说："如果你执意要报案，很可能结果会对你不利，你可以查看联邦民法第53条补充条文。通话结束。"

琼—δ1559感到一块粗大的东西顶住喉咙，整个胸口郁郁不乐，沉闷得紧。

她认定搞鬼的人是哈山—ε9800了。

另一方面，在地球人口研究中心，安妮—ε670也正对哈山—ε9800怒气冲冲："执行长，今天早上我还没出门，就有人进来搬东西。"

哈山—ε9800还搞不清楚安妮—ε670在说什么，更不明白她为什么如此盛怒，只好无辜地望着她。

安妮—ε670转头四顾，发觉研究室的同事全都在盯着她，她只好咽了咽口水，靠近哈山—ε9800耳边说："他们说要将东西搬去你家。"

"咦？！"哈山—ε9800吓得差点弄翻桌上的咖啡。

"执行长……"安妮—ε670皱起眉头，呼吸已经喷到他的脸上了，"你知道这是怎么一回事吗？"说着，她拿出一份文件。

"婚姻协议书？"哈山—ε9800搜索了一下，发现下方还有他们两个人的签名，签得跟他亲笔签的一模一样，连最微妙的一些转折处都相同。

"安……安妮，我真的不知道。"

"而且他们说，婚姻申请已经生效，所以我不能再住在我的房子，否则就是违法。"

"你有去申诉吗？"

"有，他们说，这份文件的的确确是我们签的名，连芯片内码都有。"

哈山—ε9800一点头绪也没有，他早上的那杯咖啡还未下肚，脑子还是浑浑的。

桌面上的指示灯亮起，表示有文件传送过来了，一个屏幕从桌面升起，将桌上的文件推向一旁。哈山—ε9800反射性地按下按钮，屏幕上显示出"领养批准"几个大字。

哈山—ε9800更加慌乱地望向安妮—ε670，她两手叉在胸前，用眼神强烈地质问他。他惊慌失措地说："我心灵填补计划的申请表还在抽屉。"说着，他真的从抽屉里拿出皱巴巴的申请表来。

安妮—ε670也感到困惑了："如果不是你干的，为什么会发生这种事？"

文件打印出来了，上面注明次日傍晚以前要将孩子接回家，并需依令请假一天，好花费一晚跟小孩相处。下面还特别注明：如果不依令执行，将予删减公民点数处分。

两人面面相觑一阵之后，安妮—ε670才说："这样子，我们算是夫妻了吗？"

哈山—ε9800深吸一口气，结结巴巴地说："你愿意吗？"

安妮—ε670冷冷地说："你休想。"

第二天，他们依时抵达联邦育幼中心，在门口的接待区等候育幼人员处理手续。

他们这次的身份不是研究员，而是父母。

由于育幼中心主任的阻挠，哈山—ε9800也有一年多没见过那小孩了。据他所知，"三位一体"计划中一百个顺产的小孩，在育幼中心竟只剩下三个了。

"两位，"一位年轻的女性育幼人员走过来，面容僵硬，略带青涩，应该是刚来上班的年轻人，"主任要亲自面见你们。"

哈山—ε9800心里一阵紧绷，他真的不想见到那个女人。

育幼人员领着他们到琼—δ1559的办公室，便退了出去。琼—δ1559壮硕的身材，令坐在凳子上的两人显得十分渺小。

琼—δ1559一开口就说："我不知道你们是怎么办到的。"说着，轻轻将一份文件摆在他们面前，任谁都看得出，她正极力忍耐着怒意，"签了名，那孩子就是你们的了。"

"我们……"

安妮—ε670试图澄清误会，但琼—δ1559马上伸手打断了她的话头："请试着不要跟我说话，因为我见到你们就生气。"

哈山—ε9800不敢再多说，很快用磁感笔签了名，他看到打印文件的电子纸有一道浅光扫过一下，表示他的芯片内码已经被登记在纸上了。

"接下来的事，必须由我亲自告知你们，"琼—δ1559又取出一份文件，以及一个印章，"否则我一秒钟也不想再见到你们。"

他们两人看清楚了，那份文件是00-51的一切记录，哈山—ε9800将它拿过来，看见第一页记载了他受胎时间、孕育过程的详细报告，按一按电子纸的下角，纸上便一页页显现内容，包含了他的生长曲线、成长中的血压、脉搏等生命系数，以及血液、尿液的检验报告。

这种纸就像软式的屏幕一样，满足了人类对纸张触感的迷恋，又不像屏幕般会发出光线伤害眼力，而且一张便能储存一套大英百科全书的内容，也不需额外供电，因为它只需人类皮肤表层的电感便能操作了。

"没什么好看的。"琼—δ1559将00-51的生长报告抽回来，将手上的印章用力盖下去，报告上盖了个大大的"删除"。

安妮—ε670皱起眉头，狐疑地问道："什么意思？"她知道，那是表示当事人已经被消灭了，被回收到地球联邦的能源中心去了。以前她处理废弃胚胎时，常常盖这种章。

"这可不是我的意思，这是统治阶层直接下达的命令。"琼—δ1559的语气里带有一丝得意，"像你们一样，我不知道也不在乎统治阶层是什么，不过他们的话就该听，不是吗？"

"你们要消灭这个孩子……"哈山—ε9800的眼眶已经泛现泪光了。

"哈山先生，这倒也不是，"琼—δ1559沉着脸说，"只不过这孩子不能光明正大地出现在人群中，他等于是一个死人，他不存在于地球联邦的人口档案，不能上学，不能跟其他小孩玩，因为我们不能让地球联邦善良守法的公民看见不完美的东西。"

"不完美的东西……"哈山—ε9800一道怒火生起，喉头一阵哽咽。

安妮—ε670忙紧握他的手，止住了他蓄势待发的怒气，她咽了口唾液，才说："我们会遵守规定的。"

"很好，"琼—δ1559点点头，"这是今天最令我满意的一句话了。"

第 二 章

/

正思

❧ ⫷ ⫸ ❧

无有思维，名正思维。

夫思维者，名为颠倒。

若颠倒者，云何得言正思维耶？

——《大方等大集经·卷七》

广化寺

万历年间，京城的广化寺有个头陀，在京内文人之间，算是略有耳闻。他是人们茶余饭后的聊天题目，有的人说："当今之世能有头陀，也是稀有哇。"有人则不以为然："当今骗子满街都是，搞不好是要骗人去供养他的，待有人帮他盖了大庙，看他还头不头陀？"

头陀，就是修苦行的出家人。

这头陀夏天露宿树下，寒天也待在回廊，几番大风雪天，人家怕他冷死，可他总是没事，比有房舍、有棉被的某些僧人还来得健康。

修苦行者，一天只吃一餐，中午以后连水也不喝，住寺院时远离众人而居，或住墓冢间，只坐在露天或树下，绝不卧躺……种种皆非一般人能行之事，他师法当年佛陀的弟子大迦叶，专修苦行，难行能行，自然有人赞叹，也免不了接踵而来的质疑。

他不在意，毁誉由他，话是别人说的，若还会放在心上，便不必修行了。修行，正是要修正行为，纠正自己过去的恶习和妄念。

当人们向广化寺的常住问起这头陀时，寺中人等总会回道："其实他并非头陀，更非出家人，只是个寄宿本寺的痴人，自以为在修头陀行。"这种说法很是惹人疑窦，但这是住持交代的说法。

住持这么做是为了保护那头陀，那头陀名唤正思，多年前来这寺院，出示的度牒和戒牒书名是在天启六年立下的。

问题是，没人听过这个年号。

正思说这是未来的年号。

谁能证明未来？于是住持将度牒与戒牒撕毁，他担心不合法的文件会惹锦衣卫上门，近来假冒出家人的不法分子实在太多了，假若有个万一，整个寺院可就牵连不小了。

但住持觉得这人特别，便听任他住下，这一住，竟住上了许多年。

时而会有人探头进他栖身的院落，用好奇的眼光扫视正思，一睹传闻中的头陀；时而，还会有新进沙弥或其他寺院来的比丘，在角落指指点点。

他毫不在意这些人的目光，他在意的事情只有超出生死，他要精进修行，因为他负欠了太多别人的生命……

他的生命是别人用生命换取来的。

当初在地球联邦，父亲婆罗门—α51为了他的"纯种"身份，被地球联邦消灭。

在证因寺，然头师兄为了救他，硬拼前来追杀的奥米加，体力耗尽而亡。

当他病危将亡，生命之火只剩些微时，明月师兄竟以一人之力突破时空，将他从天启七年送至万历二十四年，想必也是奋力一搏，理应活不了了。

他不知道，在他逃离地球联邦之后，还发生过什么事？会不会有人再为他牺牲？无论如何，要报答这些人的恩情，唯有勇猛精进，早成佛道，回头将他们早日度离苦海！

一想至此，正思便振奋精神，调整好坐姿，在院落树荫下细观鼻息，心中密念佛号。他感到对面有人影晃了一下，在他面前坐下，他知道来人是谁，是广化寺的住持净观法师，常来与他一块静坐的。

正思也不搭话，只管静坐念佛。

其实念佛也是个念头，但乃先用一个念头止住无数个缭乱纷飞的念头，最后，连这个念头也要消失，当心绪的涟漪逐渐平静时，遂入"定"境。此刻心如镜照，通澈明亮，映照万物，世间一切变化了然分明，缘聚便生，缘散便灭，万物万事生生灭灭，原来不过是缘聚缘散，本性空寂。

正思不知道自己坐了多久，直到寺中敲起钟声，通知大众要准备晚课了，他也该到香积厨去煮饭了。

他站起来时，才发觉原本坐在他面前的住持早已离开了。

他知道住持有事想问他，却又不想打扰他。

他并不是在猜测住持的心思，他确实是知道，住持想问他事情。

明月师兄曾告诉他："每日用心持戒、禅坐，经年累月，必有成就！"是的，经过这许多年，他心里明白自己发生了什么变化。

他已经出现了洞彻人心的现象，任何人起心动念，就像平静的水面上起了细漪，当他心平如镜时，自然连最细微的涟漪都会十分敏感。

不过他只知道住持有话要问，却不知要问的是啥。

正思到香积厨去切菜、生火，他的每一个动作，甚至口中、耳中、思维中都在念念不断地念佛，仿佛每一寸肌肉的运动，每一段神经中的脉冲，都充满了念佛的节律。

"我怎知道这个方法是可行的？"当明月师兄教他念佛时，他如此质疑。

"你不会知道。"明月师兄说，"除非你试着去做，努力去做，否则你不会知道。"

"我来自的那个时代，我们要相信一件事情的结论是真的，它必须是能够反复验证的。"

明月眯眯老迈的双眼，看起来有点憨憨地歪着头，直到正思忍不住要再发问，明月才说："你要是只管问，却不试着去做，当如何验证？"

明月师兄恳切的神情，历历在目。

啊，他真怀念这老人。

他刚从地球联邦逃遁至天启六年时，是明月和慧施两位师兄照顾他的。慧施照顾他的起居，而明月照顾的则是他的心灵。明月每每适时给他建议，让他在问题的关键点上迎刃而解。

当他快要重病而亡时，也是明月师兄将他从死亡的境地中硬拉回来，将他推往更久以前的万历二十四年。

他将明月当成了父亲的形象。

晚斋结束后，正思又回到树下，在星光下静思。

住持净观法师又来了，他席坐在正思身边，手中慢慢转动念珠，轻声念佛。

"住持可有要事？"正思缓缓问道。

住持点点头："昨儿去了城东。"

正思待他说下去。

"顺势到证因寺去参访。"

一时，正思胸中澎湃起来。

他最初来到这个时代，正是在未来天启六年的证因寺！不知现在这个年份，明月师兄已经在证因寺了么？他不敢贸然去拜访明月，因为在逻辑上明月还不认识他，他不想扰动了因果。

"有位师兄向我问起你的事。"

"住持见笑了，"正思忙说，"末学为广化寺惹来闲言闲语，是我的过失。"

住持伸来一手，轻压在他手背，示意不必多说："师兄，你会错意了，他问我寺中有没有一位正思？"

正思困惑地望着住持，广化寺没人知道他的法号，因为没有人在意他的存在，只有当初撕毁他度牒和戒牒的住持，才记得他叫正思。

"我告诉那位师兄，有的，有一位正思，还只是位沙弥。"住持用一双沉着的眼睛注视他，似乎在捕捉他的反应，"他神色甚为喜悦，还要我代为问候。"

"那位师兄……"正思欲言又止。

他不敢问。

他有点拒绝去知道答案。

但住持告诉他了："那位师兄，法号明月。"

正思双目圆睁，胸中猛地波涛汹涌，一时之间，清风明月，化成暗潮纷浊。

这一夜，他的心再难平静。

无名者

上午九时，历史研究院大门口的人潮忽然间消失了。

各级研究员进入教室，接受查史者们的传道授业。

高级研究员忙碌地查阅计算机、修正历史记录，好让地球联邦历史不会出现前后矛盾的现象。

查史者也查阅他们的专用数据库，寻找历史的模式和轨迹，企图发现历史的重复现象，好将它们公式化，让未来变得更明朗、可预期。

这些都是历代史学家们的工作内容之一。

就在研究院大门安静下来之后，有个年轻人准时出现了。

他穿着大衣，大衣后方连着一顶风帽，正好遮去他的大半张脸，尤其左半边的那一大块隆起。

经过大门时，门边的侦测器"嘟"了一下，表示记下他的芯片内码了，每个公民惯用的大拇指骨都会植入一枚芯片的。

他不惹人注意地、熟悉地走过长廊，信步踏入地下室，来到数据库的门前。

这大型数据库开放给初级研究员做功课查询之用，门口旁边写了大大的"管制区"，但他不需要递出身份辨识卡，大门便自动打开了。

初级研究员们都在上课，所以他有一整个上午的时间，可以独自一人慢慢摸索。

数据库里头还弥漫着昨晚的清洁剂气味，一尘不染的大房间有着沉重的孤独感，令人产生一种害怕有人躲在里面的惧意。但他并不在意，如果要躲，他才是必须躲的那个人。

这么多年来，他都是在躲躲藏藏下生活，别的孩子们聚在一起上课，他则是单独一个人接受教育，那些教育他的人会在父母上班之后闯进家里，将一大堆知识硬塞给他。

有时他会很郁闷，如果他的存在是那么不可告人，如果他无法接触外界的社会，那他接受这么多教育又是为了什么？

他才刚选了一个座位，计算机便自动开机，戴上视讯目镜后，屏幕上清楚地显现一行字：

历史研究院数据库·高级研究专用

视讯目镜的好处是，没有人可以看见你查询的数据，不过对他而言却有些不太方便，视讯目镜左边的钩条老是挂不稳，因为他的左耳在头的斜后方，而正常人有一只左耳的位置，他却有个同胞兄弟的头，还在流着涎液。

他曾问父亲，能不能将那头切掉。

他得到的回答是："你们的大脑是相连的，谁也不能保证切除那一侧的安全性。"或许正是因为比别人多了这一块，他才能在十二岁修完高中课程，并开始大学自修。

他选择了历史，他知道历史的重要性，没有一样东西、任何一种生物，能够不经过浩瀚的历史长河而存在。

"你又来这里了。"

他大吃一惊，听觉灵敏的他竟没听见这人进来，而且还已经来到身边。他扯下视讯目镜，看见面前的人并不高大，一头稀疏的毛发用心地梳得平平贴贴，一双狡猾的小眼睛毫不客气地注视他藏在帽下的另一个头。

他知道这人是谁。

如果说"查史者"比任何研究员等级还要高的话，那么他是比任何查史者身份还要高的"首席查史者"，够资格拥有这个称号的，也只有历史研究院院长。

他认识首席查史者，因为当他还小的时候，每天上午闯进他家来传授历史的就是他。他的身份有资格承受这个秘密，他虽然狡猾，但绝对守口如瓶。

他的全名是厄俄斯福洛斯—ι7144321。

厄俄斯福洛斯—ι7144321抢也似的拿过视讯目镜，瞄了一下："高级数据库？这是查史者才有权进入的档案区呢。"他将视讯目镜递回去，微笑道："而且，只有在我的授权下才能进入。"

少年不作声，静静地将自己的脸埋在帽缘下。

厄俄斯福洛斯—ι7144321自顾自地说道："我不知道你有什么背景，你没有编号，没有名字，我甚至找不到你的芯片序号……"

少年抬眼瞟了他一下。

"……呃，刚才你进门时，我注意到检测器没有列出你的序号，却也没有警报反应，所以，我猜，我奉令在你小时候教导你，所以你不可能会是反联邦分子，你是地球联邦众多秘密的一环，对吧？"厄俄斯福洛斯—ι7144321说完了，热切地看着他，似乎在期待他的回答。

少年还是不作声，将视讯目镜重新戴好，继续操作。

厄俄斯福洛斯—ι7144321耸耸肩："你甚至不属于历史研究院！为什么我堂堂一个历史研究院院长，必须坐视你这个外人乱动我的宝贝？"他一点也不生气，相反地，他还表露出强烈的好奇心。

"你的工作，"少年终于回答了，他的声音仍然十分稚嫩，"只需要管理编制在你之下的人员，就行了。"

"多谢我的学生指点呀。"厄俄斯福洛斯—ι7144321轻拍他的肩，"那么，这位没有名字的神秘先生，你看来正忙着一些题目，可以透露些内容吗？"

少年沉默了一会儿，手指继续在键盘上飞舞："譬如说，五百年。"

"好的。"厄俄斯福洛斯—ι7144321郑重其事地点点头。

"在浏览了许多上古史以后，我开始思考一连串的问题，古世界三大宗教创始人，佛陀出生之后约五百年，耶稣诞生，再五百年，穆罕默德诞生……"少年抿着嘴，似乎在搜寻中碰上了什么瓶颈，他扬起一指，示意稍等，过了一会儿，他才摘下视讯目镜，转头说："自此之后，再也没有一个世界性的大宗教，能够比得上这三个宗教的成就。"

厄俄斯福洛斯—ι7144321有些郁闷："我不懂你的重点。"

"为什么五百年？又为什么是这两个五百年？"

"嗯哼，"厄俄斯福洛斯—ι7144321装模作样地点头，"你说的是一个古老的论点：历史的重复性和规律性。你知道，这些只不过是……"

"长久以来历史学家没胆子去碰的东西，只有神话学家在讨论。"少年忽然滔滔不绝起来，"古犹太人的洪水神话，被发现源自更古老的苏美人史诗，而古中国也有两兄妹的洪水神话，甚至南太平洋岛民也有。这类全球性神话，应该有一条线索，可以将它们全部串连起来，不是吗？"

厄俄斯福洛斯—ι7144321紧皱着眉，优雅地靠在人体工学椅上："这些课题对人类毫无帮助。"

"我没有你这么乐观。"说完，少年再度戴上视讯目镜，搜查他的题目。

"你对神话可真有兴趣呀。"

少年仍然以沉默应答。

厄俄斯福洛斯—ι7144321端详了一阵，道："你还没有名字吧？或许你会喜欢雅努斯（Janus）。"

少年明白他的意思，他指的是罗马神话中的守门人，他有两个头，守拱门的叫Jani，守门口的叫Januae，两个头合称Janus，他们是门神，也是财富之神，所以古罗马钱币上往往铸有他们的头像。

少年不置可否，继续查看资料。

厄俄斯福洛斯—ι7144321说："你只是用你那堆小小的灰色细胞在做狭隘的推论，你以为可以就此架构出这个世界的真相，不过，我且引用一句培根的话……"

"培根？可以吃的吗？"

"不要打断我的话，别耍嘴皮子，你这狂妄的小子，"厄俄斯福洛斯—ι7144321展现出院长的权威，"他是古代哲学家，他说过一句话：'推理还不够——还要经验。'这句话是我的座右铭，光凭推论，就像一个天生的瞎子凭他对夜晚的感觉推论月亮的轨道一般。"

院长用的是什么比喻？少年蹙蹙眉，忖道。他当然知道培根是谁，问题是他对这个院长感到很厌烦，讨厌他说话的口气、他呼出的鼻息，甚至他衣服的摩擦声。他天生的直觉告诉他，他不可能会喜欢这个人，即使那人刚才说的话令他觉得很受用。

他打定主意不理院长，干脆当院长是一只喧哗的虫好了。

不久之后，他觉得已经在这里待太久了，屏幕上出现了警示信号，告诉他通往研究院门口的道路上将会出现人潮，所以该是时候离开了。

他取下视讯目镜时，发现厄俄斯福洛斯—ι7144321早已离去。他于是收拾好一切，趁有人来到这里之前离开。

证因寺

一大早，正思将自己打理得干干净净，广化寺的山门才开，他便踏出寺门去了。京城的晨间雾气迷蒙，夏日的暑气准备渐渐施展它的威力，暖风也开始转向了。

他朝东走到鼓楼，两名宦官正好准备爬上鼓楼，打算击鼓告诉大家快交辰时了。他转南迈入一条大街，经过香火旺盛的火神庙，穿入错综复杂的胡同。有的胡同比较窄，充满了煤烟味，有的胡同比较宽，人家的门面也较大较华丽，从门口上下两旁的装饰，大致猜得出里头住的是什么人家。

正思知道，千余年后，这片土地将被深埋于黄沙之下，成为亚细亚大沙漠的一角。倘若他不小心遗失了一片小东西，搞不好日后还会成为考古学家们争论的文物。

走了许久，终于抵达城东的一座寺院。

这间寺院不大，却对他意义深重，因为这是他来到这个古代社会的第一站，不过对这个世界的人而言，他还要在十余年后才会光临。

寺院的山门令他十分留恋，他呆望良久，审视自己的心境，感觉到念头接续不断纷飞紊乱。他迟疑着该不该推门，心里头七上八下，他真的很感激明月师兄，真的很想念他，想念的念头驱使他推门，但理性却提醒他不能干扰了因果。

问题是，为什么明月师兄在认识他之前，就知道正思的名字呢？

那个正思是这个正思吗？抑或是另一位正思呢？

这位明月就是他惦念的明月师兄吗？抑或是另一位法号相同的师兄呢？

推开山门吧！不管推不推开，都已经在因果之中了，不是吗？

在妄念纷飞之际，证因寺的山门"叽"一声打开了，一名老僧伫立门后，手中数着念珠，看样子才刚步入老年，不过的确是明月没错。正思忍住心里的激动，他先不喊出明月的法号，只直盯着明月，静待他的反应。

明月和十多年后一样，看起来憨憨的，只是脸上的皱纹还没那么多，背也没那么驼，眼睛也比较明亮。

明月一见到他，马上倒抽了一口气，直愣愣地瞪着他。

莫非明月果真认识他？……他忖着。

但明月惊讶的表情只维持了不到一秒钟，脸色便平静了下来，两掌合十道："阿弥陀佛，师兄到本寺有何要事？"

正思摸不清虚实，于是也合十道："沙弥法号正思，挂单广化寺，听说贵寺有一位明月师兄，有事找我。"

"老衲正是明月。"

"幸会，"正思由衷地深深鞠了个躬，"不知师兄找我何事？"

大家已经开门见山，话也要接下去。

明月轻轻叹了口气，似乎连肩膀都在瞬间松了下来："有人托我传一句话给你。"

正思大惑不解，依时间顺序，明月该是初次见他，何来传话？传什么话？

"我等着将这句话交给你，已经等了好久好久了。"

明月随之说出来的话，令正思吃惊不已，思绪大乱。

明月淡淡地说："那句话是……沙也加至死仍深爱着你。"

夜访

对玛利亚来说，没有真正的休息。

当黑夜降临，首都贾贺乌峇的市民过完辛劳的一天，地球另一侧的子民，才正要自晨曦中开始一日的活计。地球的自转使黑夜和白天静静地扫过地表，总有人入睡，又总有人醒来，而玛利亚始终无片刻歇息。

祂的量子计算机系统就这样运作了数百年。

当贾贺乌峇进入子夜时，玛利亚的触角悄悄伸入一栋普通的民宅，监视他们一家的动静。这家的男主人跟女主人还是分房而睡，十年了，他们还是跟往常一样，保持着执行长和下属的关系。

玛利亚找到他们收养的少年，他正躺在床上，两眼直瞪天花板，少年的另一个头则睡得很沉，还流了一道涎沫。

"玛利亚，我知道您来了。"少年在黑暗中说。

玛利亚不做出任何反应，祂安静地检查监视器，不明白少年怎么每次都能感觉到祂的来临。

"您不用假装不在，"少年说，"我只想问您，前天历史研究院的院长发现我了，我怎么见他还活得好好的？他不是有死罪吗？或者该死的是我？"

玛利亚还是不回应。

"我知道您为什么沉默，因为您今天杀了一个女人。"

是的，这正是玛利亚来此的目的，今天早上，当清洁队处决那女人时，祂知道这少年也在场。

今天早上，少年想多找一些数据，所以一大早就去了历史研究院，他是第一个进入数据库的人。当他听见走廊忽然出现一堆急促的脚步声，还有人喊叫的声音时，他想起了玛利亚的叮咛："别让任何人发现你的存在。"于是，他跑去关门，从内反锁。

果然，有人想闯进来，门外的人慌张推门，发现门打不开，于是用身体顶撞。少年在门后也是十分惊慌，他没有第二个出口，他不希望别人见到他的脸。

一群整齐的脚步声在门外的回廊响起，渐迫渐近，终于在门外停下。

门外的女人在颤抖，他知道，因为整扇门都在抖。

"玛利亚！"门外的女人放声狂叫，"你是死神！你是伪善的伊西斯！你是赫卡忒！"然后，是一片长长的叹息，女人从门板慢慢滑下，倒地不动。

少年从门底的缝隙看见，女人的长发是乌黑光滑的。

少年还看见，两道泪痕爬过她的脸庞，沾湿了地面。

在弥留的最后一刻，她脑中浮现一个男子的面貌，那是一段悠久的记忆，连男子的样貌都有些斑驳了。那男子的面貌令少年感受到极大的冲击，他不明白为什么，但他感到心脏激动地撞击肋骨。

"为什么她也知道玛利亚？您的存在不是一个秘密吗？不是只有地球联邦的第一主席知道吗？"少年冷静的声音，在黑暗中有一股咄咄逼人的味道。

"而且，我有一个感觉，我认识那个女人，"少年继续说，"当她被杀害时，我能感觉到她的恐惧和瞋恨，但我也同时感觉到一股亲切感，她愤怒的声音是蔚蓝色的，像秋日的晴空一般，我感到全身细胞都在激动不已，我明白那是什么，那是亲人的召唤！"

这正是玛利亚来此的第二个理由。

祂想知道少年是否感应到什么，尤其是当这两人有十分密切的基因关联时。

但此刻玛利亚打算离去，祂不想冒险让少年猜测祂的念头。

"您杀的究竟是什么人？"少年用很小的声音说，他不想吵醒父母，"为什么您要这么心虚地面对我？我们认识了那么久，我还在胚胎时，您便开始照顾我了，亲爱的玛利亚，您为何不对我坦诚呢？"

玛利亚悄悄离去，留下少年和他黑暗中的泪光。

明月

对眼前的人，正思有一种奇异的感觉，这人的样貌明明是他所熟悉的明月，感觉却如斯陌生。"你是谁？"这是正思能想到的最好的问题了。

明月沉吟半晌，才说："咱们两人会在这个时空下相逢，又同样是出家人身份，也数有缘。"说着，摆手一让："师兄何不进来，容我为你斟水解渴？"

正思颔首同意，尾随明月跨入山门。

证因寺的山门跟十余年后并没很大不同，不同只在明月的背影还比较直挺。

两人先到大殿礼了佛，再转到藏经处去，那边有个安静的院落，时时备有茶水，比较方便说话。

来到藏经处，正思又忍不住探头望望，见管理经藏的是位没见过的比丘，而非将在十余年后救他的然头师兄，心里好生失望。明月觅着一个少人的树荫，这里是他俩在未来时空常常共处之处，此地的一草一木，皆是正思所怀念的。

两人坐下后，正思马上收敛心神，当下还有更重要的事情，不容他胡思乱想。

明月正坐之后，道："你的眼睛果然是蓝色的。"随即轻轻解开僧袍，露出胸膛："你且摸摸看。"

正思毫不迟疑地伸出手去，轻按了一会儿："没有心跳。"

"是的。"

"皮肤触感也不一样。"

明月点点头。

正思恍然大悟："你是奥米加。"

奥米加是一种经过特别训练的人类，八个奥米加为一组，他们拥有超能力，为了令超能力更为精纯，他们只留下头和脊髓，身体的其他部分被当成累赘而舍弃。地球联邦利用他们进行时间旅行，正思就是利用第一代奥米加的力量逃往天启六年的顺天府。

明月穿回僧袍，倒了一杯茶水递给正思："你似乎并不怎么惊讶。"

"您期待我会有什么反应呢？"正思心里确有过那么一刹那的讶异，但长久的修持已使他不轻易动心。

"在这个时代遇上一位奥米加，不会令你惊讶？"明月赞许地微笑，"是的，你遇过奥米加二代，也遇过第三代，他们还差点将你杀死。"

"说说您的故事，"正思关切地问道，"您来这个时代多久了？"

"多久？"明月仰首望树，清晨的树叶仍带着露水滋润过的鲜绿，"我初来时，才刚二十一岁，今年也该要六十了。"

"您因何来此？"

"因为那个时代，发生了很可怕的事。"明月的眼神忽然黯淡了下来。

"可怕的事？"

"你绝对不会料到，一切会变化得如此疾速，堕落的速度前所未有，在惧怕和绝望之中，我遁逃来这个时代。"明月淡淡地说，"经过数十年沉思，我才了解到，一切没有偶然，若不因缘具足，断然不会发生，地球联邦的灭亡，早是预料中事。"

地球联邦灭亡？那是什么时候发生的事？正思不禁对那个久违的时代感到胸中一阵悸动。

"敢问……您是奥米加几代？"

"六代。"

"您跟三代一样使用生化躯体，这种身体可以在外界环境暴露那么多年吗？"

"问得好。"明月微笑道，"回想起来，真是个难忘的回忆。"他垂目良久，才说："我差点死去，非仅一朝……"

话说当年，明月刚抵达古代顺天府时，已精疲力竭，身上只剩下一旬的储粮，亦即奥米加们外出行动时所带的海藻制品。他们平日只有连着脊髓组织的头部，泡在维生液中，细胞直接从维生液中吸收养分。一旦接上生化身躯，摄食消化便成了繁重的工作，只有海藻合成的食物能迅速分解吸收。

他已经没有能力进行时间跳跃，因为这至少需要四位奥米加才能进行，孤单的他必须在这个陌生的时空寻求生存之道。他惶恐地望着街上的人潮，虽然他被选为奥米加以前也当过历史研究员，但他完全无法将历史中所学，跟眼前的景象结合起来。

每咬下一口食物，他心里都会盘算干粮的余额，他不知该如何寻找食物，更遑论寻找合适的食物了。

正在慌张之际，他面前经过数名僧人，列队托钵而行，为首的持着锡杖，口念南无阿弥陀佛。他无助地望着这批僧人，终于引起其中一人的注意。

那比丘止了队伍，上前探问："师兄，缘何落魄至此？"

这下他才注意到，他破败不堪的服装，跟这批僧人还真有些神似。奥米加都必须剃除毛发，难怪他们会错认。他一个字也回答不出，他不晓得这个时空的语言，一时，他感慨万分，泪水竟夺眶而出。

"也是机缘巧合，出家人饮食清净，令我活了下来。"明月道，"我的身体无法承受高蛋白，一般人的肾脏经过二十年高蛋白饮食后，已然功能尽失，我们奥米加连一餐高蛋白也不行，肉类会在消化系统中产生腐气，直接侵蚀我们的人造组织，这个时代也没有供我拆下更换身体的装备，饮食只要稍有不慎，身体便会败坏。"

"接着，您自然而然就出了家？"

"不，"明月摇摇头，"那又是另一回事。"

奥米加的生化身躯像个摇摆不定的炸弹，它原本只是被设计供短期使用的，奥米加本身实际上只剩下一个头，若要维持头部的生命，势必要设法让生化身躯不致崩解。

这时代充满了未来不存在的病原体，体内的万用疫苗失效后，他又面临着古细菌的威胁。对他而言，这时代本身就是个致命的环境，他必须想尽办法生存下去，过往的一切根本失去了意义，他唯一的念头只剩下"生存"。

"永嘉大师曾曰：生死事大，无常迅速。当生死逼迫时，还有什么更重要？"明月说。

"师兄教诲的是。"明月说的话，正思非常有感触，因为他也面临过相同的劫难，"不过师兄，咱方才在山门见面时，您所说的话，令我好生纳闷……敢问师兄，可认得沙也加？"

"不认得。"

"那么刚才那句话……"

"老衲年轻时，曾受人之托，若有机会来到明朝末年，有幸遇上当年的 θ 81402028，请传这句话给他。"

"那人不是沙也加。"

"是法地玛，沙也加的女儿。"

女儿？

正思忆起，他曾经重病死亡，当时他以中阴身的状态，凭神通力四处徘徊，当他徘徊到未来，的确见过沙也加身边有个深色肌肤的小女孩。他不知道若根据遗传，那小女孩真的是他女儿。

明月继续说："我受人之托，当忠于事，为了寻找你的踪迹，我拜访那些见过你的奥米加们……"

"第三代和第二代。"

"是的，他们告诉我，你还是没头发，好像还取名正思，循着这一点数据，我不断在找你，直到我抵达这个时代，我才明白，你也成了出家人。"

"可是您来的时代不对，太远了，我前往的是古基督纪元一六二六年。"

"那已经超出我的控制范围，没有八个奥米加，无法精准地校准时空坐标……不过，你还是来了。"

"您不觉得奇怪吗？以我的年纪，我应该生存于一六二六年以后的。"

"我相信因缘，"明月的笑意带有玩味，"如果我们应该在这个时间、这个空间见面，你终究会出现的。"

正思沉思了一会儿，忧心地问道："法地玛怎么会知道我的事？地球联邦将我视为必须消灭的纯种，我应该不会被留下记录才是。"

"这我就不知道了，时间久远，我连联邦语都快忘个精光了……不过，我还记得最后一次见到法地玛的情景。"明月眯着眼睛，似乎陷入了亘古的回忆中。

他像老僧入定，若不是手中未间断地数着念珠，还真的让人以为他睡觉了。正思很珍惜坐在明月身边的时光，他今早醒来时，还不敢奢望能见到明月，没想到竟能在此时此地重温阔别了十余年的师生之情。

良久，明月才睁眼，说："我的生化躯体已不堪使用，为了遇上你，苦撑了这许多年，如今任务已尽，心愿已了，可以好好安静下来了。"明月欠一欠身，有当下便要往生的意思。

"不行，师兄，请住世。"正思赶忙说道。

"我已见弥陀来迎，对尘世再无留念，何必再沾染五浊？"

"因为历史尚未完成。"

明月认真端详正思的眼神，好一会儿才说："你似乎别有所指。"

"我不知道这位万历皇帝还能活多久，不过年号终会变的，您必须活到天启皇帝登基以后。"

"为什么？"

"因为我要在天启六年才首次来到这个时代，然后我会受到您的照顾、您的指导，为我指点迷津、破疑生信。"

"明月何德何能？"

"师兄，正思欠您一条命，再生之恩，来不及报答，多年来深以为憾，今日请受正思一拜！"说着，正思已经一头磕下，热泪盈眶，润湿了一地绿茵。

"恩既未施，何来受报？"明月微笑着摸摸他的头，"起来吧。"

名字

"孩子，我切了一些水果，你快跟爸爸来吃。"安妮—ε670对坐在地上的少年说道。

少年没穿有风帽的外套，只有待在家里时，他左脸的兄弟才有机会顺畅地呼吸。他安静地走到饭桌前，跟父母一起静悄悄地吃水果。

哈山—ε9800本来就是个不多话的人，而少年随着长大，也不再像小时候一般好露锋芒，他越来越沉默寡言，整日埋首在他个人的思考世界中。

还是安妮—ε670率先开口了："后天是旬一日，我们是不是该请个假，带孩子到海边去走走？"由于旬末是假日，外面人潮拥挤，为免曝光，他们都会选择上班的第一天带少年去游玩。

"也好，听说峇峇里达海岸出现寄居蟹，孩子，你要去看吗？"

"你们想去吗？"

"如果你想去，我们就去。"安妮—ε670温柔地说。

"那我不去。"

于是，三个人又再静静地吃水果。

"孩子……"哈山—ε9800试图跟他说话，但少年抗拒的表情令他退却了。他觉得他越来越不了解这孩子了，少年拒绝跟他们当父母的沟通，想起以前这孩子是多么地聪敏可爱，着实令他十分难过。

"你们都是好人。"少年忽然说，"这十年来，非常感谢你们的照顾。"

十六岁的少年没来由地说出这番话，令哈山—ε9800吃惊不小。他知道这孩子很早熟，但少年说的这些话令他很是担心："你怎么了，孩子？"

少年摇摇头："我只是想到，我还没有一个名字，你们一直叫我孩子、孩子，我想也该取个正式的名字了。"

"大可不必那么着急，名字要是取不好，以后就不好改了。"哈山—ε9800说。

"爸爸，您放心好了，我的名字是不列入联邦档案的。"

哈山—ε9800发现自己失言了。少年在地球联邦数据库中是已经消失的个体，他没有正式的编号，他拇指中的芯片也没有芯片内码，地球联邦没有可以证明他存在的数据，所以即使他取了名字，也不必申报上去。

安妮—ε670赶紧打圆场："那你有什么候选的名字吗？"

"历史研究院院长见过我，他建议我取名雅努斯，很有意思的名字，但我不喜欢。"少年说，"名字，应该是要有魔法的。"

"魔法？"

"古代的世界，不论是东方或是西方，人们都相信名字代表了整个人，掌握了他人的名字，就等于掌握了那个人。"

对许多民族而言，名字是一种禁忌，本名是不能轻易让人知道的，否则灵魂会被人伺机操纵。名字魔法不仅对人有效，古中国术士还有一种记载精怪名字的《白泽图》，以便入山遇上精怪时可以唤出名字，精怪会有所顾忌，不敢近身，因为借由呼唤神灵鬼怪的名称，便能召唤他、驱使他甚或杀死他。

名字是如此重要，少年当然要慎重考虑。

"哦呵，"哈山—ε9800拍拍肚子说，"我长得像古印度人，所以才取了一个古印度很普遍又通俗的名字。"

"我想要叫'那由他'（Nayuta）。"

安妮—ε670问道："那由他？那是什么意思？"

"那是……"他不想多解释，"很大很大，很大很大的数目。"

刷完牙后，少年躺在床上，静静想着事情，一面也在聆听外头的动静。他听见妈妈进房睡了，明天是旬末不上班，爸爸还会在客厅待久一点，他会专心制作他的黏土模型直到凌晨。

他不知道别人的父母是怎样的，但他的父母是分房睡的，甚至也没见过他们有什么亲密的表现。爸爸总是寂寞地在玩模型，他会制作一整个桌面的风景，然后再造一些精巧的小人摆在上面。

他注意到，父亲制作了一个两个头的小男孩，没戴风帽，站在一片蓝天白云的椰子沙滩旁，两脚浸在海水中。他知道那是父亲的想象，地球联邦现在还活着的公民，还没人见过古书中形容的蓝天白云。

一直等到父亲也入睡了，他才感觉到一股电磁波的麻痹感，便知道玛利亚终于光临了。

"地球联邦万岁。"他近乎呢喃地说道。

"那由他？以后我该这么称呼你吗？"

"伟大的玛利亚，您要怎么称呼，没人会有意见的。"

"那由他，那由他，你今天的口气跟往常不同。"

"我承认。"

玛利亚常常在夜间造访，祂知道这孩子跟别人很不一样，祂观察他每一天的生活，偶尔也跟他聊天，希望了解他的想法，但今天这孩子表现得很是冷漠。祂知道通常一个人心中有犹豫时，会特别拒绝跟别人沟通，这使祂更想知道是怎么回事。

"我相信你有话想告诉我。"

"但不是今天，"少年马上截道，"再过几天，我会告诉您的。"

"为什么现在不能告诉我呢？"

"因为我还不确定，所以玛利亚，对不起，今天我要睡了。"

第二天，那由他比任何人更早抵达历史研究院，研究院的大门才刚打开，他便闯了进去。他瑟缩在数据库不显眼的角落，用比往日更快的速度查阅数据。

"怎么了，小子？"令他讨厌的院长又出现了，他像一只黏稠的软体动物，纠缠不休。

"别烦我。"那由他想赶跑他。

"为什么？"厄俄斯福洛斯—ι7144321夸张地蹙眉道，"这是你对恩师的态度吗？"

"我已经没时间跟你瞎扯了，我有比应付你还更重要的事情。"那由他的手指飞快地在键盘上跳动，时而若有所思地稍停片刻。

"那我更有兴趣知道了。"厄俄斯福洛斯—ι7144321不厌其烦，"你正在使用的是本院的设备，那只有在写论文、做报告时才用的，如果你不是用来……"

"听着，"那由他扯下视讯目镜，翻开风帽，让他兄弟的脸孔面对厄俄斯福洛斯—ι7144321，"我不知道你的目的，不过我知道你的秘密。"

"秘密？"他扑哧一笑，"我有什么秘密？"

"你的名字，叫厄俄斯福洛斯，那是希腊神话中的启明星，是黎明时分、天空中最后消失的星星。"

"那又怎样？"

"事实上，那颗是金星，是天空中最亮的星。"那由他冷峻的眼神迫视着他，"傍晚时分出现的第一颗星，跟它其实是同一颗星，不过人们唤它为昏星，还认为晨星和昏星是一对双胞胎。"

"我是启明星，我是带来黎明的那个。"厄俄斯福洛斯—ι7144321微笑道。

"是的，不过你还有黑暗的另一面。"

"我不知道你凭什么这么说。"厄俄斯福洛斯—ι7144321非常冷静，这种冷静更令人相信他不是无辜的，"如果你想在我面前班门弄斧，别忘了金星也是女神维纳斯（Venus），她是菜园女神，还是爱神呢。"

"谢谢你的提醒，不过我指的是路西弗（Lucifer），它也是金星身为黎明之星的名称，是古拉丁文'带来光明者'的意思，我猜你也知道，他也是古基督宗教传说中，堕落天使之名，他领导一批天使反对他的创造者，然而他失败了。"

"你可以随意说，为什么你不提金星在古中国的名称呢？太白星，呃？长庚星，你又认为有什么意义？"他似乎被逼急了，声音禁不住亢奋起来。

"你说过我可以叫雅努斯，"那由他说，"想必你也知道，他的一个头望向过去，一个望向未来，所以他还是预言之神。"

"这有什么关系？"他的声音终于出现了些微颤抖。

"名字总是带有更深层的含义，它并不只是那么几个字的组合而已，"那由他深沉地说，"难道你不认为，你替我取了一个正确的名字吗？"

定业

新夏的午后，正思已在证因寺用完午斋，每天从这一刻开始，他便不再进食，虽然吃得不多，身体机能却感觉很好，头脑也很清醒。事实上，吃饱反而思睡，睡眠往往虚度光阴，对片刻光阴都十分重视的行者而言，睡乃是修行之障碍，是五欲"财、色、名、食、睡"之一。

他回到树下，打算好好聆听明月叙述，地球联邦究竟发生了什么事？

"一切崩溃得太快，完全没有任何准备。"明月摇头道，"整个地球联邦在短短一天之内失控，所有平衡忽然崩溃，所有系统突然瘫痪，没人能告诉你到底出了什么事。联邦灭亡后，我还生活了两个月，依然搞不清楚事情的始末。"

"当时您人在何处？"

"贾贺乌峇、南极、顺天府遗址我都去过，目的是寻找法地玛，我知道她在地球联邦灭亡之前，早已知道会有这种结果，但我一直没再见过她。"明月平静地说，"多年来，我一直在思索，百思不解，地球联邦为什么会有这种结果？直到学佛之后，我才明白……"

"师兄请说。"

"地球联邦灭亡是个果，它的因早在很久以前就种下了。"明月说，"事实上，人类文明的灭亡非仅一遭，更何况地球联邦只是个苟延残喘的脆弱文明，在安和的外表下，随时都会瓦解粉碎。"

"师兄为何会有这种说法呢？"正思委实不明白，虽然他知道地球联邦是个可怕的集权社会，有严厉的监控系统，有随时行刑的清洁队，但所有公民不愁吃穿，在社会中，总是能被安插在一个恰好的位置上，也有舒适的房子住，只要乖乖地活着，是可以一生无忧安享天年的。

"在成为奥米加之前，我也当过历史研究员。"

这倒是令正思吃了一惊。

"浏览地球联邦的历史时，我总是看见重重的迷雾，似乎有人试图阻碍我们了解过去。我曾自问：地球联邦真正的历史有多长？地球联邦的十二人席会统治阶层，究竟是如何运作的？还有，所谓'大空白'究竟是怎么回事？"

"大空白？"

"我想你也注意到了，地球联邦史有一段五百年的空白期，留下的资料少得可怜，只要你企图去研究它，院长便会强烈规劝你去做其他的研究。"

"为什么呢？是的，为什么呢？"他的兴趣被提起了，多年来遗忘在脑袋角落的知识，又点点滴滴回来了。

"一切必有答案，但我不敢说我已经知道答案。"

"令地球联邦灭亡的答案就藏在大空白中？"

"或许只有一部分。"

正思不服气地说："难道人类的未来，早已决定了吗？"

"我们现在正讨论的，不就是一个既定的未来吗？"明月说，"如是因，如是果，或许在你我身处的这个时代，令地球联邦毁灭的巨轮早就已经开始转动。"

"甚至在地球联邦还没出现以前？"

明月点点头："那又有什么好奇怪的呢？从人类文明的进展中，我们早就听过一道接一道的警钟响起，回荡不已，人们却老是充耳不闻。"

"师兄，面对已知的未来，我们应如何是好？除了坐视，难道别无他途？"

"这需要智慧，我说的并非世间智慧，乃是出世间智慧的'般若'。"明月的语气有些沉重，"我们坐井观天，没有佛慧，难窥世间因缘全豹。"

"那么说来，京城将来的大爆炸，也只是历史巨变的一个小环节而已。"正思忽然略有所悟。

"我们读历史往往只读到小环节，缺乏从大格局观看的眼光，就如同站在地面所见的景象，跟从空中俯视瞻望的不同。"

"而我们现在正处于已知的历史之中……"正思不禁有点兴奋，"只要时间够长，我们甚至可以观察到整个历史的来龙去脉。"

明月不置可否地淡淡一笑。

两人又聊了许久，直到打板声响，通知晚课时间要到了，两人才一块往大殿行去。来到久违的证因寺大殿，正思看见柱子和幢幡都还没变旧，心中备觉伤感。

他随大众晚课，念到《普贤警众偈》时，心中猛然一震。

"是日已过，命亦随减，如少水鱼，斯有何乐？大众当勤精进，如救头然，但念无常，慎勿放逸。"当真是字字恳切，用心良苦。

他毕竟还是人，他不会永远活着的！一旦无常，他又会堕入轮回，随着业力不知沦落到哪里去了！他对死亡并不陌生，他差点轮回，是明月师兄用生命救了他，他怎可忘记？怎可耗费了明月的生命？

忽然，他感到时间紧迫，他看见时光飞一般逝去。是的，一天又过去了！寿命也再减少一些了！这种迫切感，正如头上着火一般刻不容缓！他真正感受到世间无常，那种生死随时现于面前的急迫感。

他怎么如此愚蠢？！明月师兄将他送来这个时代，难道只是为了让他蹉跎岁月，虚耗光阴，安逸地等待天启六年灾变发生吗？这好不容易捡回来的生命，是让他用这种方式去浪费的吗？

"原来如此！原来如此！不管逃过多少次，我终会死的！"

没有人会永远活着的，许多人知道这个道理，但大多数人都等到临终前夕才开始慌张。至少，正思不是在下一次弥留之际，才领悟到这个简单的道理。

第 三 章

/

那 由 他

❦ ⇀⇀⇀⇁⇁⇁ • ⇀⇀⇀⇁⇁⇁ ❧

我实在告诉你们，没有先知在自己家乡里被人悦纳的。

——《新约·路加福音》4:24

危机

那一夜的贾贺乌峇非常闷热，连微风都是热的。

鸟儿在树梢上静静地垂着头，草丛中也没有虫儿的求偶声，一切都显得跟往常不同。

"玛利亚，玛利亚，玛利亚……"那由他在黑暗的卧室中不断呼唤，小声而急促。他的声音经由监听系统传送，伴随着数亿道相似的声讯传到玛利亚那里，很快就被侦测到了。

玛利亚暂时不想理他，但少年的语气听起来十分紧急，令袘不禁在乎起来。袘悄悄连上线，等待那由他发现袘的光临。

"我知道您来了，玛利亚。"

玛利亚不作声。

"您打算回答我吗？"

跟少年接触久了以后，袘发觉，袘有点害怕这名少年，袘是地球联邦的创造者，袘是神，袘不该害怕的，但那由他往往能够察觉袘的想法，令袘忍不住忧心起来。

神的想法怎可随意被凡人忖度呢？

"好吧，没关系，我只是想说，今天就是那一天了。"那由他说得很快，"从下午开始，我就一直觉得不安，我感觉到天空中散布着不祥的空气，有一股恶意正直朝我们而来。"

似乎在呼应那由他的话似的，系统中突然出现莫名的警讯，玛利亚一阵警觉，赶忙寻找警讯的源头。

"那个地区的公民，他们大部分都是醒着的，因为上班时间快到了，"那由他的语气有些懊恼，"我一直想知道精确的资料，但这其中有太多的不确定性，因为命运是一个混沌系统……"

玛利亚不明白他的意思，那由他像在语无伦次，令祂忽然觉得十分无助。祂的非线性运算忙乱起来，如果这种非线性的量子运算过程可以称之为心情的话，此刻祂只觉心慌意乱。

"到了。"那由他说。

忽然，玛利亚感到远在数百公里外的末梢系统一阵空白。

祂错愕了一会儿，不明白祂所面对的状况，祂只觉地球彼端的所有系统都麻痹了，延伸到那里的光纤电缆忽然融解，瞬间便失去了信号，祂完全接收不到那里的信息，包括家庭单位用电量、监视影音、排水沟活阀等等平日从不间断汲取的信息，在刹那间付之阙如，仿佛整个城市在顷刻间消失了。

玛利亚冷静地处理状况，祂分析出中断的信号位于华盛顿，那是地球联邦十二大超级巨城之一。祂随即派出一堆小型机器人，将紧急电路和传讯线连好，数具探测机器人飞上半空，摄录城市影像。

整个华盛顿陷入一片火海，将晨曦染得通天血红。

祂惊讶不已，事情来得太突然了，这个祂苦心建立的城市，怎么会忽然间整个燃烧起来呢？祂的量子回路才刚冒出一个问号，那由他便感觉到了："请您搜寻一下几分钟前的天空。"

玛利亚马上接受他的建议，连祂自己也讶异怎么会这么快接受。

祂联系上人造卫星，那是少数从数百年前遗留至今的间谍卫星之一，其余的不是早已失效，便是坠落到地表上了。

很快地，祂发现数分钟之前，间谍卫星追踪到一枚微小物体迫近地球，它高速冲入大气，夹带狂暴的威力直扑华盛顿。

"那是什么？"玛利亚没这么问，祂只是用想的。祂习惯思考，不习惯发出声音，因为思考只需量子回路的内部运作，而发声系统必须要启动一连串耗损能量的步骤，只在面对每日接见的第一主席时，祂才会发声。

那由他又自作主张说话了："您计算一下它的轨迹和速度，看看它来自何方？"

玛利亚又照做了。

"如何？"

玛利亚不回答。

"如何？"那由他急躁地问道。

玛利亚不敢相信祂计算出来的答案，于是马上又重新计算五十遍。

"您今晚不想跟我说话，对吧？"那由他冷笑道，"我不怪您，您是创造者，您有不说话的权利，不过我想告诉您一件事……"

除了那由他的喃喃自语外，还有他左半边的兄弟，在黑暗中沉沉的打鼾声，那由他知道他兄弟的舌头顶到咽喉了，他转转头，鼾声便停止了。

玛利亚想听听看那由他的意见，从那由他刚进入联邦育幼中心开始，祂便知道他与众不同，他是所有"三位一体"中最特殊的一位，只是不知道究竟有多么不同。

　　"我想告诉您，这不是偶发事件。"

　　燃烧的城市充满了焦肉味，浓烟遮蔽了旭阳，探测机器人四下搜索，但在冲天的火焰中什么也看不到，连城市的自动消防系统也被烈火淹没了。探测机器人只在城市边缘找到少数幸存者，他们在烈焰旁狂号哭喊。

　　"而且，这不会是唯一的一次，"那由他说，"因为我感觉到，它携带了强烈的怨恨和杀意。"

灵山

　　想起刚刚来到万历年间的那个月份，天空出现日全食，顺天府的居民们大为惊恐，纷纷敲锅子、击锣子，连野狗也朝天吼叫，试图赶跑吞食太阳的邪物。

　　那时是万历二十四年闰八月。

　　回想起来，那已经是好久好久以前的事了呀。

　　时间在无声无息中流逝，不觉过了十余年。佛陀弟子中有一位大迦叶，被誉为"头陀第一"，正思效法他的精神，坚持苦行了多年，但就像紧绷的橡皮筋一般，开始时勇猛精进，渐渐便落入形式化，他只觉生活失去了重心，就像垂挂在风中的悬丝。正如古人所云："学佛一年，佛在眼前；学佛十年，佛在天边。"

"万历皇帝还会活多久呢？"正思就这么等待着……他忘了万历共有几年，只记得发生天启灾变的时代要在万历之后，所以他只好等待，期待能活到灾变那一天。直到昨天在证因寺晚课，他才惊觉他的"等待"是多么地愚蠢，他竟任由光阴这么白白地被浪费掉！

他想起好久没用心去阅经了，以前那种奋发向上的心情是多么怀念啊！为了找回刚开始学佛时的勇猛之心，他毅然决定到藏经处去，花了一个上午，他将向来喜好的《楞严经》恭敬念上一遍，又到架子上去寻找另一部经。

此时他眼角一觑，扫过《妙法莲华经》这部经书，心中不禁一动。

古德常说"开慧的楞严，成佛的法华"，两部经在中国佛教史上的地位十分吃重，以前常听说这部经，只是从未好好看过一遍。他只记得这部经里头有许多譬喻故事，倒不觉有什么稀奇，但今日这一瞥，或许是因缘具足，他伸手取下《法华经》，恭敬地平举在额上，向佛前顶礼，然后坐在几前，翻开经本。

只见开场写道："如是我闻，一时，佛住王舍城耆阇崛山中，与大比丘众，万二千人俱……"正思逐字读下去，不久便见经文写说：佛陀刚刚讲完一部《无量义经》，现在是要讲《法华经》了。咦！就如演戏有上下集之分，这种铺陈方式在经典中委实少见，不禁挑起了他的兴趣。

接下来就更有意思了，经中说，佛陀入定，身心寂然，顿时各个世界六种震动，佛陀眉间白毫放光，光照东方一万八千佛土，弟子们见了，大为惊叹，他们知道每当佛陀现此瑞相，一定是要说法了，"智慧第一"的弟子舍利弗见状，即刻上前恭请佛陀说法。

出乎意料地，佛陀竟拒绝道："不能说，不能说，要是说了，一切天人和人类，都会惊疑不信，还会害某些比丘产生傲慢之心。"舍利弗再次恳请佛陀，一直到第三次，佛陀才答应说法。

佛陀果然预言成真，他才刚要说，马上有五千位弟子离开座位，敬礼离去，佛陀也不阻止他们。每次佛陀说法，弟子们都是恭恭敬敬听法的，没有一部经典出现过这种场景，正思心感震撼，便饶有兴趣地一路念下去。整部经行文流畅，如小说般高潮迭起，令他一发不可收拾，一点歇息的意思也没有。

正读得来劲，只听管藏经处的知藏大声唱喏道："方丈！"正思知道是住持来了，忙起身迎接，住持摆手截道："师兄，俗礼可免。"正思点了个头，又坐回去读经。

"师兄正阅何经？"住持净观在几旁坐下，有长谈之意。

"法华。"

住持净观双手合十道："灵山说法，说的一切众生皆可成佛，连畜生也有成佛之日，佛法真是慈悲啊。"

正思一听就不懂了："住持，请教何谓灵山？"

"佛陀宣说本经之场地，就是灵山呀。"

"可是本经开首，说是在耆阇崛山讲的呀。"

"原来师兄不知，这耆阇崛山是音译，其意译是灵鹫山，简称灵山。"

正思顿首道："若非今日，末学委实不知。"

"这场灵山法会，至今还未散呢。"

正思一时愣住，不明住持所言何意？

"师兄，愚非妄语，智者大师当年诵《法华经》，诵至此品时，智者大师豁然开悟，"住持手接经本，指的是正思刚在看着的第二十三品《药王菩萨品》，"其时，大师忽见灵山法会现在眼前，佛祖还正在说《法华经》呢！智者大师恍然说道：'原来灵山一会，至今未散。'

"灵山会未散，佛陀尚在说法？"正思不断思量。这席话唤起了一段回忆，他曾向证因寺住持法航讨教过时间问题，有关"过去"是否仍然存在？"未来"是否已经存在？法航给他的提示是："所有时间同时存在。"

而"灵山会未散"给他的提示是：过去和未来不但同时存在，而且根本上完全重叠，所有时间重叠在一起，丝毫没有厚度。问题是，虽然过去未来近在咫尺，我们却懵然不知，因为我们的感官受限于三度空间。

他想象不到如何才是灵山会未散，或许只有开悟者如阿罗汉才有办法知晓。

阿罗汉吗？——他灵光一现——或许，还有一条快捷方式。

"住持，"正思的眼中迸放光芒，"我听说佛陀弟子中，有许多大阿罗汉。"

"这是大家都知道的，像大迦叶、阿难、舍利弗、目犍连等都是断烦恼的圣者，乃佛陀弟子中之佼佼者。"

正思点点头，道："我也听说，若是阿罗汉愿意的话，能有住世一劫的寿命。"

"没错。"住持蹙蹙眉，他来藏经处原本不是要谈这些的，不知正思的重点何在。

"那么，佛陀当年弟子之中，当今尚有存活在世间的吗？"

"有。"

"有几位留了下来？哪一部经典上有记载？"

"哪一部嘛……老衲倒是忘了，不过老衲记得，有四位阿罗汉相约，要待佛法灭尽，才要涅槃……"住持净观忍不住了："你问这个做什么？"

"实不相瞒，我想找他们。"

"找他们？"住持净观惊奇不已，"别打妄念了，你真的相信这档事儿？"

正思沉吟了一阵。他在年少轻狂的时代可能会不相信，但经过许多不可思议的经历之后，他已以自己的身体去亲证佛陀的教诲，如果还有什么好怀疑，那该是要怀疑自己的信心了。

"是的，"他正色道，"我相信。"

慑于正思的目光，住持也不得不认真起来："既如此，你何故想找他们？"

"我想讨教一个答案，"正思道，"他们经历过那么冗长的岁月，只有他们能解开我的疑惑。"

"那么你又从何找起呢？"

"我得先请教一位师兄。"

第一主席

苏一η99907在黑夜中一阵心悸，从床上跳起，心脏兀自怦怦撞击胸腔。

当下她知道，是玛利亚在呼唤她。

苏—η99907是地球联邦第一主席，是统治阶层"十二人席会"之首，她房子的地底下，正是古老的巨型量子计算机玛利亚栖身之地。

她匆匆更衣，穿上鞋子，来到客厅。午夜的客厅静得像陵墓，客厅的墙壁滑开，发出低沉的隆隆声，她生怕吵到邻居，巴不得它赶快打开。

墙壁后方出现另一个大厅，大厅中央伫立着一个大圆筒，斑驳的圆筒上有一扇厚重的金属门，门上深深刻了三行字：

工厂
南区七号入口
非法闯入者格杀勿论

苏—η99907推开门，门后是一道又深又长的螺旋梯，两旁有日光灯管吃力地照亮四周。她年纪不小了，必须小心翼翼踏下楼梯，要是一个不小心摔倒，可是很难求救的，因为根据规则，只有历任第一主席才可以下来这里，也只有第一主席获许知道这个地底世界的存在。

"敬爱的玛利亚，伟大的玛利亚，您如此紧急，有什么事吗？"一到达地底，苏—η99907马上呼叫道。

"华盛顿毁灭了。"玛利亚的回答简洁明白，"当地时间0815，确定为地外物体撞击，来源是火星。"

"我……我不明白，"刚自睡梦中惊醒不久的苏—η99907，一时无法弄懂玛利亚的话，"华盛顿？火星？"

"根据该物体的轨道运算，它的出发地点是火星。"

"火星会抛出东西？难道是……"她总算有点清醒了。

"古老的移民，这是最可能的解释了。"

"神圣的玛利亚，您说华盛顿被毁灭了，伤亡情形如何？"

"活下来的不多，中央设备全毁，我已准备迁城。"

"这会是一场意外吗？"

"我希望是，"玛利亚说，"但我在撞击前几分钟便收到了警告。"

"警告？谁的警告？"

"你儿子。"

苏—η99907愣了一下。

"你该记得的，一百位三位一体，唯一存活的两个之一。"

"那两头的男孩？"苏—η99907忧心地问道，"他怎么了？"

"他在撞击前几分钟告诉我，有危险要发生了……这还不足为奇，他自小就有'感觉相连'，到现在还没消失，我以为他长大会消失的，但他不仅如此，他还能猜测别人的想法，甚至我的想法，或许因为我的思考系统是仿照人脑的，总之，这已经不只是'感觉相连'而已了。"

"无上的玛利亚，您的意思是……他是奥米加原型？"

玛利亚沉默了一阵，才说："古代人类称之为'超能力'。"

"尊贵的玛利亚，请告诉我，他从很小就表现出这种能力了吗？"

"是的，苏，"玛利亚说，"他的两个头无法分割，他的兄弟从来没开口说过话，也没进食过，我敢说，他一个人占用了两个脑袋，所以他很聪明，这或许是为什么他会发展出奥米加的能力。"

"圣洁的玛利亚，您没打算让他加入奥米加吗？"

"他是个不愿驯服的孩子，如果加入奥米加，他会是更大的祸害，就像他的另一位基因提供者一样。"玛利亚顿了一下，"何况，他比任何一代奥米加都来得有潜力。"

"他能预知未来？"

"他暗示他能预知未来。"

"他预知有一场灾难。"

"他还引导我计算出撞击物体的来源，正好是一百八十天前从火星出发，当时火星跟地球正处于'合点'的相对关系，也就是两者正好在太阳的两端，根据古代文献，在这个时候出发，是最节省燃料和路程的时机。"

"那么……伟大的玛利亚，苏斗胆请问，您要消灭他吗？"

"不，我还要观察他，他是个危险的存在，但也是个很有趣的生物。"

"不过，神圣的玛利亚，您说那物体来自火星，这会是一场意外吗？"

"可能不是，"玛利亚平静地说，"至少那孩子说不是，他说那物体携带了怨恨，我不太明白他的意思。"

"至高无上的玛利亚，请宽恕我，我猜想，这些火星上的古老移民，他们的生活过得还好吗？"

"我刚校正过近地轨道上的望远镜，我看见，火星还是红色的。"

这表示说，火星表面还是被氧化铁（铁锈）所覆盖，它的大气依然稀薄，跟数亿年前一样，它还是一个无法接受生命的冷漠行星。

在大空白时代有个古老的火星移民计划，曾希望将整个火星改造成地球的风貌，届时人类能在火星土地上自由行动，呼吸新鲜空气，也有蓝色的湖水、绿油油的植被……苏—η99907知道这段历史，也知道有数批实验性的移民，他们一去不返，从此没再回来地球。

一度以为，他们已经全部消失了，但如今看来，他们还留下了苗裔……她沉吟了一下，若有所思地说："或许，这就是怨恨的源头吧？"

重创

那由他躺在床上，他的房间窗口朝东，阳光不留情地加热他房中的空气。大毁灭后的浓密云层，在两个世纪后已有变稀薄的迹象，穿透云层的阳光变多了，气温也有逐年增加的趋势。

"玛利亚，它逼近了。"这年是地球联邦10582年，午后的热气正蒸发着叶片的水分，玛利亚突如其来收到那由他的警讯。

自从前天华盛顿被撞毁后，才不过第二天，加尔各答也遭到了撞击。

这一次，玛利亚已经有了准备，祂将所有间谍卫星开启联机，结果系统中出现大型警报。这是自从"大毁灭"以来从未遭遇过的大型事件，不禁唤起祂尘封已久的深层记忆。那些记忆如此恐怖，祂还差点忘了它们的存在。

这一连串的攻击说明了这不是一宗孤立事件，如果火星居民真的对地球发动攻击，他们送来的东西必须在那段"发射窗"期间密集发射才行，否则便会错失最好的飞行轨道。所以这些从火星来的自杀式攻击，必定是大规模的攻击。

事实上，古代顺天府也跟加尔各答同一天遭到攻击，由于古代顺天府早已经是一片沙漠，所以没有任何人伤亡。或许火星居民们的数据十分老旧，他们还不知道古代顺天府早就不存在了。

古代顺天府的攻击并没发生巨大爆炸，所以那个攻击物应该还会留下遗骸，搞不好还可以搜寻到完整的物体。

今天，天空中的噩梦又降临了。

距离第一拨攻击，只不过是第三天而已。

"哪一个城市？"玛利亚启动卫星监视，开始计算外来物体的轨迹。

"开罗。"

又是一个有名的古城，火星居民们所掌握的资料果然老旧，应该是他们跟地球文明信息断裂之前的数据。开罗早已毁于"大毁灭"之中，现在所剩下的，大概只有深掩在沙漠中的断垣残壁了。

玛利亚联上非洲上空的古老间谍卫星，全力搜寻外来物体的踪迹。祂看见了，一个微小的物体正宁静地逼近，祂企图加强分辨率，好在它进入大气燃烧之前，看清它的真面目。

祂也准备好许久未动用过的武器，将几个世纪没用过的飞弹指向天空——祂甚至不确定它们还管不管用。

"不！它转向了！"那由他忽然大叫，"不可能！它怎么转向的？！"

玛利亚瞬间失去那物体的踪影，只看见一道遗留在大气中的火光，那物体在消失之前已加速冲入大气层，它在空中呈锐角转弯的轨迹仍然清楚可辨。

忽然，一个巨大的白影掠过间谍卫星前方，整个镜头猛然晃了一下。

玛利亚大吃一惊，少年也感觉到了："您看到什么了？"

白影一闪而逝，玛利亚还来不及决定回不回答好时，祂竟然感到整个非线性运算回路受到一记重击，一阵前所未有的晕眩，直冲祂的中心系统。祂受到太大的惊吓，陷入从未遭遇过的混沌，连一点运算也做不出来了。

"玛利亚！怎么了？您在哪里？我怎么一点也感觉不到您？"

玛利亚安静无声，这一次不是祂不想说话，而是祂根本说不出话。

那由他从床上弹起，冲出家门，他不顾自己是世人眼中丑陋的两头人，在小区公路间狂奔。他知道他要去哪里，他从很小就知道了，他知道玛利亚真正的栖身之处。

现在刚刚午后，所有人都在他们应在的地方，只是没有一个人是在家里的。那由他肆无忌惮地奔跑着，他十四岁的体型比同龄少年来得娇小，很容易穿过最窄的巷道，穿过篱笆的破洞，在最短时间内冲到玛利亚的"家"去。

是它了！那间小区中最破旧的房子就在眼前了！

现在它更破了，它半圆形的屋顶塌了一半，冒出阵阵淡淡的青烟。

那由他冲入破墙，看见伫立在大厅中的圆柱，圆柱上有一道厚实的金属门，门上深刻了三行强烈的警告字眼。他知道玛利亚就在门后了，他试图开门，但金属门纹丝不动，紧闭得连一丝空隙也没有。

"玛利亚！玛利亚！您怎么了？！您快回答我呀！"叫喊了一下之后，他舍弃那道门，在屋顶穿破的屋中四下查看。只见客厅里的家具东倒西歪，厨房的水管破裂，流了一地的水。

那由他拿起掉在地上的相框，拨开破碎的玻璃片，看见屋主人年轻时的照片，是一位高大的美女，看样子是一张由毕业合照放大处理的个人照，屋主人的脸庞有些模糊。他不禁想问，是何等人能够住在玛利亚的头上？除非是地球联邦的重要人物。

他又捡起另一个相框，是一位肤色黝黑的小女孩。小女孩腼腆的表情上，有着一对坚毅的眼睛，她依偎在一位留了长长黑发的女人身边，女人长得像东方人，虽然没什么表情，但从她抚着小女孩的手看来，她是一位很用心的母亲。

"是你了。"那由他呢喃道。

他将照片轻轻放下，然后跨过瓦砾，找到崩塌的屋顶下方的那个大洞。

洞穿的地面有数层厚厚的金属，大洞深不见底，显然这房子底下还有一个庞大的地底空间。那由他看见黑暗的前方有许多管线交缠着，似乎卡住了样东西。

不管那是什么，它没有爆炸。

它不像华盛顿或加尔各答的那个，将整个城市几乎炸个稀烂。

"玛利亚！"他朝洞中喊道。

等了许久，他才听到一阵诡异的回音。

他听不清楚，是玛利亚的嘀咕声吗？还是他自己的回音？

忽然间，他感到屋外有人来了。

不是一两个人，而是一大群人。

那由他赶忙翻过破墙，跑得远远的，他爬到一棵大树上，在浓密的树叶间窥看。大队巨大的箱型车开过来了，像是一大群迁徙中的猛犸象，箱型车上写了绿色的"工程队"大字，接着一大堆戴了绿色帽子的人走下车子，以熟练的动作搬动瓦砾、收拾房子，然后拉电线、接水管、筑墙壁、建窗户、盖屋顶、种花草……

他们像工蚁一样，看似凌乱，却从中隐含着秩序，像有个隐形的指挥官，能令他们默默不语地合作无间。

在傍晚下班人潮涌现之前，房子已然恢复了旧貌，看上去就跟原本一样，有老旧而朴素的风味。

罗汉

自从知道明月在证因寺之后，正思偶尔会悄悄去找他，但他不从正门出入，而是避开众人，由侧门进入香积厨，为的是避免寺中有人对他留下印象，影响日后他初来此地时的历史发展。

只有在必要时，他才会去找明月。

一见面，正思便说："我此番来不为别的，乃有一桩大事要商量……"

"除了生死大事，何大事之有？"

"正是生死大事，"正思道，"师兄年已老迈，我也步入中年，眼看日日空过，命亦日减，终有一日再堕轮回，届时迷了本心，又是生死流转，不知何时方休。"

"正思，正思，"明月垂目道，"你学佛多年，不是不知道，求出生死，唯有成佛，有头陀苦行，有专修净土，有学坐禅，也有禅净双修，又有耳根圆通等二十五种下手处，法门众多，任君选择，尔何疑之有？"

"专修净土是条稳健的道路，我亦信受奉行，但我尚有一念难舍，此念执着甚深。"

"心心心，难可寻，宽时遍法界，窄也不容针。"明月随口溜起了一段禅颂，"心中有一念执着，便难往生，且说你这一念，是何念？"

"地球联邦。"

"她还没出现呢。"

"我知道，师兄，且听我道来……当初我逃来过去，其中一个念头，是为着历史中有一段'大空白'，这段时间的历史暧昧不明，其中大有可能隐藏了地球联邦孕育的过程。"

明月点头道："我在历史研究院时，也曾这么认为。"

"这其中还包括了人类的存亡史，我甚至认为，我们那一批'公民'，并不是从这个时代的人类直接传承下去的。"

明月困惑地皱皱眉："愿闻其详。"

"'大空白'于古基督纪元十七世纪开始，而今正是彼时，我有一个机会可以观察整个历史的过程，看清整段'大空白'发生过的事！"

明月沉默了一下，道："可是你没那么长的寿命。"

"阿罗汉的寿命有一劫长。"

明月点点头："我明白了……你想成为阿罗汉，如此是先度己、再度人。"

"师兄，当今之世，可有阿罗汉否？"

"有有有，听说过玄奘大师吗？"

"不知道。"

"他是通晓经、律、论三藏的法师，他发觉经典中有矛盾或不完整的部分，为了释疑，他远行天竺，去求取原本的梵文经典。"

"那是何时之事？"

"唐朝初年，距现在约莫有一千年了，现在的许多经典都是出自玄奘大师主持的译经场……"明月挥挥手，表示离题了，"总而言之，当玄奘大师路经西域于阗国时，听说当地牛头山有许多阿罗汉，正入定等候弥勒佛的出现呢。"

"弥勒佛要多久才出现？"

"五十六亿年。"

正思张口结舌："五……五十六……"

"不特此也，"明月继续说，"听说玄奘大师路经雪山时，发现一人入定趺坐洞中，玄奘在他耳边弹指三声，唤他出定，问他为何在此，那人说，他在等释迦牟尼佛出世，他要随佛学习。"

"可是释迦佛已经……"

"正是，玄奘告诉他，佛陀早已入灭逾千年，那人才说，他是上一个佛陀'迦叶佛'末法时代的比丘，为了要见到佛陀，所以才入定等待的，没想到却错过了，所以他打算再度入定，等候下一佛弥勒佛出世。"

"他真的再等下去吗？"

"不，玄奘大师建议他不妨入灭，投生去中国，将来当他的弟子，一样可以学到释迦牟尼佛的教法，那人同意了，他就是后来的唯识学宗师窥基大师。"

"可是，"正思忙说，"我并不需要等那么久远，我只需三千年就够了。"

"无论如何，你应当发愿。"

"发愿？"

"诸佛菩萨在因地时，无一不发大愿，地藏菩萨发愿若不度尽地狱众生，誓不成佛，观世音菩萨发愿救一切众生于灾厄苦难，别小看心力，心的力量广遍虚空，你的愿有多大，你的力量便有多大，且道你发了何愿？"

正思张口结舌："我……我从没想过。"

明月赫然瞋目道："你只为一己私欲，当然没想过！"

正思急了："我此番来见师兄，只希望师兄帮我。"

"帮你什么？"

"师兄是奥米加，我也知道师兄仍保有奥米加的神通力，我只望师兄帮我找找，听说佛陀弟子大迦叶尚未入灭，仍存在于世间，只不知究竟身处何地？我想找大迦叶尊者，师兄若有天眼，只消帮我瞧瞧他正在何处……"

"即使我有神通，我也不帮。"明月说得斩钉截铁。

正思愣住了，温文敦厚的明月师兄从来没看起来那么生气过。

"佛陀的弟子们大多有神通，仍然存活于世的弟子也不只大迦叶尊者一位，你可知道，还有一位宾头卢尊者，缘何仍住世不灭吗？"

正思怯怯地摇摇头。

"曾经有位居士，用上好旃檀制了一个钵，悬挂在高杆之上，说谁能够不借外物而能取下者，便能拥有它，宾头卢于是用神通将钵隔空取下。佛陀知道后，斥他不应在凡夫面前乱显神通，之前早已明定戒律，于是命令他从阎浮提消失，到没有佛法的西牛贺洲去教化，需待佛法没尽，才能涅槃！"

正思不敢吭声，静静地望着地上。地上的树叶被微风吹拂，一点一点地拖行，然而，叶过无痕，风过无迹，只有心绪的作用在紊乱纷飞。

"你这把年纪，学佛学到哪里去了？不进反退，再退，我不知你会退到什么田地去了。"

"师兄教诲的是！"

"你不多看经典，只求自修自证，还斗胆妄求神通？一旦行差踏错，恐怕悔之已晚矣！"

"谢师兄！"正思垂头丧气，激动得快要掉泪了。

"去去去！回去看书去！找找看有没有玄奘大师的《大唐西域记》，好好读读，那是他西行取经的见闻纪实。"

"是。"正思站起来，感激地作个揖，便要离去。

"正思。"明月又叫住了他。

"是，师兄。"

"一定要去看哦。"

明月的语气意味深长，正思深吸一口气，胸中波涛汹涌，不住地猛点头。

回到广化寺，他马上钻入藏经处。

"玄奘大师的《大唐西域记》嘛……"藏经处的知藏思量片刻，便到架上去翻找，边找还边嘟囔，"目下谈玄理的人多，真修行的人少，更甭说有冒险犯难不惜生命去西方取经的人物了，这书少人见识了，不知埋没到哪个蚁窝去了。"正说着，手中取出一本书，书页脱落，马上便散落了一地，两人赶忙捡起，只见书页早已发黄变脆，每页都有蚁蚀。

两人整理书页，知藏问道："你寻这书作甚？"

"我不知道，有人建议我看它。"

"若要看时，不如看《西游记》，更来得有趣。"

"那是什么？"

"小说家言，谓玄奘大师往昔取经时，有猴、猪、沙僧三个妖怪一路护送，"知藏叹了口气道，"书中语多诙谐，可惜错杂不明，比如说，玄奘大师取经回唐后被敕封为三藏法师，只有通晓经、律、论三藏者得以有此封号，可你道那小说《西游记》怎么说？"

正思摇摇头，知藏便道："他居然说佛在西天造了三藏经，一是谈天的法藏，二是说地的论藏，三是度鬼的经藏。你说，你说荒不荒唐？佛所说经，竟成了谈天说地专度死人的玩意儿？况且那位小说家连释迦牟尼佛和阿弥陀佛都分不清楚，简直是一塌糊涂！"

"知藏，"正思劝道，"刀有两面，水能覆载，只要引人向善，也是功德一桩，末法之世，也计较不了许多，倒是咱自个儿要弄清楚分明白，有缘再破人迷惑便是。"

两人再谈论了一阵，知藏回去整理书架了，正思才展开《大唐西域记》。

回顾一千年前，玄奘大师行险履难，深入当时中国人尚未了解的国度，往返历时十六年，足践一百一十国，记载一百三十八国，携回经论六百五十七部，这种精神何人堪比？只是不知明月师兄令他读此书是何意，莫非大迦叶隐在此书中？

只要能开始，没有不抵达的……抱着这种信念，正思开始逐字细读。

放逐

"那由他。"

那由他从床上一跃而起,凝视着黑暗:"玛利亚,您回来了?"

这几天,地球联邦的电力和计算机系统都有些不太稳定,那由他知道,那是玛利亚在努力修复自己。

玛利亚的生死存亡,就是人类文明的存亡。玛利亚一旦死亡,地球联邦的所有运作都会中止,不但电力完全断绝,自动公路停摆,气温调控失常,植圃的灌溉,乃至于厕所的给水系统都会出岔子。地球联邦的公民悠然自得地过了这几天,还不知道他们面对了多么险恶的关键时期。

玛利亚抢救了自己几天,终究还是恢复了。

"玛利亚,您好像还不太稳定,是吗?"那由他感觉到玛利亚的电磁波时续时断,祂的量子回路,每隔几秒都会出现几个重复性的旋涡。

"那由他……"

"是的,玛利亚。"

"攻击已经停止了,是吗?"

"至少,这一拨的攻击已经停止,如果这真是来自火星的攻击,恐怕还会有下一拨。"

"你跟我的想法完全一样,"玛利亚顿了一下,"事实上,你那小小的脑袋瓜里头的东西,比我的还复杂许多倍,有时候,我想我会有人类称之为'妒忌'的那种感觉。"

那由他默不作声，他感到玛利亚的语气有些不对劲。

"你有一颗聪明又令人害怕的脑袋，你说，为了地球联邦的未来，我是该将你回收成原料呢？还是将你的两个头分解研究呢？"

"亲爱的玛利亚，是因为那天，我擅自到您家去吗？"

玛利亚不回答他的问题，继续呢喃道："你的存在本来就不被地球联邦承认，也正因为如此，你变成了一个危险因子，我正考虑着，地球联邦是不是应该再负担这个风险呢？"

"玛利亚，您从我很小的时候就照顾我，而我也将您视为我的母亲，"那由他的泪水溢出眼眶，这是他自从有意识以来，第一次感到伤心，"我忠心地对待您，您是全人类的母亲，但为什么您从不信赖任何人呢？"

"那由他，正因为我是全人类的母亲，所以我要顾虑的是全人类。反之，任何一个人类个体要是对人类文明构成威胁，我可以毫不犹豫地消灭他。"

那由他擦干泪水，沉着气说："亲爱的玛利亚，除了回收我和分解我之外，容我提供您第三个选择。"

"请说。"

"我建议您放逐我。"

玛利亚沉默了一下，说："我等候你的说明。"

"我感觉到您的生命力正在消失，很慢，但确实正在消失，这个过程可能是不可逆的，对吗？"

玛利亚不说话。

"如果您随时可以毁灭我，何不请您回答我这小小的问题呢？"

玛利亚没有考虑很久，便开口了："我正在氧化。"祂思考的速度显然比往常慢了些，于是又顿了一下："我所住的地底，是个严密控制的环境，我的构造十分精密，甚至不容许接触到氧气，氧气会使我的组件氧化，如此，我的记忆便会开始流失。"

那由他略有所悟："那天的撞击洞穿地表，令氧气大量灌入地底……"

"我的寿命已经在倒数，如果不是因为这场撞击，我的组件还可以再用上不止一千年。"

"没有备用组件吗？"

玛利亚似乎又再沉思了一下，才说："开始时，我只是一台实验品，我是原型，是最初也是最后的机种，所以并没有足够的备用组件。"

那由他点点头："所以说，玛利亚，您的死亡只是时间问题。"

"你还没有说服我，有什么理由放逐你？"

那由他爬起床，离开他舒适的被窝："尊贵的玛利亚，您让我尽情使用高级数据库，我十分感激，在这些年的研究中，我认为，现在这一个人类文明，并不是第一个……也不是第二个。"

"说下去。"玛利亚的语气不带感情，也不带任何判断，因为祂没有人类的包袱。如果祂是人类，或许祂会因为学术偏见、思想、主义、政治立场、科学观点等任何一个理由，马上对那由他的建议嗤之以鼻。

"过去已经消灭的文明，他们或许会有答案，令我们不再重蹈覆辙。"

"我知道你查过了哪些数据，也知道你所做的努力，但如果他们早就已经灭亡，你又怎么去找到他们呢？"

"所以说，您必须放逐我。"

"你以什么为根据去寻找他们呢？"

"我已经找到了线索。"那由他说，"古代的数据之中，俯拾皆是，我至少已经找到了一条关联。"

"告诉我。"

出发

自从查看过《大唐西域记》之后，又过了十余趟的端午，距离天启大灾变已经是越来越迫近了。

万历四十八年，皇帝驾崩时，正思知道事情快发生了。

万历皇帝是史上有名的荒唐皇帝，二十五年不见群臣、不看奏章，大量朝臣和地方官的空缺没有皇帝任命。政治机器的最上层拒绝运作，下面便进入"自动化"管理，法律等同虚文，官员们层层往下鱼肉，朝廷内权臣相争，朝廷外遍地贪官、土霸，已经是当时的常态。

当皇帝当成这种局面，二十世纪史家钱穆称之为"历史奇闻"。

在他隆重过世前四年，辽东的女真正式建国，这个将来成为中国统治者的少数民族，相对于虚胖的纸老虎大明帝国，正显得生气蓬勃。

身为将全国带入黑暗时代的皇帝，他似乎没感到什么良心不安。他的死并没为这个国家带来改善，下一任皇帝服用春药过度，登基才三十天便送了命。

接下来又是另一个荒唐皇帝，年号天启。这个年号一出现，正思便知道历史开始进入倒数阶段了。

天启二年，女真可汗努尔哈赤第三次西侵，大明军兵输得一塌糊涂。朝官们只会一个个争相责备在外防备的大将，擅于弄权的王化贞丢了山海关外绝大部分的土地，却活得好好的，军事天才熊廷弼与战败无涉，却被斩首。

这种事情不是最后一次，四年后，山海关守将袁崇焕成功防堵女真入侵，后来却被自己的"老板"——崇祯皇帝斩首，活生生断送了大明帝国。

天启二年的败仗，京城一度紧急闭城，但正思并不慌张，他知道时间还没到，历史的轨迹可没那么轻易转道。他知道，大明帝国不是毁在女真人手里，而是被愤怒和饥饿的平民百姓组成的杂牌军颠覆的。相反地，未来的统治者女真人，或称为"满清"的这支族群，还将这片土地带入了一个不错的秩序中。

这些不是他以前从历史研究院学来的，而是明月告诉他的。

"当年在TT任务中心，我曾经拜访过第二、第三和第四代奥米加，他们都跟天启六年发生的灾变有关。"明月这么说，"最直接有关的是第四代，他们负责执行改变历史的任务，携带了一种'禁忌的武器'……"

正思叹息道："愚痴啊，愚痴，那种东西不该再用的。"

明月也叹了口气："他们的意思是，早点结束这段历史，如此明朝便会提早灭亡。"

"可是，以前在研究院所学习到的这段历史，是模糊且不完整的。"

"是的，那就是所谓的'大空白'。"明月说，"这段历史，其实存在有完整的记录，我要一直到地球联邦灭亡后才有机会接触到。"

"所以说，大空白其实是……"

"是一种刻意的不完整记录，连历史研究院的人都没办法接触到。"

"谁呢？谁能办到这种事呢？"正思困惑地问道，"假如要这么做，就必须蒙骗这么多世代的人类，这怎么可能呢？"

"我也不很清楚它的来龙去脉，不过的确如你所言，所有联邦公民都被蒙在鼓里。"明月轻叹道，"在地球联邦灭亡的日子，我也来不及看完那段大空白的历史，我只知道明朝是被暴民消灭的，然后这些暴民们又互相攻击，满人可说是捡了个便宜。"

"那么提早明朝的灭亡又有什么好处呢？"

"不管有没有暴民，明朝的灭亡已是既定的事实，满人是最后的胜利者，天启六年的那场灾变前后，又正好是满人入侵时节，如果不改变'因'，而只是加强这个'因'，令京城因此全毁，从皇帝到大臣一个不留，政治中心完全瘫痪，满人提早入主中国，历史的连锁反应想必十分巨大，如此，地球联邦便有提前产生的可能。"

"会吗？"

"我们不知道，因为我们没看到历史改变，或许我们也看不到，因为我们也生存于历史之中。但是，第四代奥米加并没完成他们的任务，他们死伤惨重，因为发生了一场意外，禁忌的武器并没达到预期效果，反而将八个奥米加中的五个炸得粉碎。"

"那是什么意外？"

"存活下来的奥米加也说不清楚，可能只有殉职的那五位奥米加，才知道真正发生了什么事。"

这是正思和明月的最后一次谈话。

天启年开始了，正思便不该再常常在证因寺出现了，因为再过几年，另一个较年轻的他便会抵达这个世界，即使他平日蓬头垢面，没多少人见过他的真面目，但他那一双蓝瞳十分抢眼，他不希望有人将他跟另一个他联想起来。

"这些年来，你也精进不少呀。"

"多亏师兄教诲。"

"我有感觉，咱们缘尽于此了。"

"是我与师兄缘尽了，但师兄与我的缘分，才正要开始呢。"

"甚是，甚是。"明月微笑着不断点头。

"师兄，请您放心，我而今不是为显神通，而是要您放心，未来的路，我已经能够掌握了。"正思说完之后，将手按在墙壁上，"师兄请看……"说着，一只手便穿透了壁面。

正思徐徐抽回手，道："经过多年苦行，我已能运用神通，这也是您初次示现给我看的神通，您曾告诉我不可执着神通，我十分了解，即使紧急，我也绝不轻易运用。"

"看来你这些年也甚精进。"

"正思算是有过几次悟境，渐渐了解到行住坐卧无一不是禅机，慢慢掌握了之后，已能在禅坐中轻易入定。"

"此番话甚是危险，若你执着于境界，是入邪定、习邪禅，此定只不过是工夫习来之定，非究竟自性之定。"

"正思明白，此番话只敢对师兄说，他人是半字不透露的。"

"万勿忘记，心、行要合一，只专一于修禅，不去度众生，是自私自利，对自己的功夫感到满意，易生贡高我慢之心，是祸非福。"

"师兄放心。"

"言尽于此，务必谨慎。"明月再次叮咛道。

"正思不敢忘。"言毕，正思深深顶礼一拜，回身穿墙而出，不再回首。

天启六年五月初五日，京城命运之日的前一天午后，广化寺的晚课在太阳西沉之前进行，晚课后还要用晚斋，佛教古制过午不食，但是中国佛教大多仍用晚斋，所以中午之后的进食，要当成是让身体延寿的药，称之为"药食"。

由于正思修的是苦行，遵守过午不食，所以晚课之后，他便离开了广化寺。除了比丘的随身工具之外，他只带了本这些年来慢慢抄下的《楞严经》。

整个广化寺里，除了住持净观，没有人在意他的离去。

住持落寞地目送他离开，心中又担心又害怕，因为正思不肯告诉他那个行将发生的大事，但很明显，这件大事已距发生不远了。于是，他赶忙召集大众，彻夜念佛。

正思穿过热闹的街市，走到一间无人居住的旧屋，等待灾变发生，等待拯救他自己。待这一切完成之后，京城与他再无瓜葛，他要开始进行他计划多年的大旅行了。

五月初六中午，他已经走到城郊，回头遥望，那朵狰狞的乌云兀自在天空展开，如同巨大的灵芝。京城被厚重的烟霾层层包裹，其轮廓也显得模模糊糊的，像一幅愁眉不展的地狱图。

正思往南进发，他要前往他的第一站。

他听说佛教在南方还比北方来得鼎盛，南方人才辈出，许多有名的高僧大德都在南方。他知道，明年他就要五十岁了，多年的苦行令他身体硬朗，还耐得住长途跋涉。

而另一个十九岁的他，才正要在京城开展他的未来。

告别

夜阑人静时，那由他准备好一些简单的行李，全部装入一个小背袋中。其中少不了他重要的笔记本，那是他亲手制作的笔记本，薄树皮压平的封面、自制的纸张，还有他亲自用手写上的墨水字，所有这一切，都是使用屏幕和电子纸的联邦公民们难以想象的。

那由他当初也无法想象，他居然可以从历史研究院的数据库中找到纸张和墨汁的制作方式，甚至连肥皂和蜡烛的制法都有。

他将从数据库找到的重点记录在笔记本上，还不忘加上他的想法作为注释。笔记本是他珍贵的宝藏，他喜欢常常翻看，时而再加上一些新想法。

他审视了一下卧室，确定自己不需要再回来拿些什么之后，才到厨房去，静悄悄地泡了最后一杯热可可。他边喝边轻步走出客厅，听听父母有节奏的呼吸声，再安静地将杯子洗好，放置在厨房的杯架上。

"再见。"他用只有他自己和他左脸的兄弟听得见的声音说道。

在他步出家门的一刹那，他感到脑子里有一股麻痹。他知道，是追踪器在他脑中启动了，玛利亚在决定放逐他之后，便有一批清洁队员和医疗机器人大白天闯进家里，替他安装了那个小东西。

所以现在除了他右拇指骨里头的芯片之外，玛利亚又多了一个监测他的利器。

他知道，那脑中的追踪器不仅仅是个追踪器而已，必要时，玛利亚还可以下达指令，让它利用周遭的脑神经细胞制造神经毒素，进行遥控死刑。

他悄悄合上家门，心中思忖着，不知明天早上父亲会有多慌张呢？

这是他对玛利亚的请求：只放逐他就好，请不要牵连到养育他的父母，让他们正常地过生活。

"还有我的另一位同胞呢？"他指的是当初培育的一百个"三位一体"中，除了他之外，另一位也存活下来的女孩。事实上，当玛利亚受到撞击时，他曾经在玛利亚藏身的老房子里见过那女孩的照片。他不明白的是，为什么那女孩的照片会在那边，难道那是她家吗？

"她很好。"玛利亚只愿意这么告诉他。

"您可别忘了，我们是您精心培育出来的孩子。"这是他那天告诉玛利亚的最后一句话。

门外站了一个人，看那婀娜的体态，应该是位女性。她的衣角在晚风下拂动着，一副弱不禁风的样子。

她走上前来自我介绍："我是橘色900，我被派来监督你，我将跟随你并报告你的一切行动。"

那由他皱眉头道："玛利亚没告诉我这件事。"

听见玛利亚的名字，橘色900忽然像头昏一般晃了晃神，随即又站稳了脚："对不起，我不懂你的意思，我受命于十二人席会，如果你不服从命令，我拥有消灭你的权力。"

他看清楚了，在黯淡的月光下，橘色900的容貌普通，像是随处可见的少女，身高和样貌令她看起来像是位姐姐。

"橘色900，你可以告诉我，我想要去很远的地方，该要怎么去吗？"

"我也负责你的行动，"橘色900说，"我已经准备好一辆车子在那边了，你想去哪里呢？"

"我朋友的家。"

几分钟后，他们已经停靠在一处住宅区，那由他站在阴影中，望向不远处的一间房子。他看见房子里还亮着灯，透过窗口，隐约可以看见一位有着古典东方脸孔的女人，还有一位跟他同龄的深肤色少女。

橘色900静静地站在他背后，在宁静的深夜，那由他可以听见她微微的呼吸声。望了一阵子，那由他转头问她："你不问我那女孩是谁吗？"

"我没有发问的打算，"橘色900想了一下才说，"不过如果你愿意说，我也乐意听。"

"她是我妹妹。"

橘色900点点头："你可以去打个招呼。"

"我是个不存在的人。"那由他苦笑道，"我只是来见她最后一面，走吧。"事实上，他真有些妒忌这位素不相识的妹妹，她长得很健康，也有不错的家庭领养，她甚至比他更接近玛利亚。

橘色900发动车子，让它浮离地面之后，忽然说："另外一位是生化人。"

"什么？"

"跟你妹妹在一起的是生化人。"

那由他正色道："你怎么知道？"

"她跟我是同一批产品，可以说我们也是姐妹。"橘色900的表情一点也没变化，语气之间也窥视不到任何的心绪变化，"顺便一提，我们的平均寿命只有五年。"

"你被告知有五年寿命吗？"

"是的，所以我分秒不得浪费，你要去哪里？"她猛踩油门，已经准备要加速冲出去了。

中 场 一

历史这门学科通常不当作科学……

许多给当作科学的研究领域，如天文学、气象学、

生态学、演化生物学、地质学和古生物学，

研究的都是历史题材。

——Jared Diamond《枪炮、病菌与钢铁》

历史研究是一个解谜的过程。

——第一任历史研究院院长，辛-ZX-01-88-3423

历史研究院极密研究数据库

搜寻时间：地球联邦10580年第二十七旬第一日09:27

搜寻人：00-51

进入〔目录〕→〔历史概说〕→〔课本类〕→〔地球联邦史课本〕

地球联邦史课本（第九版审稿样本）

平民版·序

欢迎借由这个学习课程，认识美好的地球联邦，这处你生于斯、长于斯、逝于斯的万年乐土。

导读（节录）

地球，自有人类以来，便只有一个国家，一个民族。

人类源自于人类，第一代人类以王者之姿出现于地表，驾驭万物，统理所有其他生物（第一章）。此后，一切随自然运行，人类生活安乐稳定，自然有祂的安排，无须忧苦，只要随顺地球联邦的运作，便是随顺自然，安享天年绝非奢望（第二章）。

无奈的是，史上曾经出现过多位邪恶的"反联邦"，有名的比如拿破仑（第五章）、希特勒（第七章）、马勃斯（第九章）等，虽曾叱咤一时，最终都在历史上消失并且遭受毁灭。但伟大的联邦英雄也不少，他们都为联邦的统一和完整做出了极大贡献，例如秦始皇（第三章）、穆罕默德（第四章）、亚历山大和成吉思汗（第五章）、华盛顿（第六章）等，他们存在之世，反联邦势力噤若寒蝉。

邪恶的反联邦恶性不改，经过"黄金百年"（第八章）之后，他们制造了一场"大毁灭"（第九章），他们所使用的禁忌武器（附录三），其阴影至今仍笼罩在"禁区"（附录四）中，消散不去。但反联邦也遭到了空前的打击，他们的灭亡只是时间问题。

清洁队的成立（附录一），为地球联邦带来了更长期的稳定，因为……（下略）

历史研究院版·序

翻开此页的公民们，请确认你必须是隶属于历史研究院的一员，若非，请勿再翻去下一页，并请马上销毁，否则你将在五分钟内遭到清洁队的逮捕以及处刑。请勿以身试法，本书的每一页均有追踪芯片及DNA码，欺瞒地球联邦是绝不可能的。

导读（节录）

首先要告诉各位的是，忘记你们以前所学过的历史，那是被我们历史研究院同仁称为"公民版"的历史版本，是为了维持地球联邦长久的安定而编写的。

接下来你们会读到的，是人类真正的历史。

谨记你们加入研究院时所发下的誓言，这本书中的一字一句，不得向任何研究院以外的人暗示、透露或讨论，你们必须将它们随记忆携入回收炉，让它与你们一同对一般公民们沉默。

以要言之，人类最初是由猩猩演化而来（第一章），这一段演化史经历了数百万年的光阴，最初可能成为我们直系祖先的直立人（Homo erectus），其最古老的遗骨在贾贺乌峇的峡谷被发现……（下略）

进入〔**目录**〕→〔**研究主题**〕→〔**特别报告**〕→〔**大空白**〕

大空白（论文回顾）

《大空白现象：文献回顾》论文摘要　　〔分类：极机密〕

作者：吴夫—α64，呈交日期：地球联邦10500年第五十一旬第二日

"大空白现象"首次在第一任历史研究院院长辛-ZX-01-88-3423的论文《历史缺环》中被提出，数据库的历史数据在某些年份有大规模缺失现象，经过约三十年的研究后，这个历史缺环的现象已大略被认清为两大类：一种是完全缺失，范围是地球联邦10389至10451年期间，长达六十二年；另一种是资料呈零星分布的年代，总

共有十六个资料明显不足的时段。资料缺失的原因长期以来没有结论，目前只能由个别研究者审查每一时段的资料，希望能从历史事件中找到线索。本文统计了过去五十二份相关论文的数据，希望为后来者提供研究的快捷方式。

关键词：大空白，历史缺环，时段。

《大空白现象初探》[分类：极机密]

作者：辛-ZX-01-88-3423，呈交日期：地球联邦10477年第三十一旬第九日

承上一份论文《历史缺环》的发现，如今我已澄清大空白的范围，主要在地球联邦10389年忽然出现一片空白数据，至10451年后才逐渐出现稀少数据，也就是说，这只不过是二十六年前发生的事。二十六年前的历史付之阙如是一件匪夷所思的事，这期间不是发生原因不明的数据流失，就是有反联邦的阴谋参与其中。为了弄清大空白现象的可能原因，我在此提出两个研究方向：一是寻找罕见的硬件证据（文物、报章等）；二是大规模搜寻历史数据库，包括鲜少有人涉足的粮食局分配记录、医疗中心病历、水电供给流量表等冷门文件。以下将详述我建议的研究方向。

关键词：大空白，数据类别。

退出〔目录〕

第 四 章

/

禁 区

合抱之木，生于毫末，

九层之台，始于累土，

千里之行，始于足下。

——《老子·六十四章》

沙洋

"前面的车子请注意，前面的车子请注意，你们即将飞至边林上空，请勿再前进，请勿再前进，否则我们将予击落，前面……"

那由他不安地回头，看着后面紧追而来的巡逻艇："900，你不回应他们吗？"

"我已经回应了。"橘色900一点也不慌张，"你看，我们这部车子有十二人席会授权码，我和你身上的芯片也早已做了特殊登记，现在他们正在解读中。"

果然，巡逻车不再传信息过来，它再跟了一会儿，便掉头离去。

那由他松了一口气，低头望向外面，下方是一大片绵延不尽的树林，但在月色黯淡的夜里，只看见漆黑一片。这片树林是贾贺乌峇的边缘，树林外是高亢的纵谷崖壁，非经许可，一般公民不得擅入，更遑论穿越了。

那由他也不清楚树林之外会有些什么，他的一切知识都来自历史研究院的数据库，虽然玛利亚很慷慨地让他获得任何他想要的数据，但外头的世界除非亲身体验，否则是无法凭空想象的。

现在的他，对这个古老却陌生的世界是又期待又害怕，他不知道他会面临什么危险，更何况他要橘色900带他去的，是一个"禁区"——虽然是最靠近贾贺乌峇的一个。

"路途还很长，"橘色900说，"你就合一合眼睛吧。"

不知为什么，那由他对初见面的橘色900感到很安心，她像位久违的姐姐，当他合上眼睛时，她还会轻哼摇篮曲，这是他在联邦育幼中心最渴望得到的，但那些育幼人员连这一丁点儿爱护都不愿给他。

橘色900还有办法唱出和谐的混声合唱，她的声音是柔和的淡蓝色，仿如海风般和暖。在一片祥和的乐音中，那由他静静地入睡了。

他睡得并不安稳，梦境纷乱，但他一个也记不起来，只记得梦中低回着车子的运转声，还有一股股紊乱的颜色。直到一阵刺目的烈阳照进来，他才猛然惊醒，转头一看，橘色900还是跟昨晚一样开着车子，看起来连姿势都没换过。

车子有些不稳定地动荡，可能是遇上高空气流了。

"我们到哪里了？"那由他问道。

"你何不自己看看？"

那由他探头一看，隔着玻璃窗看见一大片狭谷，峡谷又深又长，陆地上像是裂开了一道狰狞的巨唇。峡谷前方不远，拉开了一片朦胧的黄色地平线，黄沙像海洋般浩瀚，在剧烈的热风下流着阵阵沙浪，翻过一个又一个浪头。

"沙洋到了。"那由他喃喃道。

他脑海里头翻过一幕又一幕景象……数万年前，这里还是一片青翠的森林和草原。然而自从人类这种生物出现后，森林遭到砍伐，成为牧养畜牲的牧地，牧草极度消耗表土的养分，在人类文明只不过是黎明期的时代，这里便已经被破坏成一片沙洋。随着人类的历史进展，沙洋不断扩大、吞噬四周的绿地，这种破坏一直到上一拨的人类文明"大毁灭"为止，才总算让大地得到短短数百年的喘息。但沙漠化的土地，已再也回复不了生气。

举目所见，尽是一片汪洋沙土，令人产生一股巨大的惧意，生怕一旦进入了，便再难有生存的机会。他想起亚洲有一个唤作"塔克拉玛干"的沙漠，便是古语"有人无出"的意思，想到这里，他便忍不住打了个寒噤。

"900……我们的燃料足够吗？"

"不必担心，这部车子使用的不是一般燃料，用上三年也不成问题。"

那由他沉住气，说道："只有一种燃料有办法这样。"

"你说呢？"

"禁忌的武器。"

橘色900点头表示答对了，随即嗤鼻一笑："你会觉得人类愚蠢吗？我活得越久，越有这种感觉，明明是那么危险的东西，为了那一丁点儿好处，竟敢漠视它的风险，以为自己真能操纵它。"

"你不是新出厂的吗？怎么会对人类有这么多见解？"

"我还剩下两年寿命，我刚刚结束一个使命，就被安排来照顾你了。"

"所以……你已经有足够的时间观察人类。"

"我也能在人类以外的立场，来好好摸清楚你们这种生物。"

车子下方的景色千篇一律，即使飞行了一个小时，却像从来没移动过。

"如果你给我的坐标没错，NAf3禁区应该在前面不远了。"

"我还看不到能让人类生存的线索。"那由他没看见任何植被，也不见耕地、车轨、房屋等人类开发过的痕迹。

"或许这个禁区已经灭绝了？"

"不会的，玛利……"他差点说出玛利亚的名字，"呃，数据上显示，这一区最近还有活动过的迹象。"

"我想我看到一些东西了。"橘色900在操控板上按了几下，屏幕上显示出一堆堆黑色的东西，像是一个个巨型的霉菌，那由他从高空望下去，只看见黑芝麻般的小点。

"那不像是植物。"也不像仙人掌，但他没说。

那一个个伫立在沙洋上的黑色物体，镜头拉近后，才发现是一团毛茸茸的东西，长长的毛发正在沙洋的热风下飘扬。

镜头拉近之后，他们才看清楚，原来黄色的细沙之下另有其他东西，一根根干燥的白色骨骸隐约可见，散落四处。

"你给的坐标没错，"橘色900说，"只不过，这个禁区NAf3恐怕已经灭绝了。"

"究竟发生了什么事？"那由他惊疑不已，这是他第一次感觉到事情超出他的预料之外。他试着去"感觉"那些黑色的东西，他惊讶地发现，那些东西是生物！它们有心跳和呼吸，他从它们的意识中捕捉到浓烈的血腥味，还有凶残的杀意。

橘色900将车子的高度渐渐降低，低得令下方的黄沙也起了骚动，扬起黄色的尘风。黑色物体受到惊动，从厚厚的毛发中露出一对棕色的眼瞳，咧张血红的大口，用长长的犬齿向空中的车子威胁嘶喊。

一团团黑色的毛发翻转过来，纷纷朝他们仰首噪叫，低回的吼声令那由他听了顿时毛骨悚然，车子里面的温度似乎在刹那间降了几度。

他可以清楚听到它们的心思，它们在心中呐喊着"很饿、很饿"，似乎有无穷无尽的饥饿正折磨它们，即使吃尽了一整个禁区NAf3的人，还是填不饱它们的肚子。

那由他打从心底寒透骨髓，在颤抖之中，他听见橘色900对他说："你知道吗？它们也是人类。"

"怎么会呢？"那由他咽了咽口水，定睛一看，果然那些生物都有灵长类的体型，乍看之下很像猿猴，但手足长短分明是人类比例，只不过一头脏乱的长发令人看不出他们真正的外形。

"你或许不知道，但我很清楚禁区的状况，"橘色900无神地望着地面上啸叫的怪物们，"因为这三年来，我大部分的时间都是在禁区度过的。"

橘色

"900，"那由他正色问道，"你说这三年来都在禁区度过，那究竟是个怎样的任务？"

"我跟禁区的野生人类生活在一起。"橘色900忽然一脸寂寞，"我是联邦的监视者，负责报告野生人类的变动，他们不会派真正的人类来，因为人类需要时间长大、教育、训练，而且脆弱容易生病，禁区又可能有不明的传染病，万一人类死了，联邦就不划算了。"

"每个禁区都有像你一样的生化人吗？"

橘色900点点头："看来这个禁区是最近几天才出意外的，出发时我还没有接到它毁灭的消息。"她俯视下方，那群黑毛怪物兀自嗥叫着，判断着这浮在空中的车子是不是可以填饱肚子的食物。

那由他也低头望下去，心里巴望这辆车子不要出意外坠落才好。那些怪物的声音充满了铁锈味，像钢铁般刺痛人，那由他将两侧的头发轻轻掩着耳朵，希望遮去一些声音："这一区的生化人也被吃了吧？"

"不，生化人并不可口。"橘色900冷冷道，"我想，她会竭尽所能地活下去，她的任务还没结束。"

那由他感到费解，有时橘色900十分温柔，有时又一转脸变得冷冰冰的，他暂时不想多问生化人的问题，赶忙转移话题："你说那些怪物也是人类？"

"至少曾经是。"橘色900拿起望远镜四下察看，"它们四处迁移，见到能吃的东西就不客气，禁区NAf3不是第一个。"

"地球联邦怎么不消灭它们呢？"

"那由他，"橘色900回头严肃地看着他，"你知道禁区是什么吗？"

"是野生人类的保留区。"

"不仅如此，你可又知道野生人类是什么？"

"他……他们，凡不是联邦公民的，就是……不，凡是不经由地球人口研究中心统一配种生育，而是借由体液交流和人体怀胎而生下的，就是野生人类。"

"在地球联邦，野生人类是要放逐到禁区的没错，但是，禁区本来就有原始的野生人类，他们不是地球联邦历史的一部分，也就是说，他们是经由'天择'生存下来的生物，而不像你一样，是'人择'的结果。"

那由他愣住了："我从来不知道。"

"很少人知道，联邦公民以为野生就是罪恶。"

"你把这些事实告诉我，难道不会被联邦治罪吗？"

"我有被设定的权限，不该说的话，我的逻辑回路会阻止我说出来。"

"不该听的话，你也没办法听进去吗？"

"什么意思？"

"比如说，玛利亚……"

话才刚完，橘色900突然整个人一弹，头撞车顶，眼珠子胡乱滚动，像发疯的人偶般抽搐，接着便整个头缓慢地晃了起来。等待了一会儿，她才渐渐恢复意识，只是眼神还有点呆滞。

"你还没说。"橘色900仿佛完全忘了刚才发生的事。

"我已经说了，"那由他咽了口唾液，"而且我也已经知道，什么是我不该说的了，请你告诉我，你是向谁负责？最高阶的负责人是谁？"

"这我可以说，是十二人席会。"

"还有更高的吗？"

"没有了，十二人席会是最高领导层，他们是来自十二大超级巨城的主席，而第一主席是他们之中最高的一位。"

"我明白了。"那由他不再多说，他不知道再提几次玛利亚的名字，会不会对橘色900造成永久伤害。

"我可以问你，为什么会遭到放逐吗？"

那由他沉默了一下，随即从背袋中取出他的笔记本："我不认为我是被放逐，一个被放逐的人，我相信不会有一位美丽的生化人来帮助我。"他瞄了橘色900一眼，瞧瞧她有没有脸红，却令他失望地叹了口气。

"我之所以被放逐，是玛……是最高领导给我的一个野外考察的机会，求证我归纳出来的理论。"

"你是学者吗？"

"我才十五岁，只是一个乳臭未干的少年，这纯粹是一个私人研究。"那由他说，"我有一份禁区索引。"他翻开笔记本，让橘色900看一份手绘地图，列出全球一百四十四个禁区的大约位置，旁边还有一页注明每一个禁区的坐标，"经由这份地图，你能够看得出什么吗？"

"这份地图是深烙在我的内存中的，但我什么也看不出。"

"这些全是地球联邦出现以前的人类栖息地。"

"现在也是。"

"不，那不一样，我指的是'大毁灭'以前的世界，正确来说，是在地球联邦出现以前的分裂世界，当时这些栖息地分别属于不同的政治组织，以一个古老的名词而言，就是分属不同'国家'。"那由他继续翻他的笔记本，"你会发觉，地球联邦这个名词，本身就隐含有'国家'这个古词，注意到了吗？联—合—邦—国。"

"我明白你的意思，"橘色900显得有些害怕，"不过……这听来真诡异。"

"还有更诡异的事，喏，在这里了。"那由他拍拍他翻到的那一页笔记，"大毁灭的发生，国家的消失，地球联邦的出现，这一切对我们而言是历史的事件，早在它们发生之前，就有人预见了，而且还不止一个。"

橘色900蹙眉望着他。

"其中最有名的一位，名叫诺斯特拉达穆。"那由他知道橘色900在质疑他，但他早在成长过程中习惯了这种眼光，他并不在意，"他不只是预言地球联邦的出现，他甚至还预言了……"他压低了声音，像是生怕在这小小的车子里头，还会有人偷听似的，"他预言地球联邦的灭亡。"

橘色900松了一口气，嗤鼻一笑，摇摇头道："我终于明白为什么你会遭到放逐了，因为你是个乱说话的疯子。"

"我宁可我是个疯子，我原本也希望我找到的数据是假的，是疯子虚构的，但后来我假设再假设，推翻再推翻，我才知道它的真实性。"

"你认为一切早在预料之中？我的出现，你的两个头，沙洋的食人怪物，这一切早在时程表上安排好，只等待它们一一出现吗？"

"你说的是微小的历史元素，这些元素或许重要，或许微不足道，我不敢说，我所知道的是，我们仿如时光巨轮上的虫蚁，有着不由自主的命运，甚至大部分虫蚁都无法测知巨轮的存在，巨轮自有它的规律，而某些人发现了这个规律，古人则称之为'先知'。"

"你自比于先知。"

"我只是翻看先知们的警语，企图窥探先知们的思路。"

"那和你的放逐有什么关系？"

"我说过，我是来考察的。"那由他说，"不管你相不相信，地球联邦的末日可能不远了。但我得先声明，它不会是第一个灭亡的文明，过去曾经灭亡过的文明，或者可能给我们一点指示，我被放逐的目的就在这里。"

橘色900深吸一口气，耸耸肩说："虽然不太明白你在说什么，但是，我只是一个服从命令的生化人，所以没有关系。"

"现在我们该怎么办呢？"那由他指指下方。

"这里大概没什么剩下的，我建议你到下一个禁区去。"

"好吧。"那由他无奈地望向下方，那些黑毛怪物已经停止嗥叫，它们伏低身子，不安地低吼着。

"在途中，或许你能告诉我多一点先知们的事，尤其是那位诺斯什么达什么的。"

那由他绽开了笑容："我很乐意。"

南方

听说南方卧虎藏龙，当代有名的高僧大德们多数出现在南方。

不过，或许也是大明气数将尽，这些高僧们一个个都老成凋谢了。

那天，正思离了京城，一路往南行去。他知道路上并不平静，流寇时常出没，官兵也会盘查骚扰，他身上既无度牒也无戒牒，被查到了可是要坐牢的。所幸他身无长物，只有一件破袍，加上满脸乱须，说他像出家人，不如说更像叫花子。走着走着，一路上行乞，或摘野果吃，或挖野薯吃，也不至于饿坏。

倒是他一双蓝瞳，往往令人以为他是胡人，目下女真人正在东北猖獗得紧，这种敏感时分，他只得在人多之处常常半合着眼，一副眼观鼻、鼻观心的模样，以免惹麻烦。

他走路时，无时无刻不念佛，口内念、耳里听、心中念，心不紊乱，境来不拒，境去不留，随缘自在。

经过一处庄稼地的时候，他感到一丝不祥之气。他心平如镜，洞照十方，对世间变动了然分明，他知道这个村子刚刚瘟疫过境，他也见识过古代世界的病菌有多可怕，所以他找了个树洞，钻进去坐着，刚好合身，随即便在树中入定。

树是活的，曾经活过一段很长的时间，现在只靠吸收湿土中的养分，聊以维持活命，正思感受到它微弱而强韧的生命，经过了多少风灾、旱灾、涝灾、蝗灾，依然屹立不堕。正思在定中知道树在温柔地照顾他，外头的风雨雷电全被树挡去了，如此经过了凉秋严冬，也没让他凉着。

一队兵卒经过，仓促的行军声将正思从定中惊起，发觉外界已是和暖的春天，原来不知不觉之中，半年已经掠过去了。正思爬出树洞，朝老树深深一揖："老树老树，正思受您一宿之恩，大恩大德，没齿难忘，请受正思三拜。"正思朝树顶礼三拜之后，便继续南行。

一路上，他见佛便拜，见寺便问何方有高僧，这才渐渐知晓，浙江的云栖袾宏，世人称莲池大师的，早已去世十年，正思深居寺院，竟朦胧不觉。安徽的憨山德清大师也在四年前往生，浙江的湛然圆澄也在去年圆寂了。

正思原本的目的是要找寻大迦叶尊者，希望在路途中顺便参拜有修有证的大德，谁知竟一个也难寻。他没有失望，只是感叹："末法之世，善知识果然难求呀。"

佛陀在世时曾预言，佛灭度后一千年是'正法时代'，其时佛法还有他在世时的样子；接下来有一千年的'像法时代'，其时佛法还形似正法，但已有偏离夹杂；最后是一万年的'末法时代'，悟道者少，许多外道披上佛法的外衣，迷惑众生，不像佛陀一般教人离生死、断轮回，反而诱人在名利财色诸毒欲上打转，甚至佛教中亦有人自坏法门，正如《仁王经》所云"狮子身中虫"，狮子之奋迅猛利，也会被自身之虫慢慢折磨而死，这便是末法的普遍情况。

"何谓外道？"正思曾这般问明月。

"心外求法，便是外道。"明月说，"佛教导人认清自心、内观自心，不被心所迷惑，照见五蕴皆空，真如自性便了然分明。而外道呢？则是执着于心外之物，或求生天，或求不死，或不信因果，或认为死后一片虚空……种种谬见，一言难尽，正如盲人导路，导路人和跟随者都会一同坠落山谷。"

其时天启七年，正是进入末法时代不久。

正思进入福建境内时，终于听到天启皇帝驾崩的消息，新即位的皇帝是皇弟信王，明年改元崇祯。

正思停在一间小寺院，打算歇一歇脚。

他没有挂单过夜，因为他没有度牒、戒牒，是以只拜一拜佛，讨杯水喝。

知客送来一大碗清水，与他攀谈起来，正思便提到高僧们往生的消息。那知客年纪不大，却颇有见地："依愚之见，师兄不必苦苦参访。"

"愿闻其详。"正思客气地请教。

"佛涅槃前不也提示大众了吗？佛灭度后，学佛之人应有四依四不依，所谓'依法不依人、依义不依语、依了义不依不了义、依智不依识'，末法之世，正法应从四依当中求。"

"甚是，甚是，师兄真善知识也。"正思马上朝知客一拜，知客忙扶止了他，摇头不已："余不过口头禅耳，鹦鹉学舌罢了。"

正思道："一语点醒西方路，即便是鹦鹉，也是成佛因缘。"

惶恐啊惶恐，正思自忖，学道之心时进时退，摇摆不定，进时难，退极易，进时一步难前，退时一退十万八千里，若无善知识时时在路上提醒，早不知走到哪条偏路去了。

天魔外道虽有，但学佛之路上最可怕的还不是天魔外道，而是自己的心啊。所谓心魔——贪嗔痴慢疑——如同五种剧毒，一个不小心，便会无声无息地腾出，五毒烈焰顷刻之间笼罩整个心房，烧个永劫不复。

此是娑婆世界，此是五浊恶世，此地不宜久留，早早办完正事，速离才是。

主意打定，脚下便利索了起来，正思一路南行，再无犹豫。

预言

"诺斯特拉达穆，是古基督纪元十六世纪时的古法兰西医生，他所出版的预言集，是所有预言中可信度最高的。"那由他一手压着他写满资料的那一页，一脸认真地向橘色900解说。

"请说明。"橘色900一面开车一面问道。她眼神不动地直盯前方，远方有一大片蓝色的水，遥望像巨大的池塘，正映照着温和的阳光。那是地中海，古文明的摇篮之一，她不打算飞越地中海的上空，她朝右转，飞向东北方的贫瘠之地。

"当时古法兰西颁订新制度，每一种新出版的书，都必须送交首都巴黎审查，所以几乎他的每一种预言集都有保存下来，还包括各时代的版本，可供相互对照研究，而其他的预言呢？"那由他摇摇头，"比如古中国的《推背图》，根本就是胡闹。"

"请说明。"橘色900完全不懂他在说些什么，可是看到他认真的表情，又觉有趣。

"《推背图》是古中国预言之中最有名的一部，里面有图也有文字，图文都是字谜的形式，喏，"那由他翻开一页给她看，"就像这样的图画。"

"他们的服装好怪。"

"传说这部预言是大约古基督纪元七世纪（作者注：唐朝初年）的天文官（作者注：李淳风）写的，这是他们当时的服装……可是没有历史证据说明它在那时候就出现了，那位天文学家的著作目录中也没有这部书，一直到十四世纪中叶才有这部书的记录（作者注：《宋史·艺文志》），而且作者不明，但是它保存最古老的版本却在十七世纪末叶，距最早的记录也有两百年了！而且我手头上的七种版本，每一种内容都有很大的不同。"那由他说得兴奋得脸都红了起来。

他继续说："传说中，十世纪有一位统治者（作者注：宋太祖赵匡胤）曾故意把它修改成很多混乱的版本，免得有人利用它来作乱，但我觉得那只是后人杜撰的解释，因为每一种新版本的出现，都跟当代的历史事件有关，比如中世二次大战时，古日本战败后，市面上便出现附有古日本战败预言的《推背图》，而那则预言在先前的版本中都没出现过。"

"这看起来是一种宣传手法。"

"想必是，这种政治宣传，在古中国可说是一种正常现象，从中国历史开始，就不断有这类借预言推倒政敌的习惯……《推背图》在已过去的事件上十分准确，而且越后来的版本越准确，对于未来的预言，就十分含糊其辞。"

"你的意思是，那位诺斯特什么的很不含糊。"

"他的版本清楚，而且在他去世以前，就有人开始试图破解他的谜语，但往往要在事情发生后才知道他早将一切说清楚，只不过要是还没发生，也没人看得懂他的谜语。"

"请举例。"

"很多，譬如说，他最有名的预言是被称为'反基督'的角色。"

橘色900略有所悟："就像反联邦？"

"正是，他是古法兰西人，那时候的基督宗教势力很大，从政治、每日的作息，甚至连嘴里说出来的话都会受到宗教的控制……"那由他禁不住停顿了一下，他忽然想起地球联邦也是如此，"他们最怕有人动摇他们的统治，于是拟构出一个假想敌，他们称之为反基督，有时也代表着魔鬼……"

"请说明：魔鬼。"橘色900截道。

"一种超自然的邪恶力量，他们将魔鬼视为一切与他们的信仰有冲突或不太相同的事物，在我看来，其实两者相去不远……离题了，离题了，总之，诺斯特拉达穆预言有三位反基督的出现，一位是拿破仑，一位是希特勒，一位是马勃斯。"

"我听说过，他们都是历史课本里提过的反联邦啊。"

"诺斯特拉达穆声称第二位反基督名叫希斯特（Hister），跟希特勒（Hitler）只差一点拼字和发音，而第三位反基督马伯斯（Mabus），则跟马勃斯几乎一样，甚至连马勃斯造成世界大战的时间也一清二楚。"那由他将笔记本指给橘色900看，上面注明这则预言出自第八部《百诗》的第七十七首四行诗：

第三位反基督很快被灭绝了，

他的血腥战争延续了二十七年。

异端者死亡，俘虏遭放逐，

尸体浸泡血中，血染红的冰雹覆盖了土地。

"这根本是'大毁灭'发生前的场景。"

橘色900点头表示赞同，眼睛还是不忘注意前方的地形。

"诺斯特拉达穆计划撰写十部预言集，每部有一百首的四行诗，所以才将他的预言集命名为《百诗集》。"

"他的预言总有个终点吧？这个世界什么时候会终结呢？"

"他的预言并没按顺序排列，不过他在一篇写给儿子的序言中有明说，他一直预言到古基督纪元3797年，也就是……"他查了一下笔记本，"也就是地球联邦11400年，距现在还有八百多年，我相信届时人类这个物种还是存在的，他没提及人类的灭亡。"

"你说过，他预言地球联邦的诞生和毁灭。"

"我是说过。"

"可是诺斯特拉达穆难道不是地球联邦的公民吗？地球联邦不是已经存在一万多年了吗？"

那由他舔了舔嘴唇："这个问题，我还是先不回答你比较好。"他瞄了一眼笔记本上的一行字：

玫瑰，在伟大的世界中央

那由他不敢多说，他大略知道地球联邦真正的历史，但这是连他也不敢放胆问玛利亚的问题。不，并不因为他害怕玛利亚，而是因为他不敢知道真相，一旦真相揭露，这个世界便会提前崩溃。虽然这个世界似乎从未善待他，但他生于这个世界，他很清楚这个世界，他并不希望眼见它的毁灭。

橘色900打断了他的思绪："你前几天告诉我，你最有兴趣的是历史，但你刚才所说的尽是一些古代人类的迷信，这不是地球联邦向来排斥的吗？"

"什么叫迷信？"那由他促狭一笑，"不经由理性判断，单凭情绪化的主观意识去深信不疑，那就是迷信。"

他自信地挺直身体，继续说道："但历史是什么呢？历史是一门科学，有实验材料、有大型田野实验、有理论、有例证……'历史科学'的奠基人之一戴蒙曾说：'历史科学与非历史科学还有一个差别，就是预测。'"

"你的意思是，不但历史是科学，连预言也是。"橘色900嗤鼻道。

"对，科学研究在做的是双向的工作，一边在发掘自然的规律，一边在预测未来。"

橘色900无话可说，她明白那由他的意思，科学将已知的自然规律，化成理论和可计算的方程式，再借此推算出未来。

中古人类之所以能够计算到月球或火星的轨道，她之所以能驾驭这部车子，乃至于她体内的微电脑程序，无一不经过预测而得以顺利运作。

即便如此，她依然不喜欢这种想法，她觉得那由他在强词夺理。

那由他继续他的论调："古时候有一位科学家，他同时也是一位讲故事的高手，他在某个故事中假设人类已经殖民了整个银河系，当时有人发明了一套称为'心理史学'的学问，可以借由一连串计算来预测历史的大方向，但小方向就付之阙如了。他这个想法很有趣，问题在于：如何从历史事件中找出历史运行的规律呢？"

"那么诺斯特什么的岂不是更厉害？他连名字这么微小的细节，都能够预先写下。"橘色900的语气听起来像在讽刺，但那由他并不介意。

"其实很多古民族都企图找出这个规律，古中国人有个叫'皇极经世'的理论，在时间的大循环中有小循环，循环的终点便是世界回归寂静的毁灭，不过在我看来，这可能是从印度人那边抄来的。古玛雅人也创立了好几个不同的循环，每当循环接近终点时，他们便杀人取心，将心脏献给掌管时间的神，他们相信这样才可以维持时间的正常运行。"

"我能说什么呢？人类的文化可真丰富啊。"橘色900叹了口气，"可是你有没有发现，你的推论有一个模糊点。"

"请说。"

"你一直在说科学，又说历史科学，可是你说的代入公式的预测是物理和化学的方法，它们讨论的是控制少数条件下的因果关系。但是，"橘色900语气一转，"生物学和气象学才更加接近你指的科学，它们同样是巨大复杂的模糊系统，所以它们的模式很难像物理公式一般精确，它们不强调绝对，而是推理近似值，你知道，这才比较像你的历史科学。"

那由他愣了半晌，他没想到橘色900会提出如此尖锐的见解："如果我不知道你是生化人，我是完全不会惊讶你的说法的，你真的只生存了三年吗？"

"我们有一个原型，我的知识和思考逻辑，都是那位原型提供者的复本。"

"你的原型会是什么人呢？"

"我不被允许知道。"

"好，姑且不论历史科学是物理式的还是生物式的，诺斯特拉达穆的存在就是一件不可忽视的事实，如果——我们假设——如果历史真的可以预测，如果时间真的有循环规律，又如果有人发现了它呢？"

"那么世界就不会是今天这个样子了。"

"为什么？"反倒是那由他困惑了。

"如果有人能预见今天这种混乱，难道人类不会企图令它变得更好吗？"

"900，你不是人类，你太高估我们了。"那由他摇头道，"如果人类有那么聪明，地球联邦就不可能出现了。"

橘色900皱皱眉头："我不懂你的意思。"随即仰一仰下巴："不过客人，你指定的地点，再过不久便要抵达了。"那由他赶忙望去前方，遥远的一大片纯净黄沙中，卧躺着一条又长又广的大湖，湖面映照着灰沉沉的天色，有如地面上的一道狰狞裂口。

"啊，这里是古老的预言之乡啊。"那由他说。

云南

正思找到一条清洁的小河，取出一个小布囊，将河水倒入，清水便一滴滴地过滤到钵中。过滤完之后，他慢慢将清水流过喉头，又将布囊在河水中洗涤一番，让留在上头的微小生物回到水中。正思看看水中的倒影，披头散发的模样，煞是吓人，他取出戒刀，将须发理个干净，将指甲也截平了，看看这才像个人样，免得到有人烟的地方会吓着人。

他已经走了很远的路了，远得连日子都忘了计算了，但气候渐行炎热潮湿，植物也越来越浓密，也让他知道已经来到亚热带地区了。此地乡民说话像汉语，却有浓重的腔调，就像是顺天府官话的另一个版本。

原本越往南走，语言的变化越大，尤其福建、广东、广西一带，腔调变化极大，但到了这里，正思却反而比较习惯，因为至少还比较像他所熟悉的汉语。

他找到一间破屋，虽穿顶破壁，仍不失是一个挡风避雨的好所在，尤其是午后的山雨，细细绵绵的，教人纳闷得紧。

正思生起一堆火来，加上些湿草，好用黑烟将蚊虫赶跑。他可不想在此地被蚊虫叮出什么毛病来，因为他曾经差点被这个时代的细菌害死，在这之后，他体内的免疫力才渐渐建立起来，自此之后他也愈加小心。

两个穿蓑衣、戴斗笠的男子快步踏入小屋，显是躲雨而来，见了正思，他们先是合十敬礼，随后才脱下身上湿遍了的蓑衣，问："师父可是上鸡足山去？"

正思心中一愣，疑惑地问道："此地是鸡足山么？"

"原来师父不知，"中年汉子道，"明日乃药师佛诞，我们兄弟俩正要去赶庙会呢。"正思一瞧，见他们挑了个担子，敢情是要去做小买卖的。

"那个鸡足山……你们有听说过大迦叶尊者吗？"正思试探道。

"师父说的是人么？"中年汉子问道，"迦叶是听过的，不过是迦叶殿，是山上一座大寺哦！山上大寺多，有放光寺、传衣寺、华严寺、大觉寺、悉檀寺……"

正思没听下去，他知道鸡足山不应该在这个地方的。

他详细研究过玄奘的《大唐西域记》，里面提过大迦叶入灭尽定的鸡足山，梵名屈屈咤播陀山，在莫诃河河东大林野行百余里处。他猜想所谓"莫诃"和常用的"摩诃"是同一个字，意思是"大"，莫诃河就是大河之意，一如中国古代称"河"便专指黄河，称"江"便专指长江而言，所以这条印度的"大河"可能也是一条河流的名称。

他搞不清楚地理位置，于是请教广化寺那位读过不少书的知藏，知藏帮他查问了一段时日，好不容易查到一部同样也是唐代僧人写的《弘赞法华传》。

《弘赞法华传》中说，中印度古国摩揭陀国国境内的恒河以南，有座荒芜的古城，古城西南四百余里为尼连禅河，渡尼连禅河至伽耶城，城西南有菩提树，菩提树以东，渡大河入大林野，行百余里，便至鸡足山。

他依稀记得尼连禅河和伽耶城是古印度教的重要圣地，但他手上完全没有数据可供查询，每想至此，他恨不得能够回到地球联邦的历史数据库。不过，仅仅从基本的方位，便知道这座中国境内的鸡足山，不可能会是同一座。

不过，这也给了他很大的信心。真正的鸡足山虽仍远在千里之外，但无论如何，他已经在一步一步地接近了。

他摸摸磨厚了的脚板，见破屋墙角堆积了一些稻草秆，便信手抓起一把，趁雨停之前编织一双草鞋。

同伴

地中海东侧有一条南北纵向的大湖，它广大的面积已经足以称之为"海"。它所含的盐分极高，使得生物难在水中生存，尤其随着它日渐干涸，盐分的浓度已经比百年前不知高出了多少倍。它的湖床逐渐露出，变成了一片汪洋似的雪白盐田。

由高空俯视，它的南端有一个小湖，看来像是从它的本体衍生出来的一个小漥坑，它不寻常地近似正圆形，稍稍暗示了它的来历。

橘色900让车子在上空盘旋了一阵，确定没有遭受攻击的危险，才将车子徐徐降落在沙地上。那由他爬出车子，深吸了一口空气，舒展了一下筋骨："啊，每天困在车子里面，真不舒服哇！"

橘色900不敢松懈，她眼神警觉地扫视周围，随时注意雪白地平线的动静。"你要查看什么就快去，"她有点紧绷，似乎对离开车子觉得很不安心，"一有危险，我们要用最大速度离开。"

那由他也被她的警觉性感染了，对四周也忍不住紧张起来。四周是一片干净的荒芜，没有草木，只有反射骄阳的白色地面，这对住惯了住宅区、举目可见人类建筑物的那由他而言，这片死寂之地会令他产生对宽阔空间的恐惧感。

这里古时候便叫作死海，现在更加是毫无生气，湖水已干涸得只剩一小摊，所幸浓厚的云层挡去了大部分阳光，否则它随时便要干透了。雪白的盐田立了一根根盐柱，乍看之下很像一个个凝结的人柱。

那由他站在古代死海的边缘，往湖心望去，曾经发生大规模下陷的湖床，如今就像一个巨型脸盆，盐柱如守卫般数组在湖床上，像严防入侵者的大军。

"900，我们可以飞下去吗？"

橘色900端详了一下湖床："不容易着陆。为什么？"

"我有一种强烈的感觉，"那由他脸色潮红，呼吸微微急促，连他左脸的兄弟也分泌了一脸油光，"那底下有东西。"

"什么东西？"橘色900取出望远镜，作势要看。

"不，我想你看不见，那感觉很强很清楚，我……有个同伴。"

"同伴？"那由他的话把她搞迷糊了。

没来由的兴奋来得很突然，刹那便笼罩了那由他的神经中枢，他感到整条脊髓都在亢奋地抖动，脚底有奔跑的冲动。他不知道是什么，只知道湖床上有东西传来一种熟悉的气味，很和谐很令人期待，只有同伴的召唤才有这种感觉。

他来这里，是因为对死海南端那个圆形的形状很感兴趣，他猜想那会不会是个古老的陨石坑。当它干掉之后，湖底的秘密就应该露出来了，但他从历史研究院的数据库中发现，上一次有人探索这个地方，已经是一百多年前的事了。

他万万没想到，这里会有同伴的声音，这跟他拥有相同力量的，会是什么人呢？

橘色900打开车门说："我必须试试看，如果降落有危险，我会马上离开。"

车子起飞了，下方扬起一阵混着盐粒的沙尘。

橘色900再确认一次："要去哪里？"

"湖心。"

那由他抑制不住神经里的脉冲，从小到大，他从未经历过这种兴奋。他从来没有被人期待过，也从来没有期待过什么，他知道他的存在不受地球联邦欢迎，他的生命随时准备被人结束，但这一次，今天的这一刻，他整个意识里头忽然洋溢了活着的喜悦。

就像狗儿会互嗅对方的气味，好确认是否为同伴，这一次，他嗅到了浓烈的同伴气味。

"这边！这边！这边降落！"那由他忽然嚷道。很强烈！他感觉到强烈的召唤来自正下方，大片的雪白湖床反射着阳光，令他看不清湖心上有什么，但不会错！召唤来自彼方。

橘色900费解地望向他狂热的眼神，说："好吧，我试试看降落。"她缓缓地降低车子的高度，小心审视湖床上的盐柱。

随着高度下降，那由他的脸色越来越红润，他将两掌微屈，摆在耳后，仔细聆听……是的，他听见了，歌声从低回的呢喃，渐渐变成源源不绝的吟唱声。

开始时，他听不懂歌吟的内容，那是他闻所未闻的语言，但他感觉到那种文字十分优美，每一个字符都能振动他身体的某一个部分，振荡着构成他身体的某一种原子，那振动像潺潺溪水般宁静，像和风滑过叶面般轻柔。

　　那由他惊讶地发现，他突然开始明白吟唱的内容了，它们的意义越来越清晰，就如同他一出生便开始学习这种语言般洞然明白，因为振动着他身体的每一个音节在他全身构成乐音，令他从皮肤到最深层的脏腑齐奏出和谐的宇宙之音，他狂喜地跟着吟唱，大声吟唱。

　　橘色900忧心地望着他，她听不懂他说出来的每一个字，她正想关心地问他怎么了，忽然，她将走到嘴边的字眼又吞了回去。

　　她看见，那由他左脸的兄弟睁开了眼，睁开了那一对向来低垂半合的眼，正用一双清澈无比的瞳孔望向她。旅行这几个月以来，她还以为那张左脸只是一块没用的肿瘤，如今这块肿瘤竟……"不好！"她一失神，差点碰上一根盐柱，她赶忙摆正了倾斜度，找到一块较平坦的地面，将车子平稳着陆。

　　此时，她再看清楚，那由他仍在热烈地吟唱，而他左脸的兄弟已再度半合起眼，像块垂挂在脸上的旧皮囊。"是错觉吧？"橘色900对这种想法感到比较安心。

　　"那由他！"她推了推那由他，"已经到了。"

　　"你难道没听见吗？900，那首诗……"那由他一脸感动，眼眶里竟泛着泪水，"你没听见那天籁吗？那不是人间的语言！是宇宙的声音！"

　　"你很吓人你知道吗？"橘色900瞪他一眼，"别疯了，下车吧。"

那由他飞快地翻下车，一脚踩进盐堆，脚底马上陷了下去。他不理会，一步步艰难地走着，他知道方向，他知道，因为每近一步，那低吟的歌声便更清楚一些。

"那由他！"橘色900想追上来，但她的脚程没那么快，"别走太急！很危险！"

"我知道他在哪里！我知道！"那由他忽地一脚深陷，身体一斜，撞上盐柱，盐柱坚硬无比，一点也没损伤，反倒是那由他的肩膀感到很痛。

"我们要小心！"橘色900远远嚷道，"随时可能会有野生人类或怪物攻击！你走得太远了！"

那由他蹲下身去，他听到了，那吟唱再清楚不过了，在他脑中发出古老诗句的同伴，就埋在这湖床厚厚的盐巴中。他用两手挖掘盐巴，盐被阳光烤得很烫，但他并不在乎。

没挖多久，他一脸欣喜朝橘色900喊道："找到了！"说着，他挖得更加勤快，在层层的盐巴之下，露出一个柔软的白色物体，像一颗雪球，那由他将它轻轻用手抓好，小心地从盐层中拿出来。

看着这个白色的球状物，他心中又是兴奋又是害怕，怕的是他从未面临过的未知，他不知道这位同伴是何方神圣，为何召唤他，为什么能吟唱出这么优美的语言。

白球下方垂着一大堆条状物，像一条条细白的香肠，像柔软无力的触手，摸起来冰冷而有弹性。简而言之，有点像一只水母。

它外表看来温驯无害，那由他两手触摸它，却感受不到任何生命的气息，但它的心灵的确正传出低回的颤动，那丝微颤仿佛绵密的呓语，细如微尘漾起的水面轻漪。

或许，那由他猜想，它正在睡觉。

又或许，那心灵底层的颤动，是一个甜美的梦。

奶蜜

那由他坐上车子之后，整个人便瑟缩在座椅上一言不发，他将那个水母球抱在胸前，微闭两眼，眼神仿佛聚焦在另一个世界，像是在冥思。

橘色900递给他干粮和水，他也没注意到。他不理会橘色900，不指示下一个要去的地方，刚才还在滔滔不绝谈论着预言的少年，现在却像是新出厂未充电的机器人。

橘色900等候了一阵子，看见太阳渐渐西斜了，禁区的夜晚是不安全的，她必须尽快起飞才是。她心里嘀咕一下，对那由他说："我们必须补充水分了，我打算飞去禁区ME15，你有意见吗？"

那由他哼也不哼一声。

"那我认定你是同意了。"橘色900让车子升空，高速朝西北方飞去。那方向也是那由他预定的路线之一，所以她认为这个决定十分合理。

在抵达死海以前，那由他还在说明这里为何被他称为"预言之乡"。这里过去曾经有各种游牧民族散居，曾是水草丰饶之地，但放牧活动使得再生能力低弱的土地迅速贫乏，进而沙漠化。他们的生活愈加艰苦，也互相争战吞并，在这种弱肉强食的环境下，他们产生了一种家族式的信仰。

他们信仰各自的神祇，神祇是家族之神、地方之神、列祖之神。

古书上有记载了某个神祇的宣言："我是汝父的神，是亚伯拉罕的神、艾萨克的神和雅各布的神。"祂必须借由信仰祂的人来确认祂自己的身份，虽然这些列祖之神未必是同一个，但或许正反映了各民族在战争与交流中所发生的观念融合，也就是历史研究院所教导的"第三种历史"——历史文字背景后面的真相。

这个大杂烩的民族，后人称之为犹太人、希伯来人或以色列人，他们后来以一神信仰有名，虽然这在历史的初期并非事实。

他们的神具有恐怖的性格，喜欢发出恐怖的预言。

"我的怒气要从鼻孔发出……甚至海中的鱼、天空的鸟、田野的兽，并地上的一切昆虫，和其上的众人，因见我的面就都震动，山岭必崩裂，陡岩必塌陷，墙垣都必坍倒。""人都要用刀剑杀害弟兄。我必用瘟疫和流血的事刑罚他。我也必将暴雨、大雹与火，并硫黄降与他和他的军队……"

祂以恐怖手腕统治人心，而发明祂的古犹太人，却心甘情愿屈服于祂的淫威之下，并同时也对周遭民族施以相同的恐怖。他们著名的先知乔舒亚在战争中"将城中所有的，不拘男女老少，牛羊和驴，都用刀杀尽"，又"用刀击杀城中的人和王，将其中一切人口尽行杀灭，没有留下一个"。类似的这句话在两章之中重复了十遍。

这片残暴血腥之地，在古犹太人《诸书》中被那个神祇应许为流奶与蜜之地，也就是橘色900正要前往的禁区ME15。如果估计无误，她能在日落之前赶到那里去。

那片奶蜜之地被应许的预言，成了古犹太人两千年苦难中的精神支柱。这则预言在两千年中随着他们的神祇观浸透到古欧洲人的集体潜意识里头去。第二次世界大战之后，为了实现预言，联合国硬生生将奶蜜之地从中东版图上切割下来，让这支苦难的古民族回复传说记载中的国土，而无视于原有的民族和国境。结果是流奶与蜜之地，流遍了鲜血和尸水，争战的双方都坚称自己是立足于正义的一方，而所谓的正义，就是坚持自己的神祇是唯一的存在。

一则甜美的预言，竟是包了糖衣的剧毒。

而今，这些正义之士全都已腐化分解，成了最原始的分子，在万物之间流转不休。

"那由他，到了。"在遐思之际，橘色900已经望见下方的绿洲了。在赤贫之地上，房子的影子拉得长长的，依稀还能看见黄土下古老的城市痕迹。要不是有影子，还几乎看不清那些跟黄土相同色调的房子呢。

那由他抬了一下眼，喃喃道："我饿了。"

橘色900觑了眼他怀中的怪东西，心里忽然掠过一个念头："如果它在盐中埋了很久，为什么不会脱水呢？"它看起来光滑有弹性，像是充满了水分。"是什么人把它埋在盐中呢？那东西究竟是什么？具不具有危险性？"

"900，"那由他突然说话了，"你会不会做梦？"

"真高兴你回来了。"橘色900松了口气说，"会呀，为什么这么问？"

"你会重复梦见相同的故事吗？"

橘色900侧头想了想，她的确梦到过许多次相同的场景、相同的人物，甚至在相同的段落结束梦境。不过，那由他问这些干吗？"要降落了。"她说。

车子像悬在蛛丝上的蜘蛛般缓缓触地，她将车子停在禁区ME15

村子中央的空旷地带。这地点是经过考虑的，以免万一有来自外围的危险时，她仍有逃脱的时机。

禁区内的村民对她的光临并不感惊讶，几个小孩好奇地远远观看，其他人则忙着自己手上的工作。一位年纪较大的男子走上前来，询问橘色900的来意。

"你们的监视者呢？"

"她快到了。"那男子抖了抖外衣，抖落许多黄沙。他看来十分疲惫地驼着背，像被繁重的担子压得直不起腰来。

橘色900知道他们生活困苦，向他们要求粮食，无疑会加重他们全族的负担。她知道这些人便是奶蜜之地的后裔，只是不知他们的祖先是站在哪一方的正义。

他们依旧崇信他们的神，而不承认地球联邦的神圣性。这便是为什么他们依然生活在禁区，永远不可能会是公民。

"你是村长吗？"她问那名男子。

"是的，我是。"男子的皮肤像皮革，满脸风霜，粗大的毛孔堆积了尘沙。

"你几岁？"

"二十五。"

橘色900听了，只微微点了个头。

"你好，我是菊色770。"一名女子从外头走进来，她一头黑发，肤色也比较深，跟白皙的橘色900成了强烈对比。

"我是橘色900。"两人握了手，便开始交涉粮食问题。

天快黑下来了，村民们将一瓮瓮的油脂倒入村子外围的壕沟，也在壕沟旁插上火把。

"他们在做什么？"橘色900好奇问道。

"近来夜里不平静，有黑毛鬼侵袭。"菊色770面无表情。

"黑毛鬼？是那种突变的野生人类吗？"

"我们捉到一只，你要不要来看看？"

橘色900尾随菊色770来到一间泥屋，那由他也抱着那水母球一起跟进去。泥屋中摆了一只死去的黑毛鬼，它一身脏兮兮的粗黑长毛乱成一团，仔细一看，原来全都是头发，它们的头发长得覆盖全身，仍挡不住那一阵阵腐尸味。

"村民们打算一旦发生攻击便点火，黑毛鬼怕火，"菊色770道，"他们还打算展示这只尸体，希望可以令黑毛鬼却步。"

橘色900听了一阵寒栗，她低头看看那由他。那由他双目无神，他抚摸怀中的水母球，眼中泛现泪光。

"怎么了？"橘色900吓了一跳，自从找到那怪水母之后，那由他就一直怪怪的，现在又不知怎了。

"一万三千五百年前……我同伴的主人们，也遭遇过这种事……"那由他说着说着，一时悲从中来，眼泪便溢出来了。

菊色770这才注意到他："你的同伴？"她望向橘色900。

"不是她，"那由他擦擦泪水说，"我说的是撒马罗宾。"

"它叫撒马罗宾吗？"橘色900指向他怀中的东西。

那由他一面伤心哭泣，一面用力点头。

"那是你为它取的名字吗？"

"不，不是，是他告诉我的。"

第 五 章

/

鸡足山

戒律之法者，世俗常数；

三昧成就者，亦是世俗常数；

神足飞行者，亦是世俗常数；

智慧成就者，此是第一之义。

——《增一阿含经》43·4

天竺

正思梦醒时，才发觉昨晚歇脚的林子前方，竟是一片广阔的原野。

野云在空中懒洋洋地爬着，阳光的炎热也携带着蒸蒸水汽，令空气显得黏稠沉重，前方不远的地面，原本还卧了一条大河，现下是干旱季节，河道显得比往日消瘦，很容易便能跨过对面。

离开中土有五年了，一路上拨草寻径，穿过了无数的树林和聚落，难道终于抵达了梦寐以求之地吗？前方的原野，便是佛陀曾经游化的土地吗？正思心中不禁升起一股敬意，似乎连空气也感觉神圣了起来。

他走了一小段路之后，好不容易遇上一名赶牛的村童，正思不会说这里的语言，但他记得鸡足山的梵文读音。他步上前向村童合十问讯，说："屈屈咤播陀？窭卢播陀？"这是《大唐西域记》上记录的两个名称，玄奘大师很注重音译，想来发音是不会错的。

没想到，那村童却是一脸恐惧，将他上下打量数番之后，一边叫骂着正思听不懂的话，一边赶快催赶牛只。正思不明白怎么回事，但他仍未放弃："伽耶？伽耶？"村童骂得更大声了，边叫嚷着边远去。

正思不明白，他一路上都还算颇受人礼敬，鲜少碰见这种情况。

他环顾四野，见右手边远处有一条白色的山脉，再看天空，上午的太阳在背后，如此看来，他的方向大致上还是没错。如果能沿恒河西行，便会遇上一条称为尼连禅河的支流，印度教圣城伽耶就在这条河岸上，再从伽耶往东走百里，就能找到鸡足山了。

但若回头想想，如果他不是贴着恒河而行，只要在稍南的路线上与恒河平行朝西行，说不定便会碰上鸡足山了。打定主意，他决定先朝南走个几天，慢慢修正方向。

一路上，土地显得干净贫瘠，放眼所见，不是稀疏的灌木林，便是遍地短短的杂草。看来，这不像是个容易找到野果填肚子的地方。

他看见一棵树下搭了个小棚，无非是些树枝、干草和破板拼凑成的遮阳处，小小的棚下却挤了好几个人，男女老幼都有，他们衣衫褴褛，甚至有无衣可穿的女人，但他们也没做什么，只是睁着双大眼直瞪正思。

正思踌躇了一下，还是上前去问了。

"屈屈咤播陀？娑卢播陀？伽耶？"没有反应，他们只是愣愣地瞪着他。一名小孩走过来要触摸他，马上被一名女人凄厉的声音喝止了。看来他们并不是怕他，只是不愿意跟他有任何交流。

一名老人忽然像刚上好发条的人偶一般摇摆脑袋瓜，指向地面："屈屈咤播陀。"正思转头望去，看见一只被啃干净的鸡脚被扔在地上，便知道这老人误会了。

"屈屈咤播陀，"正思再说一遍，"摩诃迦叶。"摩诃迦叶便是大迦叶。

老人眼睛一亮，忽然跪在地面，朝西方拜了下去。

虽然如此，正思还是无法从他身上问到什么。或许，这些人是古史中读过的"不可触摸者"，也就是尚且不包括在印度四种姓阶级中的人，他们肤色较黑，跟统治阶层的雅利安人长得不同，在印度教的教义中，他们甚至不被当成人类，连轮回也没有他们的分儿。

这番推断足以解释为何他们不敢碰他，因为有的时候，对他们而言这甚至是一种死罪。啊，为何曾经出现过佛陀的这片土地上，会有如此可悲的不平等呢？或许正由于这种不平等，佛陀才会出现，提倡众生平等的观念吧。

正思继续他的路程，走了一会儿，听见后方传来叱喝声，他回头瞧看，只见刚才赶牛的村童又出现了，身边还跟了几个男人。正思觉得不对劲，但他并不打算逃，他相信如果这是他应该面对的，即使逃了，还是会有下一次的，如果这不是他应该面对的，那他也不会有事的。

"阿弥陀佛。"他向来人合十道，等待风暴降临。

为首的人看来不很老，却留了一大片灰白的胡子，头上戴顶小白帽子，气色沉静。他向正思说了一大堆话，其他人都不插嘴，只等他说话，同时用充满敌意的眼神不断打量正思。正思从老人的话语中捕捉到几个"阿拉"的字眼，心里刹那猛省："难道说，这个时代……"

他还是用相同的话问老人："屈屈咤播陀？窭卢播陀？伽耶？"话犹未尽，一伙人已经上前将他压倒在地，一人用绳索捆绑他的手腕，他吃了一惊，但依然没有反抗。

他被这些人胁迫着，推赶他走去一个小城，途中老人一直对他说话，不管他在说什么，听起来都像在责备他。进入小城之后，城中道路两旁挤满摊贩，路人们留意到正思的出现，纷纷对他的光头、他破旧的僧袍和僧鞋，以及挂在他脖子上的念珠指指点点。

正思忽然有个念头，不如运用神通脱开绳索，一走了之吧。不，不行不行，怎么能有这种念头呢？果然起心动念都是造业呀。佛陀曾千叮万咛不得在俗人面前显神通，神通敌不过业力，使用不当，反遭恶果。

他被带入一间房子，房中坐满了人，个个都蓄了胡子，其中有一位年纪很大的老人，牙齿都掉光了，两唇缩了进去，说话的声音也模糊了，但旁人都十分尊敬地称呼他"依曼"，对他说话的声言也特别地轻柔。

他详端正思片刻，向旁边吩咐了几句，马上有年轻人奔跑出去，不消多时，那年轻人竟带了一名身着中国服装的壮年人进来，令正思着实吃惊不小。"阿弥陀佛，"正思忙合十道，"他乡相见，不知施主何以至此？"

"你果然是中原人，"那中国人道，"我来此经商，阁下是出家人吗？"

"是，阿弥陀佛，我乃顺天府人氏。"

"来此何为？"

"参访高僧大德。"

"师父，你来错了。"那商人捣头如蒜，"这里是回回的地方，佛教被他们消灭久矣！佛寺早已被毁，出家人一个也无，哪来高僧？"

原来距此五百年前，佛教已在北印度消失了踪影。

当佛教在印度进入发展的瓶颈时，竟开始吸收婆罗门教的内容，佛教中开始充满了各种仪式，原本佛陀所强调的心内求法，被种种神秘仪式重重包裹，这正是当初佛陀所不赞同的，结果佛教变成跟其他印度信仰没什么两样，对一般民众失去了吸引力。

相反地，婆罗门教因吸收佛教的思想精华而死灰复燃，建立后世印度教的雏形，强硬的种姓制度再次遍布全印度。

随后伊斯兰教入侵印度，他们视佛寺为眼中钉，见着便烧毁，为没落的印度佛教施以最重也是最后的一击，佛教从此在印度消失。正思所处的，是一个伊斯兰化的印度，要一直到两百五十年后，佛教才会在印度复兴。

那商人继续说："师父，你不该来的，这位老人是他们的老师，于此地位甚高，他见多识广，听出你可能是中原人氏，才会唤我来辨别清楚的。"

被众人呼为"依曼"的老人向商人招手，两人交谈了几句，商人便转向正思问道："依曼问师父何故来此？"依曼是指伊斯兰教里领众人祈祷的教长，是一区的宗教领导，看来这老人是他们的长老级人物。

"来找一个人，一位我很尊敬的人。"

商人将意思传达过去，又跟依曼谈了一会儿，才问道："依曼问，他是什么人？"

"他是一位老师，他隐居在山中，德行高超，但我不认识他。"

"可是师父你老远从中原来找他么？你怎么来的？"

"愚僧一步一脚印，走了五年才到。"

"师父为何不跟商旅走呢？人多有照应，也比较不危险……"旁人喝止了商人，问他在说些什么，要让依曼知道。商人如实传译了之后，只见老人赞许地点了点头，指指自己头上的白帽，说了一番话。

商人面露喜色："依曼说，他年轻时也经历千辛万苦到圣城麦加去，他头上的白帽便是去过朝圣的荣誉，他说当时他还年轻，而师父你年纪看来也不小，志气依然高昂，他可敬可佩。"

"阿弥陀佛，不敢。"

老人拍拍商人，说了几句话，商人传道："依曼要我告诉你，你的装扮不好，除了回教徒，任何人都不得对回教徒传教，你的宗教会对你造成祸害，但阿拉是慈悲的，所以依曼建议你更换衣服。"

正思颔首道："我接受。"

商人又说："依曼问你找的人在哪里？"

"听说在伽耶城的东边有一片森林，那边有一座山，名叫鸡足山，请告诉他，叫屈屈咤播陀或是窭卢播陀。"

商人翻译了之后说："依曼说他知道。"

正思心中一紧，喜悦之情顿时涌现。

"依曼叫我拿衣服给你换，他还建议你办完了事便离开，他是好人，师父，我敢说，你下一次未必有这般好运。"

"我知道，代我谢谢他，也谢谢你。"说着，正思朝他们两人深深一鞠躬。

夜袭

终于，天空中一点太阳的余晖也不见了。

密云阻隔了自地面散失的热量，地面冷却得很慢，但ME15的野生人类已经生起火堆，紧密地围在一块。他们搬出一篮子活生生的虫儿，有从沙漠中挖出来的大型甲虫，也有蠕虫和腐尸上新生的蛆，甚至连蛔虫都有。他们将虫儿插在细枝上，在火上略略一烤，便大啖起来。

橘色900看见这情景，便知道这里不会是补充粮食的好地方了。

"吃不吃？"菊色770递给她一只甲虫，"肥美多汁，富含蛋白质。"

橘色900拿来咬了一口，一股带有怪味的汁液流到舌尖，但她没什么感觉，生化人的舌头并不挑剔。

"这里的大餐来了。"菊色770说着，接过旁人传过来的一片仙人掌，仙人掌的刺已被清除干净，他们每人折下一小块，享受地啜吸仙人掌的水分，然后才细嚼它柔软的肉质。

那由他吃了一小口蠕虫，差点要吐出来，橘色900马上按住他的嘴巴："吞下去。"那由他用抗议的眼神看她。"不吞下去对他们而言是一种污辱，况且这是他们赖以维生的食物，不可浪费。"

那由他按着鼻子，将在他齿间挣扎的蠕虫用力咬了几下，才一咕噜吞下。他知道大部分的味觉信息是经由鼻子而不是舌头感受的，所以他闭气吞下蠕虫，脑子里想象它是面条。

就在此时，一股刺鼻的血腥味闯入大脑的嗅觉皮层。"来了！"他下意识里知道，那是嗜血的杀意。

忽然，风止了，所有人停下了嘴边的动作。

他们全屏住了鼻息，竖耳聆听。

除了火焰的低语，便只有沙子滑过地面的噪声了。火光使他们看不清四周的黑暗中躲藏了什么东西，但他们天生敏锐地感觉到，的确有东西隐伏在暗处，正用它们贪婪的目光凝视着这群人。

"那由他？"橘色900小声呼道。

"黑毛鬼。"那由他轻声说，"它们很饿，我可以听见。"

菊色770困惑地问道："你怎么听见的？"

"它们的心，有聒噪的饥饿声，很响。"

菊色770不明白他在说什么。

村民们纷纷拿起火把，火把是他们保命的武器。他们还不敢燃起壕沟里的油脂，那些油脂烧不了多久，一旦火势转弱，黑毛鬼便很快能够突破防线了。

"900，"那由他拉拉她的袖子，"你没有什么武器可以帮助他们吗？"

"我没有，"橘色900摇头道，"即使有，依照地球联邦规定，我也不能插手。"

"为什么？"

"因为这是演化的一部分。"

那由他一脸不可思议地盯住她："你的意思是弱肉强食吗？"

"你明白不是这个意思，演化论说的不是弱肉强食，而是'自然选择'，自然选择跟环境的机遇有关，强者反而往往未必是胜出者。人类一直有一个神话，你们相信大脑是人类统御世界的契机，你们认为自己的大脑高高在上，现在你即将要看见的，便是大脑与大脑间的生存竞争。"

"我大约明白，但你还没说清楚。"

"禁区，是地球联邦的演化实验室，是地球联邦放任野生人类在大自然生存，检视演化的各种可能性的全球实验。从演化论中我们知道：隔离会产生物种，这就是为何各个禁区之间都有段不短的距离。

地理间隔令生物各自独立演化，才会产生生物多样性，生命才有可能在接连不断的危机中产生幸存者。"

"你的意思是……"

"你怎么知道人类的下一个成功形态，不会是黑毛鬼呢？"

那由他感到背脊一阵酥麻，一股凉凉的寒意爬上肩头，寒透发根。

为什么不呢？虽然听起来很可怕，不过，为什么不行？

但眼前最重要的，是如何不让自己成为演化竞赛中失败的一方。

黑毛鬼的进攻开始了。

禁区ME15的野生人类们举起火把，燃起壕沟里的油脂，村子四周瞬间就围了一圈火墙，野生人类们忙着将枯枝、干草投入壕沟，加大火势。

一只黑毛鬼在点火前已经闯入圈子，它发觉同伴们还被困在外围，便马上发难咬人。它将锐利的爪子插入一名野生人类的背部，没命地撕咬，被扑上的野生人类惨叫不已，其他人赶忙举起棍子，痛打他背后的黑毛鬼。

几位野生人类从泥屋里抬出发臭的黑毛鬼尸首，绑在竿子上高高立起，火沟外的黑毛鬼看见了，先是瞠目安静了一阵，接着是更愤怒地嘶吼起来，居然奋不顾身地闯过火沟。

先闯进的几只黑毛鬼被大火焚烧，陷在火沟里疯狂地吱吱叫，同伴们即刻踩在它们身上，跳进火圈之内。

第一只发动攻击的黑毛鬼被打死了，它软趴趴地挂在那名野生人类背上，爪子依然插得紧紧的，那野生人类哭爹叫娘，马上被几只冲过火沟的黑毛鬼扑到身上，他才挣扎了一下，便被撕成了几截。

那由他吓呆了，他读过无数描写战争的书籍，但这趟是亲临杀戮现场。他看见一名野生人类闪避不及，被黑毛鬼的利爪一挥，满肚白腻的肠子哗啦哗啦逃出肚子，摔了一地，不禁令他想起刚才吃的虫子。

橘色900捉住他的手，要拉他离开，但他一步也走不动，只呆呆地紧抱手中的怪水母，连小腿都已经软掉了。"快走呀！那由他！"橘色900嚷道。

那由他愣愣地望着前方，一只黑毛鬼迅速冲向他，橘色900一个箭步闪到他面前，一臂飞快地伸出去，精确地抓着黑毛鬼的腕部，接下来的场面令那由他不敢相信，橘色900用力一甩，竟将黑毛鬼远远地扔到火沟外头去。

那由他从来不知道她有这么大的力气，这就是为什么会派一个生化人来保护他吗？

"那由他！你不管你自己说的任务了吗？你打算死在这里吗？"

那由他转头环顾四周的混乱，结结巴巴地说："小……小孩子们呢？"

"藏起来了！菊色770在保护他们！"

那由他看见更多的黑毛鬼穿过火沟了，有的被火烧得缩成一团，在地上乱滚乱叫，有的即刻扑向最接近的野生人类，一口对准喉咙咬去。

禁区的居民本来就不多，短短几分钟内折损了大半人口，黑毛鬼不停拥入，不知外头究竟还有多少，叠在火沟里的尸体成了桥梁，火沟已毫无作用。

虽然如此，没有一只黑毛鬼近得了那由他，橘色900手中握了把电击枪，任何靠近的黑毛鬼都被她击倒瘫痪在地，黑毛鬼们也不蠢，它们不再轻易接近那由他，只专门去攻击野生人类。

"900！你说过你没有武器！"

"我是说，即使有我也不会去使用，因为……"

"为了不干扰演化参数！"那由他发怒了，他发怒因为他有一种深深的罪恶感，他独自享有活下去的特权，却必须眼睁睁看着这么多人无助地被屠杀，"你难道无动于衷吗？"

"那由他，"橘色900温柔地说，"我是个被创造出来的生命，我们的生命除了执行命令之外，没有别的意义，不管是其他生命的死亡，抑或我自身的死亡，是的，我都会无动于衷。"

那由他愤恨地直视她，却无计可施。

"现在，我的小主人，我们可以离开了吗？"

那由他才正要点头，却忽然觉得脑袋一沉，脑压瞬间上升，整个头颅痛得像要炸开一般。

他怪叫一声，仆倒在地，手中的怪水母滚到一旁。他两手紧抱头颅，喉咙低回着呻吟声，声音像害病的老人一般嘶哑。

"怎么了？那由他！"

"太多了！太多了！"那由他尖声喊道，"别全部一起说话呀！"

紧接着，地上的怪水母挣扎扭动了一下，倏地升空而起，垂挂的触角飞快伸长，圆浑浑的白色球体忽然往四边拉宽展开，张开成一片巨大的厚幕。

橘色900看傻了眼，手中的电击枪下意识指向那东西。

"放下！"她脑中一声巨响，吓得她赶紧缩手。谁在她脑中说话？她慌了起来，她从未遇过这种事。

"撒马罗宾！"那由他爬起来，朝那东西喊道，"这就是你说的历史重演吗？"

黑毛鬼们也缓下攻势，纷纷朝浮在半空的撒马罗宾嗥叫。撒马罗宾白色的厚膜四端垂下，变成降落伞的形状，后方伸出一条长长的触角，触角末端分出两片三角翼，俨然形成一根尾鳍。

紧接着前方的白色厚膜伸出一个头，两颗眼睛像是装饰性的黑点，头前端凸出一根长喙，看来是嘴巴，却又不像打得开的样子。

然后，他说话了。

他说的话只有一种，但每个人都听得懂。

那由他和橘色900听见的是联邦语。

野生人类们听见的是他们使用了五千年的古语。

黑毛鬼们听见的是它们对谈时的嘶嚎声。

栖息在树梢上的鸟儿听见的是雄性们宣布领地时的吱吱响。

撒马罗宾实际上只说了一句话。

"看啊。"他说。

大家看了。

一只黑毛鬼飘浮在半空，它又惊又怒地挣扎着，不明白为何它会升空。它跟其余黑毛鬼长得有点不同，它前额高高隆起，背部有一片银白色毛发，它愤怒地直视撒马罗宾，口中不停地咆哮。

很显然这位银背黑毛鬼是它们的领袖，黑毛鬼们投鼠忌器，不敢再贸然上前，它们不安地四顾，不时朝撒马罗宾吼个几声。

撒马罗宾像一尾在空中游泳的魟鱼，长长的尾巴优雅地摆动着，他转头朝向火沟外头，银背黑毛鬼竟慢慢飘游出去，跨过火沟，不停往外飘去。黑毛鬼们大惊之下，纷纷冲过火沟，追逐它们的领袖去了，有的还不忘背走野生人类的尸体和尸块，毕竟它们这一趟是为了食物而来的。

不消片刻，黑毛鬼全数退出禁区ME15，留下的只有双方的尸首。

撒马罗宾全身泛着淡淡的光泽，在火光照耀下弥漫着金光，更显得傲然神圣。他抬起头，长喙指向天空，高贵之中带着些许伤感。

然后，他逐渐收起厚膜，触角也一点一点地变短，直到变回一个白色球体，他赫然从空中掉落。那由他急忙冲上前去接住了，紧紧抱在怀中。

撒马罗宾更脆弱了，他的生命征兆渺茫得仿佛海上浮针，那由他一直用心呼唤他，但一点反应也没有。"他弥留了。"有人告诉那由他。

那由他望向天空，声音是从那边来的，也就是撒马罗宾最后眺望的地方。只有那由他听见那声音，他们……是的，不止一个，是"他们"，他们选择跟他联系。

那由他还有很多不懂的事，他希望撒马罗宾再度活过来，他希望知道救撒马罗宾的方法，好向他询问更多更多他所知道的过去。

"我们没办法，"来自天空的声音告诉他，"凡事必有终点，这是我们所确知的。"

三峰

正思看见那座山的形状时，竟不由自主地呆在当场。

那山跟书上形容的一模一样！

山顶有三个尖峰，三峰不是朝向天空，而是稍稍朝中心倾斜，仿如一只抓住云朵的手。

他环顾四周，没见着另一座山是长得这副模样的。西边有一片广大的森林，的确，书上说朝东穿过大林野便是鸡足山了，他走的是反方向，所以说，很有可能他已经抵达鸡足山了，而大迦叶尊者就在山上！

终于到了这一刻，他却忽然迟疑起来：万一那真的只是一个传说呢？要是传说是真的，万一传述过程有误呢？万一大迦叶不在山上，或早已离开此山，或早已灰飞烟灭呢？

他再次抬头望山。

据经中所载，鸡足山原本不是这样子的，它的三峰乃如鸡爪般展开。

两千余年前，佛陀入灭后，大迦叶尊者召集五百位已得证阿罗汉的出家人，将佛陀的言教结集成经，结集完成二十年后，大迦叶遁入鸡足山，等待下一位佛陀的来临。释迦牟尼佛曾预言，下一位出现在世间的是弥勒佛，他现今还是一位菩萨，经上说要等待五十七俱胝六十百千岁，弥勒才成佛。

换算成正思熟悉的时间单位，大迦叶还要等待五十七亿六千万年。

正思在山脚的小溪旁取出戒刀，将须发小心剃干净了，再现出家相，又将身上的天竺装束脱下，换上破旧的僧袍，循着天然的山道登山。这是条盘回曲折的山阴道，时而忽然出现很陡的路段，时而又只有条狭窄的崖径，一路上重重险阻，虽然太阳没照到山的这一面，正思还是走得大汗淋漓，湿透了僧衣。

据说当年大迦叶在三峰之间结跏趺坐，披上佛陀赠予的粪扫衣，发了一个愿：“愿我此身并纳钵杖，久住不坏。”接着三峰覆合，将大迦叶封于山中，要待五十七亿六千万年后弥勒佛出世，三峰自开，大迦叶于焉现身。

如果还年轻，正思会将这种故事当成神话，即使他当时已经了解任何神话必有其背景意义。但在经历了这么多体验之后，知道了时间和空间原来也并非如知觉所认知的一般，时间没有箭头，箭头是一种错觉，空间无区分，区分是一种误会。无论是时间或空间，都只是因缘生灭的现象！

只需在思维之间做一些小小的拐弯，便知道大迦叶的事迹，没必要以神话视之。

山路甚是崎岖难行，正思的僧衣跟皮肤黏成了一片，在旱季行将结束的天竺，空气中的湿气渐渐升高，连空气分子都显得有些沉重，使正思呼吸起来愈加困难。

五十七亿六千万年后，弥勒佛也会率领弟子们走同一条路吗？

届时，地球仍然存在吗？

正思坐在路旁一块平坦的石头上，按摩一下酸痛的小腿。这山道可不是普通难走，这五年来他走过的路，有茂密的丛林植被下方随时可能出现斜坡或凹陷的林间山地，有一山翻过一山似乎永不休止的丘陵地。如今，眼前的山路虽然光秃秃的，杂草稀少，感觉起来却万分难行。

山道上头传来一把童稚的声音，吟唱着：“山水何其清，石岩何广平，猴鹿常出没，树花时坠溪，身在此山冈，我心常喜悦。”

令正思惊奇的是，他知道流连耳朵的是他不熟悉的语言，很可能是一种天竺方言，但他却字字清楚，句句分明，似乎在语言引发的空气振动进入耳朵转换成电脉衡传至大脑皮层时，触动了其他部分，令他在听见的瞬间便了解了。

为何不行？他想。大脑皮层有办法将各种波长的光线建构出一个有意义的图像，为何声音就不能构成有意义的语言呢？声音只不过是振动。更何况……他想，他还未必是"听"见语言，语言只是大脑皮层将声音解读出来的结果而已。

他站起来继续上山，童声的吟唱也越来越清楚了："*心常注一境，诸法无常性，我自修禅观，不爱五乐声……*"

听着听着，他完全沉醉于诗偈所描述的世界中了，是的，山何其青，水何其清，树花坠溪，一切自然恬静，这才是世界之美，宇宙之美，是的，从一朵花，乃至叶片上的叶脉，都可窥见宇宙的雄伟，因为……

一根叶脉不正是处于宇宙的一隅吗？

歌声骤然而止，四周刹那一片死寂，静得耳中只留下血液流动的沙沙声。他抬眼一望，才发现四壁都是山岩，他已身处于一个没有入口的岩窟，这里没有可以透光的空隙，但他却能将周遭的一切看得一清二楚。

更令他惊奇的是，他正盘腿坐在一摊铺平的吉祥草上，长长垂下的白发遮住了部分视线，他伸起两手翻开白发，看见双手非常老迈，老得不像他熟悉的自己那双，况且，他刚刚才在山下修剪须发呢……刹那间，一股股记忆源源不绝地灌入意识之中，他当然知道他自己是谁！

他是大迦叶！

如果他是大迦叶，他自己怎么会不知道呢？他记得大迦叶的一切，他记得他抛下妻子家业，寻师访道两年，才在竹林精舍遇见佛陀。

当时，在竹林精舍，佛陀说："你的色身不是你的，也不是他人的，是从过去业报的结果，你们试着用正思维观察缘起，观照此身之眼、耳、鼻、舌、身、意六识，观照此六识因接触世间而生之贪爱不舍，观照此六触而产生的六种感受、六种想念、六种思绪，由此生出生、老、病、死、忧、悲、恼等诸苦，此身即各种大苦聚集之身，这就是众生所执着的色身的源头。诸比丘！你们应有正确的见解、正确的觉悟、正确的下手处！若能从根下手，令六识、六触、六受、六想、六思皆无，觉知世间生灭如是，便得出离苦、贯穿苦，一切诸苦便得灭尽。"

就在那一刻，他知道他已经找到他三十多年来追求的解脱之道。他紧随佛陀听法两年，佛陀的身教、言教无一不令他如沐春风，他还记得当剃刀除去顶上头发的那一刻，心中充满平静的喜悦，他还记得……

等等，我是大迦叶吗？

那刚才我又是谁？我是正思，我在寻找大迦叶，我磨破脚板，餐风宿露，行脚五年方得至此，为的是觅大迦叶……可我就是大迦叶，大迦叶怎么会找大迦叶呢？

一时间，连他自己也搞迷糊了。

空行者

离开禁区ME15的时候，野生人类要求将撒马罗宾留给他们，他们深信撒马罗宾是神祇派来拯救他们的使者。

那由他拒绝了他们。

登上车子的时候，那由他刻意避开野生人类哀伤的眼神，他从他们的眼神中看不到希望。

"黑毛鬼这么凶暴，地球联邦难道不会帮助他们吗？"他问橘色900。

"菊色770会向联邦呈报，"橘色900淡然回道，"黑毛鬼造成禁区的破坏太大了，联邦方面应该会考虑处理的。"

"也可能不会，对吗？"

"我不否认。"

"到时，这个禁区很可能已经消灭了，不是吗？"

"那由他，你老是用疑问句来陈述你的想法，会对我的回路造成伤害的。"那由他噤声了，乖乖地坐在座位上，轻抚撒马罗宾。橘色900叹口气说："你应该知道，这不是我的错，对我发脾气是无济于事的。"

"对不起。"

野生人类们仰视着车子升空，一脸感伤，在他们的脑海中，"明天"是一件残酷的事，他们宁可没有明天。

车子直朝初升的太阳飞去，充斥天空的云层底部整片被染红，整个天际像是燃烧了起来。

"那由他，或许你该告诉我了，撒马罗宾是怎么回事？"

"我不懂你的问题。"

"他是什么东西？是生物吗？你是不是能够跟他沟通？就像昨晚，我也听见他说的话了。"

那由他沉默了一下，将脑中思绪整理了一番："我只知道他们告诉过我的。"

"他们告诉你什么？"

"正如我先前告诉你的，关于未来的预言。"

"他们告诉你预言？预言什么？"

"地球联邦会灭亡，而且必定会。"

橘色900一脸恐惧，对她而言，这是一种完全无法想象的情境，这是一句禁忌的话。她小心翼翼地说："那由他，这种话不该说……"

那由他点点头："我明白，我不说。"他知道再说下去可能会对橘色900的回路造成伤害，"撒马罗宾告诉我，他们是上一支文明的产物，跟你不同的是，他们的使用寿命十分地长。"

"他们不是生物吗？"橘色900的问题另有含义。她是人造的，她也有虚拟的生命，但她不将自己视为一种生物，因为她不含能将自己的特征传递到下一代的遗传物质，她的身体是金属、塑料、陶瓷和生物零件的组合体。

"他们是生物，是被制造出来的生物，他们说，他们生于宇宙，沿着轨道环绕地球，依着地球自转的速度，日复一日、年复一年地观看地球。"那由他自脑海中浮现撒马罗宾让他看见的景象，"顺便一提，他们称地球为'母星'。"

很久很久以前，母星将一枚美丽的蛋送上太空，严格来说，是临近地球、大气稀薄得近乎消失的近地轨道。蛋是完美的球形，一抵达轨道，蛋的孵化作用便启动了。

在近乎真空的宇宙中，蛋壳里头正进行着一连串复杂的生化程序，储存在蛋中的胚胎启动了它的蛋白质程序，一步步建构它的分子结构。胚胎由外往内翻折，一次又一次在不同的区域翻折，划分出身体内外的空腔，分化出各种各类的细胞，渐渐沉积出支撑身体的网状骨架，以及网状骨架上的肌肉纤维和神经纤维。

他的基本结构已臻完成之际，蛋壳也不浪费，它消融成身体的一部分，然后，他仿如一朵雪白的花朵，在宇宙中展开他的身体，扩张成一片巨大的听帆，有如宇宙中飘游的魟鱼。

接着，他接收到他的第一个信息，信息发自母星，他知道母星是他的制造地，他也知道他的主人在母星上，这是一早写入蛋白程序中的数据，打从一开始便是他自觉的一部分。

母星的信息是微弱的电磁波，它碰触到他巨大的听帆，吸收进他的神经网络，经他的中枢神经分析之后，便自动经由尾鳍传送一个信息回去，告知他们，他已经成功在宇宙中诞生了。

他是母星送上近地轨道的上万个撒马罗宾之一。撒马罗宾，意指空中的游行者，而他的个别名称是路西弗，意为带来光明者，因为他的设定是每当母星发射站看见日出时，他就正好在发射站上空。

路西弗知道，当他被送上宇宙时，母星文明已面临瓶颈，文明的失控造成地球气温剧烈升高，冰山融解，海平面上升，居住地骤减。当他还在生命中的青年期之时，目睹了母星文明最后的光辉。

母星发射站传给他的最后一个信息，是命令他们启动自动执行程序，直到母星文明复苏，母星才会解除他们的自我意识，重新接管他们。

但母星一直保持沉默，没有人再呼唤他们。

他的精神遭到释放，他开始有自主决定的能力，但他不喜欢，因为太寂寞了。

在等待母星呼唤的时间里，他开始作诗，将母星的历史化成旋律，化成散布在星空中的追忆。

随着时日消逝，他绕行母星已经不知有多少圈了，他从太空中俯视，看见母星浓厚的云层渐渐变淡，冻结的土地也徐徐退去，海洋开始温暖，新的文明也静悄悄地产生了。但那新文明不是母星原本的文明，新文明的建立者正是母星文明的毁灭者。

不，这样说并不公平，在上万年的沉思中，他已经了解到，母星文明是毁在自己手上的。那些新文明的建立者，只不过扮演了对脆弱不堪的母星文明最后一击的角色。

终于，他也到达生命的极限了，他依赖近地轨道上的微量分子存续生命，但此刻他的绕行轨道已经不稳定，当绕行角度达到坠落的极限时，他便会朝母星坠落，撞击在预设的地点上。虽然他尚有余力校正轨道，但他已经不想这么做了，他活得太久了。

于是，他作了一首向其他空行者告别的诗。

他将所有诗作赠予另一位空行者泰约，让他在空行者之间传诵。

那天早晨，当曙光从母星东边的边缘出现时，路西弗失速坠落。

令他惊讶的是，万年前设定的坠落地点，原本是一片荒芜之地，现在竟然会有两座住满人的大城。有这么多的生命将为他殉葬，他惊慌失措、懊恼不已，但已无法挽救。

两座大城在瞬间化成灰土，大地陷落，高盐分的湖水从北边大湖灌入。

但，路西弗并没死亡。

他结实的核心竟耐受得了冲击！

不死比死亡更为难受，盐分保留了他的核心、他的记忆中枢，他被困在湖底，动弹不得，他的能量只足以维持生命之火细细地燃烧，直到燃尽为止。

虽然如此，他还是活了许多年。

他无法联系近地轨道上的其他空行者，因为他的能量不足，他只有静静等待，在盐床之下悄悄吟唱着他的诗作。

时日迁移，海枯石烂，五千年后，大湖干涸了，湖底的盐床露了出来，路西弗跟空气之间虽只隔了层层细盐，他却无法突破这么一丁点儿的隔阂。

直到某一天，他无意中捕捉到某种心灵。

那个心灵自空中迫近，他以为是同伴。

"那便是你？"橘色900问。

那由他点点头："他后来发现我不是空行者之后，就从我脑中读取了所有记忆，并向我下了结论。"

"什么结论？"

"我一开始便说的，我们的文明也正面临与他们过去相似的结局，事实上，正是我们的祖先对他们的文明施以最后一击的。"

"他不会怨恨吗？"

"他不懂怨恨。"那由他抚摸大腿上的撒马罗宾，"他知道怨恨是浪费心神的行为，不管怨不怨恨，文明的终结是无法变更的未来，因为，凡开始的，必有结束的一日。"

"那么其他的撒马罗宾呢？他不是也联络上他们了吗？"

"他们也发现他了，他们对于他仍活着感到十分讶异，他们尽量给他援助，但路西弗已经太老了，早在几千年前他就不该活下来的。"

随着转述撒马罗宾们的话，那由他心中渐渐生出了一点疑窦。

他开始怀疑。

他怀疑撒马罗宾有所隐瞒，隐瞒了一个很重要的部分……

猛一抬头，他仰视头顶上方的浓厚云层。

淡淡的阳光穿过云层，令云朵呈现层次变化丰富的色彩。

但那由他注视的是云层背后。

撒马罗宾们就在云层后方的大气边缘，他们的数目还有多少？为什么在过去人类探索天空的历史中，从来不曾发现过他们？

他们沉默不语，对那由他的呼唤置若罔闻，拒绝与他交流。

但他们的确在那里。

大迦叶

正思猛然一震，四周景色刹那冲入他的眼眶、草泥味灌入他的鼻孔、风声和鸟虫声流入他的耳道，皮肤上黏黏湿湿的触觉又回来了，这一切感觉拼回来之后，他又是正思了。

刚刚的那一瞬间，他还以为自己是大迦叶，那种记忆过于真实，令他困惑不已。这难道是"流出"不成？亦即将大量信息硬灌入他人的脑子，令脑袋瓜超载过热以致崩溃，过去他曾两度被奥米加以"流出"攻击，差点致死。大迦叶跟奥米加们一样有神通，他刚才是否将他的记忆"流出"到正思脑中了呢？

"大迦叶尊者。"正思盘腿坐在岩石上，轻闭着眼，口中大声说道，"沙弥正思千里迢迢来此，万望得见尊者一面。"他如此不停唱念，念得太阳西斜，天色澄黄了，口中仍不止息。

看来大迦叶今天是不会出现了，刚才的"流出"不知是刻意抑或是意外呢？

空中闪过一抹光芒，正思望见远方有大片乌云挂在天际，细白的闪电在云间穿梭，空气中带有静电，正思感到皮肤酥麻，他知道，雨季已经逼近了。

每当雨季来临，佛陀便与弟子们在精舍中结夏安居，也就是夏天下雨不出门，僧人们不再出外托钵乞食，只在房室中精进修行。待夏安居结束时，指正自己或他人违反戒律或不如法的行为举止，以修正自己的道路。

正思尚且不知天竺的雨季有多厉害，他只思虑有无避雨之所，以往几年在山林中行进，也是常常遇上午后阵雨的。

一滴雨水激起地面尘沙，紧接着便是亿万颗雨滴从天而降，无情地拍打草叶。雨水竟会打痛皮肤，正思着实吓了一跳，这可不是普通的大雨。

他站起来，动身继续上山，或许那边有更好的遮蔽。雨水沿山道冲下，令山道变得滑溜难行，他谨慎地小步徐行，时而抓住路边长长的杂草，以免摔下山去，还不忘对草说："阿弥陀佛，感恩感恩。"

雨水如锈针般迎面拍击，像在驱赶他下山，他再走了一段路，好不容易有一块凸出的山岩，他站到山岩下方，至少能躲避部分雨水。虽说这副肉身不重要，但修行成佛还得靠他，在过河之前，怎能任船毁坏呢？

正思倚山壁而立，不停念诵大迦叶的名字，太阳只在大地边缘剩下一抹金黄，夜已来临，大雨才刚开始下，今夜该如何度过呢？

忽然，他又听见刚才的歌声了，仍旧是小孩的声音："浓云布满天，犹如圆屋顶，野象悦耳鸣，我心神旷逸。"声音从何方来？他四下聆听，雨声那么大，却挡不住那把清脆的声音，可见它十分接近。他霍然省起，将耳朵靠在山壁上，果然，歌声是从山壁后方传过来的。

难道这山壁里面是空的吗？

才这么一个念头，他整个人便忽然一仆，倒在地上，才惊讶地发现自己已身处于洞窟中。

此地很干爽，犹能听见细碎的雨声，看样子是有路可以通到外头去的。

刚刚那一瞬间，他似乎是穿过山壁掉进来了。

是的，他有这种穿墙透壁的神通力，但他刚才并没企图使用这种力量。

那位唱歌的小孩呢？正思左右张望，再也听不见歌声。

他看见四周有几条通路，还有微光穿入，正思进入一条最光亮的通道，希望它能通往洞外。

他才一起身，大迦叶的记忆又出现了，他看见自己的手上握着手杖，披在身上的衣裳比往常更破烂，脚上也没鞋，他稳步踏入通道，一脸花白胡子在胸前摇晃。

大迦叶眺望被雨水染得灰蒙蒙的远景，那边几里外便是王舍城，他就是在王舍城的竹林精舍初次闻佛说法的。一想至此，他便就地铺好吉祥草，结跏趺坐，细心聆听，让雨声自然流入耳根。

雨呀，雨，您令万物滋长，生命因您而勃发，大地因您而清净，您普润草木，平等无别，一如佛陀之教诲。观大雨时，当愿众生，洗涤尘沙烦恼，三毒尽除，六根清净，离苦得乐，得清净心。

雨水有如斯功德，观雨滴中，原来蕴藏三千大千世界。

刹那间，时间似乎停止了，一滴雨点在眼前停格、放大，雨点加速放大，像要将他吸进去一般。

他看见水分子活跃地蹦跳，各种原子相互扭转拉扯，有电子不停地绕动，一股微弱的力量将电子与核心的中子、质子拉在一起，但那仅仅是短暂的因缘，因为电子不会惦念，它会在其他原子之间穿梭、更换跑道，谁也不是谁的主人。

不论中子、质子还是电子，它们都由更小的东西组成，这些小东西不停地振荡旋转，旋转方向不一，甚至有的时隐时现，像是它不同的面乃在不同次元之间旋转一般。

这些小东西又由更小的东西组成，仔细一看，全都是一团团振动不休的"膜"，有的膜圈成一个环，有的扭成8字形，有的卷成各种不同的辫子，如同整个广阔的空间充满了活跃的舞者。

诸行无常！诸法无我！

一切法本是因缘生，并无自性！

难道没人想过，任何活着的生物或无生命的石头都是由这种变动不已的东西组成的吗？它们瞬息万变，这一刻跟下一刻完全是另一回事。由它们所组成的"我"，每一毫秒都只是一个暂时的组合体，而这个"暂时"是如此短促。

这些极其细小的膜看来波涛起伏翻转不休，再迫近一瞧，膜的表面却是风平浪静，一如我们感觉不到地球的自转一般。

膜的表面迅速放大，他看得更清楚了！原来膜的表面并不平坦，而是铺满了凹凸不平的起伏，朝膜的两面凸起拉高的山峰，其尖端有发光的细点在缓慢旋转，细点有白色、红色、绿色、蓝色、紫色、黄色种种。

当他再接近看清楚了，才发觉每颗细点都是一朵朵的莲花。

不可能的！

正思一瞪目，感到心脏停止跳动了片刻，鼻子急促地吸入空气。此时他又不是大迦叶了，他正站立在山窟的通道中，雨声听起来很近，看来距出口不远了。

正思一边步出通道，一边心中不禁疑思，他刚才看到的是什么？夸克吗？是传说中的超弦吗？是膜吗？但为何会出现莲花呢？更大的问题是，光子比超弦还大，视线的最小分辨率应当是光子的尺寸极限了吧？他怎可能"看"见超弦呢？

在疑惑不已之中，他走到了洞口，洞口有一个人背对着他坐着。那人身上的衣裳由各种破布缝成，布料上乌青色的霉迹斑斑，却飘来一股淡雅的香气……会是大迦叶吗？正思一动念，一步跨上前去……回首一望，望见正思正走着过来，咦，我不是正思吗？莫非我是大迦叶？

我是大迦叶，我招手要正思坐下，问他："佛子寻我何事？"

正思深深行了个礼："尊者，我未受具足戒，仍是一介沙弥，心有疑惑未除，启请尊者开示。"

"且说有何疑惑。"

"学子心知世间无常，但仍放不下世间事。"

大迦叶用慈祥的眼睛望了一眼正思，随即端坐入定，观察正思的过去，然后说："你的经历很有意思，你生存于过去和未来，而且你并非这个时代的人。"

"是的，尊者。"

"而你放不下的，是未来。"

"是的，尊者。"

"虽然未来尚未到来，可是你既来自未来，那表示未来早已存在。"

"是的，尊者。"

"如此，你所担心的未来比你曾经存在过的那个未来更未来，你担心的是未来的未来。"

"是的，尊者。"

"那个未来既然早已存在，你怎么还会妄想改变它呢？过去三十年已经有人这么多次向你提示，你还是不相信吗？"

"不是不相信，学子只是疑惑，难道业力真的不能转变吗？难道经典上从来没有发生过这种例子吗？如果业力不能转，那我现在身处于未来，在'因'尚未种下的未来，难道不能避免'果'的发生吗？"

"正思，业力何在？'因'何时种下？"

"学子不明白。"

"因为无明，所以才有世间，无始劫以来，世界生、住、异、灭，皆由无明所推动，无明才是你所说的'因'，无明一日不除，业力一日不断，你便无法阻止'果'的产生。"

"世间是所有生命的共业……"正思略有所感。

"如是，世间非由你一人之力所塑造，世间由时间和空间所构成，而时间和空间，是众生在无始劫以来蕴积而成。"

"难道未来早在更久以前就已被决定了么？"

"正思，未来并不存在，你会认为有未来，因为你仍有妄念，而妄念由无明所生。"

"破除无明，不就是成佛了吗？"

"众生跟佛的差别，也只不过是那一念无明，由于它，才有梦幻泡影。"

"尊者，我知道这世界是梦幻泡影，但我无法体会。"

"你刚刚已经体会过了，却依然执迷不悟。"

正思感到胸中升起一阵烈火，他仍未了生死，他只会坐坐禅、入入定而已，他年纪不小，随时会死去，他还在生死海中打什么转呀？

"尊者，我该当如何？"

"你执念甚深，你所要问的，早已心中有数，若有他人问你，你也必能为他人解惑，答案自在心中。正思，当时时自问。"大迦叶望了望洞口之外，大雨滂沱，似乎没有半点要缓下来的意思，"外头雨正大，你且随我坐下，万缘放下，一念不生。"

正思恭敬地向大迦叶顶礼，在顶礼的一刹那，他发觉他又是正思了！他刚才还以为他是大迦叶，原来他一直是正思，也从来不是正思，一直是大迦叶，也从来不是大迦叶！

正思顶礼完了，眼前已没有大迦叶，只有一摊吉祥草。他整理好吉祥草，坐在草座上，观看洞外大雨，耳中细听雨声，身心不动，慢慢便入了定，一如往昔在树洞中度过瘟疫一般，他打算在此度过绵长的雨季。

中 场 二

吾法灭时譬如油灯，临欲灭时光明更盛，于是便灭。

吾法灭时亦如灯灭，自此之后难可数说。

如是之后数千万岁，弥勒当下世间作佛。

——《佛说法灭尽经》

历史研究院高级研究数据库

搜寻时间：地球联邦10581年第四十九旬第八日10:46

搜寻人：00–51

搜寻词目：预言 ＋ 东方

共得563496703笔资料

　　00-51被眼前列出的一长串项目搞得头晕目眩，他先搓揉眼睛四周一下，再小心浏览一条条项目。不久，他便发现了一条有趣的项目，是有关宗教预言的，他知道古代西方宗教老是利用预言来恐吓信徒，不知东方又怎么做呢？于是，他朝那条项目点选了下去……

弥勒

　　古佛教人物，梵文Maitreya，意为"慈"。

在佛教的说法中，一大劫有两百六十八亿八千万年，如今我们所处的这一大劫名为"贤劫"，前一个大劫是"庄严劫"，下一大劫是"星宿劫"。在漫长的贤劫中，会有一千尊佛出现在世间，生于古印度的释迦牟尼佛是第四佛，他在世期间，已预告弥勒将会成佛。

　　早在原始佛教经典《中阿含经》中，已提到释迦牟尼佛预示弥勒将来成佛，其时人的寿命将会有八万岁那么长。

　　后期的大乘经典将弥勒的未来事迹说得更清楚，《佛说观弥勒菩萨上生兜率天经》说弥勒已是菩萨阶段的修行者，他会生在兜率天上。兜率天是另一种生命的形态，据说是三十三天的第四天（请参阅"六道轮回"条目），他们仍有欲望，但情欲动时，只需握手便能怀孕生子，他们身材高大于我们许多，身高以公里为单位，他们的寿命有四千岁，但他们的一天便是我们的四百年。弥勒会先在兜率天上居住、讲经、说法，然后才来到世间成佛，释迦牟尼成佛以前也经历过相同的过程。

　　曾经有一段时间，古中国许多佛教徒祈望死后转生到兜率天去，追随弥勒菩萨，在他下生人间时一起来到人世听他说法。

　　《佛说弥勒下生成佛经》则说弥勒在人间的龙华树下成佛，他说法三场，第一场度九十六亿人成阿罗汉。第二场度九十四亿成阿罗汉，第三场度九十二亿成阿罗汉。这三场说法被称为"龙华三会"，在《菩萨处胎经》中说，第一场度的是曾在释迦牟尼佛时受"五戒"者，第二场度的是受过"三皈依"者，第三场度的是过去即使仅口称过一声"南无佛"（意为：礼敬佛）者，也就是说，释迦牟尼佛在世时结下因缘尚未得道者，或依释迦牟尼佛灭后遗教修行未圆满者，在此刻修行成熟，成阿罗汉。

据《佛说弥勒下生成佛经》的描述，弥勒成佛的时代是一个祥和的时代，大地平坦，无山河石壁，粮食丰富，甘美和芳香的果树四处生长，地面自然生长粳米，人民只有一种语言，不贪财宝，要大小便时，地面自然打开，事毕自然合起。

弥勒来到人间的时间，说法有几种，有说五十七亿六千万年，有说五十六亿七千万年的，也有说五十六亿万年的。总而言之，那是个非比寻常遥远的未来。

但是，古中国史上发生过多场政治暴动，不少借宗教召集民众反抗政府的，却都以"弥勒已经来到人间"作为号召，他们都是民间秘密宗教，有自己的暗语、阶级，由于宗教内容往往是篡抄自佛教和道教，所以显得混淆不清，信仰者也大多是一些愚民百姓或有政治企图者。

这些秘密宗教所宣传的内容都有共同特征：

（一）弥勒已降生人间。但我们知道根据原本的说法，还有数十亿年。

（二）弥勒降生人间为王，他们称为"明王出世"。有学者认为"明王"是受了摩尼教影响（请参阅"摩尼教"条目），但极可能是源自当时伪造的佛经，如《首罗比丘经》《佛说宝雨经》等都说有个月光童子会出生在中国为圣君，称"月光明王"。

（三）弥勒或明王降生为了救民于苦难。我们也知道，弥勒经典中都说弥勒降生时是一个清平和乐的世界，而不是以"救世主"的形式来临的，这一点跟许多其他宗教并不一样。佛教的目标在提升智能，而非以害怕恐惧之心来崇拜神祇，因为他们相信世间的苦难和毁灭是一种必然的循环，不足为奇，该做的是如何超出于恐惧之外。

弥勒的形象遭到扭曲，有一段历史渊源。首先是汉代末年的道教经典《太平经》提到，会有救世主李弘降临人间，救民于兵灾、瘟疫、火灾、水灾之中，是继道教元始天尊、太上老君之后的圣君。李弘信仰盛行于六朝（古基督纪元220~581年，三国时代、晋朝、南北朝），其间很多政治作乱皆自称李弘降世，甚至自名李弘。其间也有人自谓弥勒佛下生者，不过为数较少，到了隋朝（古基督纪元581~619年），自称弥勒降生的叛乱案件才渐多了起来。

唐朝皇后武则天（古基督纪元624~705年）将儿子取名李弘，想借此夺权。武则天后来毒杀儿子，成为古中国第一位也是唯一的一位女皇帝。她令人伪造佛经《大云经》，宣称她是弥勒转世，合该统治中国。自此以后，李弘信仰衰微，弥勒变成民间信仰的新救世主，加上皇朝姓李，想夺权的人自然不会再自称姓李的救世主。

从此，"弥勒降世说"成了民间秘密宗教的重要内容，相续流行了将近一千年。（请参阅"白莲教"）

00-51顺势点选了"白莲教"，视讯目镜的屏幕马上打开一页文章。

白莲教

民间秘密宗教开始系统化，始自元朝末年的白莲教，他们借用佛教净土信仰（请参阅"净土宗"条目）和弥勒信仰，自成一说，将佛教的三乘、龙华三会、三大劫的观念擅自解释，以巩固自己的宗教内容，再加上入会需要发毒誓、学暗语，还有平日资于辨认教友的象征物，使他们团结一心。但他们对政权造成威胁，他们的目的也在威胁当时的政权，所以纷纷遭到禁止、屠杀。

虽然后来政治目的已经不存在了（比如在宋代、元代和清代以赶走北方入侵统治者为号召的宗教），但聚众自立为教主的权力欲，令这些宗教仍然盛行不退，往往是一个教主过世了，其他人又自称教主，另立名目，以避免政治迫害。

白莲教由南宋初年（古基督纪元1131~1162年）茅子元创立，他以净土宗为名，高论佛经，却不守佛规，已明显有异化佛教的企图。到了元朝初年（古基督纪元1260年后），他的信徒们越来越世俗化，成了一批反抗元朝政府的势力，在古基督纪元1322年遭禁止活动。此后，白莲教转成地下活动，宣称"明王出世，弥勒下生"，已彻底成为民间秘密宗教。明朝建立（古基督纪元1368年）后，也是民间秘密宗教出身的开国皇帝朱元璋知道这些势力的厉害，遂禁止白莲教等教的活动，白莲教因此转成与明朝对抗。

到了明朝中叶，白莲教已经成了专以传教敛财的宗教，尤其是常常趁着政权动荡、灾荒时节传教。他们内部分裂后，大量模仿者成立无为教（罗祖教）、大乘教等，悉皆借用佛教内容，尤其弥勒信仰。

其中由罗清创立的无为教（古基督纪元1482年），对后世影响甚大，他的弟子逐渐将宗教的理论基础完成，先是提出"无生父母"是万物本源，后在自撰的《佛说大藏显性了义宝卷》（请参阅"宝卷"条目）将其人格化为"无生老母"，又纳入龙华三会的说法（只借用名词，内容完全不是同一回事），制定入教仪式，令无为教成为明末最多徒众的秘密宗教，也为后世秘密宗教奠定了理论基础。

无为教的信徒殷继南于明代末年（古基督纪元16世纪50年代）创

立龙华教，自称罗清转世，是无生老母派来人间的救世主，说当时就是"弥勒掌天盘"的龙华（第）三会，他注重"点化"的入会仪式。在明代末年模仿无为教的，还有三一教、黄天道（支派有长生教）、东大乘教（闻香教，有支派龙天道、大乘天真圆顿教）、西大乘教、弘阳教等。

龙华教在清代初年（古基督纪元1646年）遭满清政权消灭，其教主姚文宇的家族又开始自立宗教，以家族血缘世袭教主，改称一字教（老官斋教、斋教），后在乾隆年间（古基督纪元18世纪80年代）又有支派五盘教，道光年间（古基督纪元19世纪20年代），五盘教又有教徒自立青莲教，后遭政府毁灭，其信徒于道光末年又另创先天道，另有信徒在四川成立"食斋拜灯"的灯花教。

先天道信徒王觉一于咸丰十年（古基督纪元1860年）自立末后一着教，光绪十二年（古基督纪元1886年）易名一贯道，正好遇上古中国历史有名的转折点，由帝治政权改为民主政权，信徒张光璧自称济公活佛化身（请参阅"济公"条目），于古基督纪元1930年夺取教权，将明、清以来秘密宗教内容进行整理，以无生老母为最高崇拜，又纳入各种宗教人物如孔子、岳飞、耶稣、穆罕默德等一并崇拜，自称"万教合一"。

00-51再也看不下去，他希望看见的是人类的智慧，但历史往往令他失望。

人类之中不乏大智慧者，但没多少人愿意听听他们的警语。

他叹息了一阵，拿起笔记本，抄下一些他认为重要的名词，打算日后再来搜寻。

第 六 章

/

撒 马 罗 宾

一拨瘟疫带来大饥荒。

淫雨将横扫北极：

撒马罗宾，在百里上空的大气中，

既无法律可管，亦免于政治所扰。

——《百诗集》VI之5

莲花

正思睁开眼的时候，雨仍在下，洞口外的景色依旧朦胧，垫在他身体下的吉祥草已经枯黑，十分潮湿。他不知道已经入定多久了，一天？一个月？抑或更久？

再等吧。他这么想，于是再次合起双目。

双眼闭上之际，他心念无来由地一动，忆起大迦叶引导他看过雨滴中的分子、原子、夸克乃至超弦，甚至超弦上旋转的莲花。

一念方动，整个人便感到跃出了洞外，飞上高高的天空，俯瞰鸡足山。雨水不住溅下，却沾不湿他的身体，他观看雨滴，每一滴都蕴藏着金黄色的力量，在雨滴中蠢蠢蠕动。

然后他穿过了云层，太阳的光线猛地照射过来，他看见阳光里头包含着各种波长的电磁波，变化万端，才知道阳光是如此美艳。他越是上升，大气愈加稀薄，但他毫不畏惧，因为此时他已经不具肉体，所以不需要呼吸。

他不需要眼睛就能观看，而且看到的更无障碍，可以同时看到十方。

他不需要耳朵就能倾听，而且听见的更为丰富。

他知道，眼耳鼻舌身五官，不过是波长、振动和分子三者的感受工具而已，而且每一种感受都有其范围极限，效率低劣，而今他只不过是神识，所以宇宙万物不再需要经过这些累赘的五官来感受了。

当他不断爬升，他看见地球上空飘浮了许多白色物体，他们有如太空帆船，张着一片片大帆，在温和的太阳风中航行。太阳风吹拂着源源不绝的带电粒子，给他们提供生命的动力。

但他们并非程序化的机械，他们也有心灵的颤动，事实上，他们是古老的生物，虽然每一只都长得不太相同，但基本结构是一样的。

正思看见他们，他们也感受到了正思，原本在轨道上沉寂的他们，像是好不容易找到了乐子，纷纷伸出心灵的触角来探测正思。

"你是谁？"他们问，"你从母星来，可是你长得跟主人不一样。"

"我是正思。"

他们用心灵交谈，畅谈过去的历史。

正思明白到，他们类似人造卫星，只不过未来人类所发射的人造卫星是无机物，而他们却是活生生的人造生物。他们告诉正思，最后一个被送上来的伙伴，已经是距今一万两千多年前的事了。

正思心里一算，当时的人类尚无历史，最古老的人类文明尚在沉睡之中。于是，正思问他们，你们的主人长得什么模样，有数据吗？

有。他们让正思看了。

原来如此，原来如此，正思明白了。

你们的主人已经在地表上消失很久很久了，你们自由了。

不，我们偶尔还会接到母星的信息，但是十分微弱。你能帮助我们吗？你能帮我们寻找主人吗？

我不敢轻易答应，不过若有机会，我会试试看。

正思摆脱他们，飞快远离地球。

他穿过小行星带，窜入木星大气，看见大气中充满了生机，但没有产生新生命的因缘。他越来越快，进入了遥远阴冷的太阳系边缘，穿越库柏带的星尘碎屑，脱离太阳系的重力范围，即使重力对他而言毫无作用。

他知道他已经超过光的速度，光速只不过是三次元世界的现象而已，对他而言，这些曾经是事实的定律全都已经变成荒谬的观点。他飞越一个个太阳系，有的死寂无声，有的正孕育着心灵，有的燃烧着活跃的生命之火，很快地，他飞出了银河系的螺旋臂。

他同时看见上下十方，看见繁星如尘，发觉原来远方的光点也是巨大的星系，有的正生机勃勃地旋转，有的已化成片片宇宙云朵，等待重新聚集，再现光华。

当所有星系变得极其渺小时，正思看见它们原来全只聚集在一条光带子上，带子和带子交叠、并连成巨型的蛛网，他知道未来人类将发现这种宇宙的巨大结构，有人称之为"宇宙长城"或"宇宙泡"，所有星系有如聚集在一堆肥皂泡的薄膜上，而薄膜以外的地方只有零星的寂寞星系，近乎真空。

但未来人类所窥见的宇宙长城，依然只是沧海一粟，正思所看见的，是无边无尽的发光带子，带子中每一点尘埃似的星光都是一个星系，无数的光带包围了他，无论从哪一边望去，都是一大片串连成迷宫似的泡泡。

叶脉！是的，这是最佳的形容了！它们像显微镜下的叶脉，有粗大的主脉、细小的支脉……然而，这就是宇宙了吗？

正思这么一动念，眼前的光景迅速拉远、缩小，令他看清了真相！那不是叶脉！这是……花瓣！

一片圆弧形的花瓣上的细微纹路！

而且这片花瓣是一朵莲花的一部分，莲花正发出七彩霞光，庄严无比。

莲花如同跳舞般旋转，浮在一个尖尖高起的山峰尖端。

放眼望去，无数莲花在一个个尖峰上端转动，或顺时针，或逆时针，每一朵皆肥厚饱满，遥望却只像一颗小珍珠。

这些高高的尖峰全都镶在一片薄膜上面，薄膜在振动、摇动、抖动、涌动……而这片扭转成8字形的薄膜四周，尚有数不清的薄膜！

刹那间，正思倏地飞远，他看着薄膜汇集成抖动的粒子，粒子之间争相拉扯。他吃惊地一瞧，粒子又迅速拉远，原来，那颗粒子正绕着另一颗更大的粒子飞转，再拉远一瞧，一大堆巨大粒子挤在一起，组成润湿不堪的结构体……

眼前骤然一收，正思只见一颗静止的雨滴，忽然又再开始落下，打到洞口的地面，混入水渍之中。

他出定了。

他仰首望出洞外，此时此刻，只觉心境分外地舒坦平静。

"十方所有诸变化，一切皆如镜中像。"

"诸佛国土如虚空，无等无生无有相。"

这是《华严经·华藏世界品》里头的偈语，他年轻时发心读过《华严经》，深觉经中所述的境界，俨然是一部宇宙导览图，却又矛盾地告诉你：这一切事实上都是虚假的。现在他才明白，唯有游览过宇宙，才能有这番体悟。

不朽是妄想，永生是痴想，即使是宇宙，也不过是因缘而生、缘尽而灭。

洞外的天空已隐现鱼肚白，这是夏季最后的大雨了，这场雨是不会久了。

他看见大迦叶坐在他身边，不知已经坐了多久。

"正思，你的因缘不在此地。"

正思合十揖身道："启请尊者开示。"

"往北走，跨过恒河，你会见到雪山。"

"雪山……"

"雪山乃世尊诞生之地，那儿也有许多行者，跟我一样在等待，到了那儿，你就加入他们吧。"

正思搞懂了，雪山就是喜马拉雅山，佛陀乃一国的王子，那小国就在喜马拉雅山南边，一部分被划入后世的尼泊尔境内。

雨渐渐小了，阳光慢慢铺上平原，僧人们也要准备解夏了。

雨季结束之后，正思步下鸡足山，迈向眼前的雪山。

沃月

沃月可能是最早的大型人类文明，它位于中东的两条大河之间，土质肥沃，地形狭长，所以有"肥沃的弯月"之称，那儿兴起了古巴比伦文明。但在人类历史上，它不过昙花一现，所谓的文明，也是糟踢了土地的再生能力，破坏了文明的根基。古巴比伦文明衰亡后，再也没有复兴的机会。

虽然它的光华如此短暂，人们却宁可选择记得那段美好时光，而对往后的可悲历史一笔略过。

那由他从空中俯视这一块难得的绿洲，寻找人类生活过的痕迹。他跟橘色900就这样旅行了几个月，几乎将中东范围内的百余个禁区探索完毕，他们每一站都降落查看，一路上走走停停。从禁区的生化人监视者口中，他们听不出这些野生人类有多少生存的希望，那由他推测，这些禁区可能会在不到五十年内一一消失。

"那由他，你究竟想要找的是什么呢？"

"未来的希望。"那由他说，"这些地区，都曾有过辉煌的文明，但他们都在历史上逐一谢幕，然后便一蹶不振了，这证明人类从来没有从历史中得到过教训，总是一再犯错，我要寻找的是这种教训。"

橘色900摇摇头："瞧你，老是一副学究的语气。"

"可是，这次的放逐，却让我发现了一个比人类更为古老的文明，"他摸摸座位旁的撒马罗宾，它已经干化萎缩，白色细滑的外皮变得干皱枯黄，"能制造出这种人造生物的文明，想必相当不可思议，但是，很显然，他们终究也逃不过灭亡的命运。"

"比人类更为古老？难道他们的主人不是人类吗？"

"恐怕不是，我原本还以为许多神秘古文明遗迹是人类的，看来，某些不是。"

一阵警报声响起，操控面板上亮起一盏红灯，橘色900看了看屏幕说："下方有人类聚居地，编号是……"橘色900顿了一下，"没有编号？"

"怎么回事？"

橘色900摇首表示不知道，她将车子缓慢飞过一座山丘，才看见山谷阴影下的聚居地。这聚居地看来是有意隐藏在山谷里头的，她心里掠过一丝不祥，迟疑着要采取什么行动。

她按下一个按钮，马上联机通知地球联邦的监视者指挥中心，但她所在的位置联机不易，因为地球上空大部分的人造卫星已经老旧，自从"大毁灭"后便没再增加数目，剩下能用的不多，所以连接速度十分缓慢。

她看见屏幕上显示车子正搜寻人造卫星，目前有三个全球通信同步卫星飞越上空，正协议空出位置供她联机。

橘色900举起食指，准备按下联络键。

忽然间，屏幕上的画面扭曲了，"啪"的一声便失去了信号。

"怎么了？"那由他才刚发问，车子便忽然倾斜，往山谷歪斜地飘过去。

"不好，相当地不好。"橘色900忙着操纵车子，发觉车子完全不受她掌控，"这个禁区不在地球联邦登记之内，而且……而且，我挣脱不出去。"她紧张得满脸通红："没有人教过我该如何应付这种状况。"

那由他感到一阵心悸，后脑勺微微地发麻，那是他天生的直觉，他感觉到山谷那边有一股逼迫感，有一种他很讨厌的感觉。

"什么力量将我们的车子牵过去？"

"不知道！"橘色900无助地呢喃道，"地球联邦没有这种科技，至少，至少我没听过。"这几个月以来，那由他从来没见过她这种慌乱的样子，她总是表现得沉着镇定，因为一切都有地球联邦作为后盾……

"就和撒马罗宾做的一样……"那由他低声说。

"什么？"她马上转头过来。

"只是我的联想，我们曾经见过撒马罗宾将一只黑毛鬼，用某种力量拎了出去，现在的情况也很相似。"

"你不也有这种力量吗？"橘色900盯着越来越靠近的山谷，连声音也颤抖起来，"你不是能够跟撒马罗宾沟通吗？"

"我没有，"那由他摇头道，"你说的是两回事，我有的是接收的力量，而不是放出的力量，我能听见、看见许多一般人看不见的事物，但我无法操纵。"

"那你现在看见了什么？听见了什么？"

"我看见一堆黑色的沙，不，应该说是我听见那股将我们拉过去的力量，它有一种低频的振动，会令我看见黑色的沙粒在空中振动。"

"我不懂。"

"我这种情形叫'感觉相连'，每个胎儿都有这种情形，因为他们的神经系统尚未分化，大脑皮层的管理区域还没分工完成，有时听觉信号会传递到视觉区、触觉传到听觉区等等，有的人长大后还保留了这种分化不完全的能力。"

"这有什么好处吗？"

"有，比如说，我初次遇见你时，你的声音是淡蓝色的，很舒服，而现在却是冰冷带有铁锈气味的灰铁色，你在恐惧。"

"我是。"

"为什么呢？人会恐惧未知、恐惧死亡，但你只有五年寿命，你也接受了这件事实，你从来不曾畏惧死亡，但现在却……为什么呢？"

"我不知道……"

"900，你是不是觉得，现在这个情境，有点熟悉呢？"

橘色900猛地转头看他，那由他看见她放大的瞳孔，吞噬了满个眼球的恐惧："你……你的意思是什么？"

"几个月前，当我初次碰上撒马罗宾时，我曾问过你，你会不会重复梦见相同的事？"

橘色900奋力点头："昨……晚还又梦见了。"

"在梦中，你在做些什么？"

"我在杀人。"橘色900惶恐地望向越来越接近的地面，她唇色发白、指甲发紫，呼吸也急促了起来，"我杀了很多人，我走过的地面，都留下了血印成的脚印。"

"你常常梦见相同的梦吗？"

橘色900怯怯地点头。

"我有一个预感。"那由他咬咬下唇，"看来，你已经迫近噩梦的根源了。"

往窗外一望，车子已经完全被吸引入山谷，在一小片平地上轻轻着陆，四周早已围了十多个人在等待，那些人个个荷枪实弹，面无表情地凝视他们。他们看清楚了那些从空中看不分明的建筑物，建筑形式跟地球联邦的完全不一样，倒有点像是巨大的蜂巢。

那由他没有选择，他拉起风帽遮住左脸的兄弟，无可奈何地打开车门，面对眼前这群人，等候他们的发落，也不忘迅速地观察四周。

观察，永远是求知者的重要工具。

当他抬眼观望时，注意到蜂巢式建筑的上方，有一个巨型符号，那是一个圆圈下方加一个十字，一个很普通常见的符号，但出现在此地，恐怕还会有更深的含义。

橘色900低声惊呼了一声，那由他朝她的视线望去，望到了她恐惧的源头。

一个女人从人群中走出来，她长得跟橘色900一模一样，只不过年纪比较大，脸上风霜较浓较深。

她伸出手，对那由他说："欢迎光临。"她眼神冷酷，语气不带半点感情。

那由他没有伸手。

那女人等了一会儿，将手收回，回头向后面的人说："那生化人很碍眼，给我毁了它。"

"等等！"那由他还来不及做什么，只觉一道强烈的电流经过身边，全身倏地一阵触电般的酥麻感，眼前蓝光一闪，橘色900已经全身僵直，仆倒在地。她的脸因为高压电而熔解变软，皱成一团。

那由他愤恨地望着那女人，那女人的确跟橘色900一个模样，望着她着实有一种怪异的感觉。但那由他不会有辨认上的迷惑，因为这女人的声音是冷冰冰的灰铁色，锋利且带血腥味，听了连皮肤也会有刺痛感。

他早在着陆之前，就已经感觉到她的冷酷了。

她是橘色900噩梦的源头，因为，橘色900是她的复制品。

末法

明朝晚期，时间已经进入预言中的末法时代。

末法一万年。

在这一万年中，佛法被有心人士扭曲，因而渐渐衰弱。

佛法阐述世界的真相是在不断变异中流转无常，既然如此，也不会存在一个永恒不朽的"我"，"我"在每一刹那想要追逐掌握的，都是虚假的。佛法所教导的，就是令人出离这无常的生死苦海，不被贪欲、嗔恚、痴妄之心牵着鼻子走，永不堕轮回。

然而，在末法时代，会出现披着佛教的外衣，甚至扮着出家人的模样，骨子里却执着于财色名利，追求贪欲，甚至将自己捧为佛陀，吸引一些跟他一样于贪、嗔、痴三毒中打滚的人。他们反而会诽谤真正的学佛人，慈悲的人被嘲笑，苦行的人被驱赶。

佛在涅槃前，曾经说过，佛法要灭时，最早消灭的一部经便是《楞严经》，想来是不无道理的。《楞严经》详细分析宇宙和人生，指出正确的修行道路，然后在最后一部分讲出种种魔相，其实也是许多修行人在修行过程中会出现的现象。

这种种魔相，比如发现身体能穿过障碍、黑暗中视物如白昼、能同时看见四面八方、能看见或听见遥远的事物……佛陀共列举了五十种，它们都是见理未透彻、正定未精纯，禅观与妄想交战时所显现的境界。经中再三叮咛遇见这种现象时不可执着，不应欣喜，一旦自以为已经得证，不但是不进反退，有的人还会自以为已成佛，大发狂言，要别人来崇拜自己。

这就是《楞严经》会最早消灭的原因，它道出了太多的真相，想要它消灭的人太多了，拿它一比对，种种以佛法当幌子的宗教人物便纷纷现形，怎能不惧？

所以正思的怀中，时时用油纸包着一部《楞严经》，他知道它的重要性，尤其在这个末法时代。时间有一万年，一万年间，佛经会一部部消灭，然后便进入冗长的黑暗时间。

他要带着这部经进入黑暗时代。

行走了半年，他进入了大迦叶所指的那处山区。那是绵绵雪山一角某个不起眼的角落，一个怎么看都是穷乡僻壤的地方，就在这种地方，有一层层的山壁，隐藏了许多洞窟和秘密的通道，还有——正思仰首看望——绵密却活跃的生命之火，正自洞窟照耀天空，那火是如此庄严，但凡俗之人并无法见到。

他登上山，选了一个洞窟，准备静坐入定，度过漫长黑暗的未来，度过每一个他在这个时代认识的人都将消逝的时间。证因寺的慧施、明月、法航、然头，还有通政使张政图、沉香、鸿福、广化寺住持净观……以及许多许多的人，他们都将在时间洪流中结束一生，忘记他们曾经执着的身份、地位、知识等自以为能够拥有的一切，重新投入另一个新生命，可能是另一个人、一只虫，甚或一只野鬼。

正思端坐在地，万念沉寂，两手平置脐前，口中说："我今发愿，愿我此身不灰灭，愿我怀中《楞严经》不朽，令末法众生尚有明灯照耀。"说着，最后一念停顿，他进入定境。

身·心·寂·灭。

一念不生。

不生，所以不灭。

时，崇祯六年，正思肉体五十三岁。

杀人者

那由他很客气地被请进蜂巢式建筑物，他满腹的疑窦，想一探究竟，但一想起躺在地面的橘色900以奇怪的姿势扭曲着，他心里便忍不住一阵抽搐。那女人杀死橘色900时，眼神中充满了嫌恶，像看见脏东西时的表情。

橘色900真的是她的复制品吗？

他忍住愤怒和悲痛，随众人进入建筑物，他们手上都握有武器，对手无寸铁的那由他丝毫不肯松懈。那由他仰首观察，建筑物像是从整面山壁剟出来的空间，里头出奇地舒适，跟外界的风沙及干燥迥然不同。

众人在大厅中间摆了张椅子，让那由他坐下，然后众人将他围住，那女人则坐在他正对面，两手交叉胸前说："小子，你一直在瞪我，是恨我杀了那个生化人吗？"

"你跟橘色900长得一样。"

那女人嗤鼻道："橘色900？是生化人的编号吗？"

"她是我重要的朋友。"

周围的人听了，一个个放声大笑，只有那女人仍旧面无表情。她啐道："也只有你这种畸形人，才会对这种残缺的生物感兴趣。"她站起来，绕着那由他踱步道："它只是低劣的复制品，是地球联邦根据我的模样制造的间谍，它的生命比虫蚁还不如。"

"生命就是生命，"那由他静静控制自己的呼吸，"无论以什么形态出现，每一个生命的尊严都不容许被侮辱，即使是像你这样可怜卑劣的杀人者，也有你的尊严。"旁边一名男人马上用枪抵住那由他的头，作势要开枪。

"我就告诉你我的尊严。"那女人挨上前来，轻轻移走枪头，"你可知道，为什么地球联邦会复制我的形象吗？"

那由他摇摇头。

"在地球联邦，我是一名应该要被消灭的人，你知道什么叫消灭吧？"

"我也是随时会被消灭的人。"

那女人扬了扬眉毛，认真地端详他一阵，不置可否地说："在地球联邦，我被界定为反联邦，而这一切，只不过因为我不幸碰上了一件事。"她转头直视那由他："你听说过'κ（kappa）大屠杀'吗？"

"有一名女性育幼人员，残酷地杀了半数κ世代的婴儿，所以现今κ世代的公民非常少。"那由他背诵似的说道。

"他们宣称这是反联邦的阴谋。"

"你真的杀了吗？"

"我杀了人，不过婴儿不是我杀的，我杀的是清洁队员。"

那由他的兴趣来了，橘色900的噩梦是来自她身上的残余信息吗？眼前的女人忽然不再陌生，她是历史课本上的人物，是活生生的历史角色，而不只是电子纸文件上无生命的带电荷墨汁粒子。

那女人也看见那由他眼中的光芒，那是求知者的灼热目光，她受到鼓舞，开始追忆道："那时候，我只是位新进的育幼人员，正期盼着法定停经日的到来。但在那一天，该死的那一天，养育κ世代的那楼有婴儿感染古病毒而死，这种病毒叫天花，古代人曾经用作生物武器的一种病毒。我们不知道病毒来自何方，院长马上下令关闭κ世代楼层，包括正在那里工作的育幼人员，一步也不准踏出。"

"然后清洁队来了。"那由他插嘴道。

"他们打算消灭所有在那个楼层的人，包括婴儿和育幼人员，而其中一名育幼人员是我母亲。"她停顿了一下，背过脸去擦了擦眼泪，"我当时很惊慌，不明白κ世代楼层为何会被封闭，不明白清洁队的来意，我偷偷走到那个楼层去寻找母亲，正好碰上清洁队员。"

她紧握双拳，咬紧牙根："那清洁队员碰上我时，也吃惊不小，他一时愣了，我马上趁机扑上前去，在混乱中，我抢过了他的枪，将他杀死……"

"接着你杀死了更多的人。"

"更多的清洁队员，更多的刽子手，更多的球联邦的爪牙。"

"那你怎么逃出来的？"

"智者救了我。"

智者？那由他心中念头一起，马上感受到一股强烈的力量袭来，他胸口一紧，感觉到蜂巢建筑物上方有一个巨大的心灵。

那女人继续说："智者无所不能，他聚集了我们，与地球联邦的黑暗统治对抗。"四周的男女们个个点头，他们握紧武器，同仇敌忾地盯着那由他。

"地球联邦对付该消灭而未被消灭的人的方法之一，是将他的形象制成生化人，分派去做一些低贱的工作，比如说'肾上腺素小站'，那里充满了生化人，供联邦公民们强暴、凌辱、鞭打，作为发泄压力的工具。"她用枪抵住那由他的头，"现在你已经明白一切了，所以，你要继续当联邦的间谍呢，还是加入我们？"

那由他缓缓闭上眼睛："我想，你应该要知道，我从来就不是地球联邦的公民。"

"谁会相信你？"旁边有人叱道。

"对地球联邦而言，我是不完美的生物，"他拉下风帽，露出左脸，众人惊叹一声，纷纷议论起来，"我不得出现在公民眼前，我不存在于地球联邦的任何档案之中。"

"那你为什么有权力乘坐地球联邦的车子，而且还有一个生化人陪伴你？"

"地球联邦放逐我，利用我去调查禁区的状况，"他撒了一点小谎，"那生化人是监视我的人。"

"我不相信。"那女人道。

"不管你相不相信，反正你不能杀我。"

"何以见得？"她将枪口更贴近了一点，那由他感到太阳穴被压得很痛。

"你们的智者要我活着。"

她微微变了脸色："你在做梦。"

那由他眼神一瞟，果然，墙间的阶梯匆匆走下一名少年，气喘吁吁地说："智者要见他！马上！"众人哗然一惊，困惑地正视这名十五岁的少年。

那女人冷静地说："你也有智者的能力。"她轻轻收回枪，后退一步，让少年带那由他上去。

少年经过那女人身边时，说了句："妈，智者要你看好他的车，不要被人弄坏了。"

"好的，小苏得。"

少年是那女人的儿子？那由他这才想起，那女人说过，她在法定停经日之前差点被消灭了，所以她还保有生育能力。那由他尾随少年登上阶梯，不可思议地望着他的背影。

终于，他们来到建筑物的最上层。

少年并不准备踏入房间，他扬手请那由他进去，然后站到一旁去守候。那由他紧抱胸中的撒马罗宾，毅然推开粗木大门，跨步入内。

房中很辽阔，像是从岩山中凿出来的洞穴，墙壁上还四处洞开了许多窗口，窗口用粗麻布遮盖，令光线变得柔和安详。

智者坐在房间正中央，即使是在午后的昏黄光线下，那由他依然能够看见智者身上发出的光芒，他身着长袍，全身泛着一层朦胧的白光，背向那由他。

"那由他。"智者呼唤他，但智者并未开口，而是直接将声音信息在那由他的听觉皮层浮现。那由他并不惊奇，他老早就感觉到智者拥有这种力量，接下来才会令他大大地惊奇。

智者转过头来，他有一张长脸，不，正确地说，是一根长喙。

他的两眼像挖开的小孔，而且他没有鼻孔，整张脸就像一张白色的古老面具。

他长得跟撒马罗宾一样！

那由他不禁将怀中的撒马罗宾抱得更紧了。

"那由他，"智者又说话了，"谢谢你带来我的同伴。"

智者

那由他满腔满腹疑窦，瞠目结舌地看着智者。

智者是撒马罗宾？这怎么可能？

事实上，智者身穿一件发黄的麻袍，但遮不住麻袍下巨大的翅膜，根据路西弗告诉他的说法，那一大片翅膜被称为"听帆"，是撒马罗宾收发信息的器官。智者跟路西弗长得并不尽相同，智者的额头上有一枚凸起物，也有较明显的鼻梁（但没有鼻孔）。

问题是，撒马罗宾不是空中的生物吗？

忽然间，那由他只觉头颅中的脑浆起了一阵波动，脑袋里的所有数据一股脑儿流出，霎时间被智者读取完毕，那由他一点也挡不住。他也想尝试读取智者的记忆，然而智者的心灵竟如铜墙铁壁穿透不过去。

"那由他，别做无谓的尝试。"智者的声音在那由他脑中响起，"对我而言，这是很轻松的事，但却会伤害你那小小的脑袋。"

"你窃取了我的记忆，那是很不礼貌的。"

"你不也这么做吗？"

"我只选择必要的部分，隐私的部分我会避开。"

"如果这是人类的规则，我道歉，撒马罗宾之间没有秘密，我们是专门被制造出来传递信息的仆人，信息共享是毋庸置疑的事。"智者说，"相对地，正因为我们是被特别设计的，所以相互传送信息是很自然的事，但对人类而言，大脑就必须耗费更多能量，这对你的身体是很不利的。"

那由他承认，每当他使用过那种力量之后，他便会觉得身体格外地疲倦。智者的声音平静祥和，一点也不着力："我希望你能将路西弗交给我，他受了这千年的苦难，是该好好安息了。"

那由他没意见，他步上前去，将怀中的路西弗放在智者面前。

路西弗已经萎缩成一个白色的袋子，开始有点发黑。

"谢谢你，你对我们撒马罗宾所做的一切，我们会感念在心的。"

那由他挺起胸膛，抵不住满窦疑惑："话说回来，为什么你要将这些人聚集在这个地方？"

"你告诉我好了。"

"你想消灭地球联邦。"

"你的想法很有趣，不过，为什么你会这么想呢？"

"我原本一直在想……从火星来的攻击……"

"嗯。"

"攻击只选择古史上的大城市，却为何会撞击贾贺乌峇呢？贾贺乌峇出现在历史上并没有很长的时间，火星上的殖民地应该还没记录。"

"你可能不知道，地球上空有一枚来自火星的人造卫星。"

"我不知道。"

"他们观察地球已经有一段时日了。"

那由他深吸一口气："我很惊奇，我真的很惊奇……但问题的重点是，那枚攻击贾贺乌峇的东西，原本的轨道是朝向开罗的，却在半空忽然转了弯。"

智者沉默不语。

他的脸像一块厚硬的面具，显不出表情，那由他也无从猜测他的心思，于是他问："撒马罗宾会说谎吗？"

"不，撒马罗宾绝不说谎。"

"你没说谎，你只是回避问题。"

"为了你的安全，"智者说，"我不打算留你在这里，你有一个更适合你的地方，那里有更多你的同伴。"

"智者，能在半空令攻击转向的，会是撒马罗宾吗？"

"你的车子完好无损，我会指派一个人，确保将你送到你同伴那里。"

"智者，请回答我的问题。"

智者的声音在他脑中安静了一阵，忽然说："愚蠢不堪的人类，你们的生命没有目标，即使有，也只是荒谬的目标，你们曾经出现伟大的心灵，却被你们完全遗忘。"

"这跟我的问题有什么关系吗？"

"当然有！撒马罗宾的主人也不聪明，他们也毁了自己，但他们毕竟做了一件聪明的事，那便是创造了我们。我们没有贪欲，没有自私的想法，我们是一群，也是一个，我们所追求的，不为了任何一种特定的生物，而是为了整个母星的福祉。"

"人类已经在尝试改善这一切了，"那由他反驳道，"过去祖先们的短见所造成的损害，已经在逐渐复原中了。"

"不，更糟，"智者摇首道，"人类一点也没改变，即使是试管制造出来的也一样，骨子里还是同样的DNA。"他沉吟了一下，说："况且，尝试拯救这个世界和人类文明的那位，还不能算是一种生物。"

那由他心里掠过一丝警觉："你已经读过我的记忆了，我在想，你所指的是玛利亚吗？"

"我无须读取你的记忆，我也知道地球联邦真正的统治者是谁。"智者说，"早在地球联邦出现以前，我就知道了。"

"我不明白。"那由他听出智者语中的弦外之音。

"你以为地球联邦是怎么出现的？"

那由他想到这句话背后的各种含义，背脊不由得流过一股寒意。

"智者，悉听吩咐。"入口传来一把粗犷的声音，那由他回头看见一位大胡子，他身材矮壮，须发凌乱，圆睁一对大眼。那由他马上觉得这人有点不一样，这人似乎也有与他相似的能力，这下那由他才体会到禁区果然是卧虎藏龙，在短短的数月之间，他竟遇上了如斯多的"同伴"。

"那由他，这位先生会负责将你带去你'同伴'的禁区。"智者随即补充道："当然，我不会选择一个无能的人类来护送你。"那由他尝试向大胡子传递一个信息，向他问好，大胡子马上瞪大眼，狠狠地觑了他一下。

那由他知道他别无选择，于是对智者说："我恳求你允许一件事。"

"你想将那生化人带走，不行。"

"我只要她的一部分作为纪念。"

智者谨慎地扫视了一下他的思绪，才同意说："只有记忆立方体。"

"只有记忆立方体。"那由他点点头。他知道，他的任何念头都会赤裸裸暴露在智者面前，他完全不敢存有些许杂念。

然后他问大胡子："我能够知道你要带我去哪里吗？"这次是用嘴说的。

大胡子很简洁、冷冷地回道："雪浪。"

威胁

车子旁边，橘色900已经被肢解成一堆零件。

那由他取走橘色900的记忆立方体时，看见了橘色900的金属内脏，以及拥有由真正细胞所组成的外皮，那层外皮下还有皮下脂肪、血管、传感器、神经等人工培植的生物零件。

而真正组成橘色900的人格的，只不过是那由他手上的那一小块物件。

"900有灵魂吗？"那由他看着记忆立方体，不禁想起古老的人类传说……橘色900算是死了吗？这么问之前，该要想想的是：死的定义何在。是心脏的停顿吗？是大脑活动的休止吗？如果死后仍有生命，那个生命会有思想吗？它还会是大脑的延续吗？还是说思考与大脑实际上并无绝对的关系？

如果人造生物的橘色900不算是个生命，她的死亡就是永远的沉寂吗？那由他不能接受，一位跟他一块旅行了数千公里的伙伴，只是一具没有生命的人造物。

不过，人类有资格定义生命吗？在人类为生命下定义之前，生命不是老早就存在了吗？

"900，你在记忆立方体之中吗？还是在这之外？"那由他试图去感觉立方体的内部，但他得到的，仅有电子交流的微弱吱吱声。

他被那位跟橘色900长得一样的女人亲自送上车，大胡子则坐在驾驶座，脸臭臭的不发一言。

车子升空后，山谷里也起了骚动，蜂巢式建筑物里头上上下下忙成一团，一个小时后，这里将会完全恢复成一个普通的山谷，不复有人类居往过的痕迹。

因为智者知道，那由他的右手拇指和脑袋被置入了追踪器，很可能地球联邦的清洁队很快就会到来。

那由他完全不知道这回事，他只在担心身边的大胡子。大胡子凶巴巴的，一脸愤慨的模样，而且一句话也不说，这令他看起来更加怕人。

飞行了一个小时，远远的彼方已经可以看见一整片横跨在云间的白色山脉，山脉起伏不断，果然有如在云中翻滚的雪浪。

彼方就是智者所说的"同伴"所住之地吗？智者口中的同伴又是怎么回事？是跟他拥有相同能力的人吗？

如果——他突然有一个危险的想法——这么多这种人聚集在一块，不就是一群强大的武器吗？

这时候，那由他觉得左脸悄悄地痒了起来，像是小蚂蚁在脸上爬动一般。他下意识要伸手去抓，但他的另一只手却阻止了他。

那由他大吃一惊，他发现右手忽然不受他操纵了，他的部分大脑忽然失去了联系，像在空中断线飞离的风筝一般。他猛然想起了！是他的兄弟！跟他同生共死的兄弟！难道在沉默十五年之后，他终于打算醒来了吗？

不行！不行！那由他要夺回大脑的主控权，就如他十五年前在机器子宫里所做的一样。他左脸的兄弟尝试张开嘴巴，挣扎了一阵，只流下了一道涎沫。

大胡子专心注视前方，没有注意到那由他的慌乱。

左脸的兄弟似乎放弃了努力，左脸忽然松懈下来，但一把低沉的声音随即在脑中扬起："啊……啊……"他似乎不会说话，只会发出吟声，只不过一会儿，低吟声便转成了清楚的声音："我的兄弟……"

那由他从来没这么害怕过，他害怕失去自己，他害怕自己不再是那由他，他不敢回应他的兄弟，他害怕一旦回应了，他的兄弟便会真正苏醒了。

"你无须害怕，我的兄弟……"兄弟的声音在脑中扬起。他们共享相同的脑子，所以当一个不属于自己想法的声音自脑中迸现时，那由他会很是不知所措。但左脸的兄弟似乎并无恶意："我只想告诉你，我们旁边那人打算伤害我们。"

"你怎么知道？"那由他下意识这么想。

"因为我看到，我在左边，我看得到左后方。"

"你看到什么？"

"有人交给他一把枪，偷偷地，他以为你没看到。"

那由他警觉地转头看向大胡子，正好遇上大胡子犀利的目光。

"你什么都知道了，是吗？"大胡子的声音如铁锯般锐利。

在这一瞬间，那由他又重新接管了大脑，他全身一阵酥麻，汗毛直立，毛孔通风，死亡的威胁直逼而来。

"智者要留你，我们其他人可不怎么赞同。"说着，大胡子已经亮出一把枪，"你在禁区四处闲逛，对我们而言太危险了。"他不再多言，当即扣下扳机。

车子在高空摇晃了一下，接着便朝雪浪直直坠落。

大胡子

秋后的山谷显得有点荒凉，草色转灰，树叶也稀落得很，只有少许常青树在点缀着这片萧条。但对他而言，这片山谷里充满了生气，他感觉到树根下隐伏的虫蛹，他听到树皮下贪食的蠕动声，草根在吃力地吸收干泥中的水分，还有——

那片满布洞穴的山壁中，细密而绵长的生命之火。

"你是谁？"一把平稳的女声从后面传来。

他吃了一惊，他太专心，竟没感觉到后面来的人吗？不，他嘴角微翘，又恢复了信心，他之所以没感觉到来人，因为她并不具有生命之火，她是生化人。

"我是这里的居民。"他撒谎。

"不正确，"那位女性生化人说着，手上举起了一个仪器，"你身上有芯片，你是联邦公民，这里是禁区，公民不得擅入，你有联邦的核准吗？"

他眯了眯眼，捋了捋满脸的一把大胡子："如果我说谎，那还会有核准吗？"

生化人还来不及反应，整个头忽然往后一仰，脖子痛苦地拉直，身体发狂地抽搐了起来，她感到神经中枢突然超载，在一瞬间挤入过多的信息，很快地，神经元的电解质枯槁至尽，神经元的细胞质积满了次反应毒物，她像个断线的木偶，重重仆倒在地。

大胡子重重地呼出一口气，他刚刚做了一件很耗精神的事，整个脑袋有一股虚脱感，大量的电解质正慢慢经由血流补充回来。

刚才车子自半空坠落，他一时还没搞清楚发生了什么事，就已经躺在这片山谷里头了。意外后的虚弱感充满了全身，他希望好好休息一下，好回想刚才究竟怎么了？车子哪里去了？那个名叫那由他的畸形少年呢？

但他只抖了抖脑袋瓜，开始慢步走上山坡，他将视线锁定在最低的那排洞穴，他希望他有好运气，能很快找到他所要找的东西。

他的年纪已经不小了，大胡子里也开始出现灰白的色调了，过去的恨意也不那么炽烈了，以往在地球联邦时，曾经长期服用高剂量的神经传导剂，也使他的神经系统遭到不小破坏，他甚至怀疑他那狂暴易怒的性情，是不是因为服用神经传导剂造成的。这么一想，他对刚才杀死那名生化人，不觉悄悄生出些许悔意。

他终于走到洞穴口，满怀希望地探看了一下，洞穴很小，里头什么也没有。他深呼吸了几口，继续往上爬，山坡变得更陡了，他渐渐觉得吃力，呼吸越来越不平顺，胸口也有点疼痛起来了。

他抵达另一个洞口，这个洞穴较宽阔，地面也较平，有几个黄褐色的圆圈分布在地上。"是了。"他心里说，随即跑上去查看清楚那一堆堆的东西，每个圆圈内都有一些残余的骨骸，但剩下的并不多，显然那是一个很有历史的遗迹，大部分余骸都已经腐烂了。

大胡子知道他要找的或许就在这一带了，刚才在山下强烈感受到的生命之火，理应不远了。他打算再往上爬，那里大概有他要的东西。

但当他步出洞口时，他发觉山下已经站了许多人，刚才还是一片荒凉的地方，不知打从哪儿冒出来这许多人。

一位持着大刀的年轻人，用标准文雅的联邦语说道："上面的这位，请下来！这里是我们的禁区，无论你是联邦公民抑或被放逐者，没有长老的允许，绝不准上去。"年轻人的声音不大，却像在耳边说话一样清楚。

"去你的。"他啐了一口，不理会他们，大步往上爬。他心里有点慌，他不打算用刚才对付生化人的方法对付山下的野生人类，他们的人数太多了，他已经没有这种体力来消耗，他知道那些野生人类不敢轻易上来，所以他还有时间。

"上面的先生，请下来，相信你已经听到了我的警告，这不是你应该来的地方，我再说一次，请下来。"

快到了，快到了，大胡子眼前又看到一个洞窟，有了，这一个有生命之火，他可以强烈地感觉到。他加快脚步，用尽剩余的力气接近洞窟，那个洞又深又长，布满了钟乳石和石笋，洞里的光线不够，他看不清楚。

等了一会儿，眼睛渐渐适应了光线之后，他才看了个分明。那些石灰岩柱之间，封住了一具具的肉体。他知道这些钟乳石和石笋需要多久的时间形成，每一滴从洞顶滴下来含石灰盐的水分，每年才不过形成不足半毫米长的石灰柱，要能够覆盖一个人，少说也要千年以上的光景。更何况……他睁大眼睛，看清楚了封在石柱中的人形，他们还散发出生命之火，他们还是活的！

这是个长久以来的传说，TT研究中心里的工作人员都知道，但没人公开说，他们知道这个禁区有这种东西，打从很久以前就知道了。

可以说，这个位处雪浪山谷中的禁区，才是他们的根！

他们奥米加的根！

他小心翼翼上前，用颤抖的手指触摸石灰岩柱。啊，当传说变成眼前真实的那一刻，能教人不因兴奋而颤抖吗？他将手指伸入石灰岩柱之间，摸到封在里面的人，他们双腿盘坐，衣服已经腐朽，他们的皮肉还柔软有弹性，但皮肤表面的温度很低，像是燃烧待熄的烛火。

猛然，他一阵心悸，圆瞪大眼凝视身旁的另一个肉体，很熟悉，很熟悉的气味，怎么回事？怎么会在这里闻到那么熟悉的气味呢？他心里直觉他认识那个人！为什么呢？他靠过去，将手指伸进去，拨开那人长长的头发。

那人闭着两眼，鼻孔中没有一丝空气进出，但他还活着，他的身体里正燃着熊熊的生命之火，但在外表却一点也看不出来。忽然，大胡子寒毛竖起，两眼爆红，满腮须发一根根竖立："是你？！"

他又惊奇又疑惑又愤怒，他下意识地握紧拳头，要杀了眼前这人。

他回想起过去种种：这人害他死了五名弟兄，五名情同手足的奥米加！在最后一次任务中，这人又害他和仅存的弟兄在无预警之下进入超空间，当他们回到现代的地球联邦时，其他两位奥米加竟完全失去了奥米加的能力。是他、是他、是他，眼前这人就是他，但为什么是他？他不应该出现在这种地方的！

"我已经警告过你了。"身后一把冷冷的声音，大胡子猛一回头，是刚才山下的年轻人，他什么时候上来的？为什么一点也没有察觉呢？在惊疑之中，年轻人伸出左手，掌心朝向他的额头，他感到脑中扬起一道波浪，浪头变成旋涡，让他转瞬便陷入一片混沌。

在昏过去以前，他才明白到，他找对地方，但找错人了。

第 七 章

/

雪浪

午夜的月亮自高山升起，

年轻的智者用心灵看见了：

他的门徒们劝他成为不朽者，

他的眼睛在中央，他的手在胸前，他的身体在火焰之中。

——《百诗集》IV之31

消息

哈山—ε9800忐忑不安地步入大门，进入一个充满华丽灯光的昏暗大厅。他从来不曾来过这种场合，他是正经八百的人，连想象来这种地方都不可能。

这里是"肾上腺素中心"，地球联邦最受欢迎的娱乐场所，有大量生化人尽情满足你的兽欲。这是一个宣泄的途径，也是维持联邦安定的必要设施。

"哈山—ε9800先生！"听见有人呼叫他，哈山—ε9800整个人毛骨悚然，他心虚地低下头，大步往前走，却马上被人挡住了。"对不起，"那人说，"你必须先到柜台登记。"

他怯怯地、顺从地走到柜台，柜台人员问他："有预约吗？"

"没有。"他正想这么回答时，柜台人员抓过他的右手拇指，在扫描仪上挥了一下，算是登记完成了。柜台人员朝他眨了眨眼："一个小时，好好利用哦。"

在服务员的带领下，哈山—ε9800走过一道长廊，长廊两旁有许多房间，隔着房门，哈山—ε9800依然可以听见凄厉的哭号声。他不忍卒听，两手掩起耳朵。终于服务员在C7号室门口停下，门后宁静无声，服务员敲了敲门，便扭开门把，摆手请哈山—ε9800进去。

地面上躺了一位赤裸的女人，她全身伤痕，泪水湿了满脸，正在微微地喘息。女人身旁的沙发上坐着一位有点矮的中年人，他也光着身子，也在微喘，但脸色通红，掩不住他心底兴奋的余焰。

他站起来，丢开手上的鞭子，顺手将稀松的头发抚平，露出他狡猾的小眼。他将地面的女人踢开，哈山—ε9800见了，不禁露出很痛的表情。

那中年人伸出沾满汗水的手，示意要握手，哈山—ε9800不敢把手伸出去："是你把我找来的吗？"

"如果你是'三一计划'执行长……"

"曾经是。"

"那就对了。"他到一旁堆着的衣服去取了一条手帕，抹掉他脸上掺了油脂的汗水，"哈山—ε9800，'三一计划'执行长，现在是古昆虫复活计划执行长。"

"你说，你有我儿子的消息。"哈山—ε9800握紧拳头，颜面肌肉微颤。

"啊，你迫不及待地切入主题，"他慢慢地摇头，"这样不好，这样不好。"

"他被消灭了吗？"

"被消灭的人不会有消息。"他又踢了女人一脚，女人呻吟了一下。

"请你告诉我。"哈山—ε9800忍住激动，但泪水已经在他的眼眶打滚了。

那中年人定睛细看哈山—ε9800，他看见一名胆小内向的男人，从另一个角度看来，这是位谨慎、不谙言辞，且自我要求极高的人，他不容自己出错，简而言之，他是个很好的人才。

"消息是有价的，哈山—ε9800先生。"

哈山—ε9800咬着下唇，等中年人接下去说话。

"是这样的，我需要一点某个物种的DNA，我相信你不难取得。"

哈山—ε9800的内心面临极大的挣扎，他知道他很容易可以办到这件事，而结果很可能是从这个世界上消失掉。但是，他很想知道那由他的下落，他原本还以为那由他就如同其他该消失的人一般，在某个时刻被清洁队清除，回收化成能量了。眼前这人忽然给他带来希望，他原本不敢相信那由他还活着，但这男人给了他强硬的证据。

那是一张那由他的照片，背景是一片山谷。

那由他长大了，他脸上的童稚消失了，但隐在心底的不驯依旧。看见那由他面容上的风霜，哈山—ε9800又是心痛，又是欣慰。

当他离开肾上腺素中心时，赫然看见安妮—ε670正在对面的街上凝视他，他羞愧地低下头，走到安妮—ε670面前去。

安妮—ε670一脸飞红，她忍着脾气，说道："原来你喜欢来这种地方啊。"

"不，安妮，"哈山—ε9800慌忙摇手道，"事情不是像你想的这般！"

"我知道，"安妮—ε670垂下头，"成为夫妻这么多年，我们都没同床过……"

"安妮……"哈山—ε9800担心被旁人听见，虽然四周行人稀少。

"可是，那是因为你从没要求。"

哈山—ε9800大为震惊，他很关心安妮—ε670的想法，但他从来不知道她会这么想。他并不只当她是一位合法伴侣，或是领养那由他的必需人物，他是真正地希望跟她在一起，打从很久很久以前就这么想了。

事实上，领养那由他只算是哈山—ε9800小小的一个借口，这也是他一生中最大胆的一次投资。

他伸出两臂，笨拙地将她搂在怀中，抚摸她的长发。他们是一对压抑自己内心感受的恋人，他们的相似点太多了，时光蹉跎，随着岁月老去，他们才了解到，这么多年来，他们互相扶持，原来他们是多么依赖对方。

"安妮，吾爱，"哈山—ε9800在她耳边轻声说道，"你误会了，有一个人约我过来，为的是告诉我那由他的消息。"

"那由……"安妮—ε670大吃一惊，哈山—ε9800赶忙又将她抱紧，小声道："他还活着，地球联邦万岁，他还活着。"

"他在哪里？"

"禁区。"说出来时，哈山—ε9800自己也觉得寒了一下，因为所有公民都知道，禁区是多么危险的地方，禁区是万恶之地，任何公民都不该涉足的。安妮—ε670将他拥得更紧了，她要用她的体温止住他的颤抖。

长老

　　那由他记得的最后一件事，是当大胡子掏出枪时，他觉得自己的脑袋猛然暴涨，一股强大的力量由前额冲出。他知道那不是他发出的力量，他当时慌张不已，并没想到要发出什么力量，更何况他知道自己没有这种能力。

　　但那股力量的的确确是从他的脑袋里爆出来的，而且还将大胡子冲击得撞向车子防护罩，手枪射偏了，将车子的仪表板破坏，然后车子便直直坠落，而且……

　　大胡子在他面前消失了。

　　就这么消失了，就像空间洞开了一道裂口，将他吞了进去。

　　那由他感到脑子负荷过重，神经轴里的电解质刹那用了个精光。一阵晕眩袭来，他瘫痪在椅子上，车子成了自由落体，他觉得自己飘浮在车子里头，浑身舒畅……

　　接着，车子重重地顿了一下，它的自动降落程序终于启动了，在最后关头，它轻轻地降落在地面。

　　接下来，就是眼前的这名老人了。

　　老人凝视他，用老迈的手指在他眉心轻轻绕动，将一股股微细清凉的力量注入他的身体，力量自他的头颅流入背脊，流遍全身，将他的细胞一个个唤醒。

　　"听这声音，年轻人。"老人柔声说道。老人经历过岁月磨炼的声音，带有沉稳且平和的力量，安抚他疲惫的身心，宛如慈父的安慰，触动他压抑在最深处的哀伤：他身为两头畸形人，必须躲躲藏藏地生活，没有朋友，唯一可以称为朋友的生化人又被分解掉了。他流下两道泪水，沾湿了左脸的兄弟。

"细听……"老人轻吸一口气，一个细腻的声音自他的声带响起，进入头腔，发出奥妙的共鸣……"唵——"他吟唱着，声音凝成一道细细振荡的空气分子。

那由他觉得很舒服，身体的每一个细胞都很松弛，安静地补充能量，悄悄地跟相邻细胞交换蛋白质信息。

"唵——"这声音十分安详，他感到身体慢慢消失了，眼睛、耳朵、鼻子、舌头和触觉渐渐融入了空气。他感觉不到眼睛的存在，却能看得更清楚，如今他不仅听见颜色、看见声音，他还尝到声音、嗅到颜色、摸到味道、听到气味，甚至不用眼睛就能看见原子核内部的颤动，也看见疯狂打转的电子。

他本身没有消失，消失的是身体和世界的隔阂，所以他变得更为壮大，他充塞了空间，他可以道出云朵中的水分子数量，也可以预测地球的哪一个角落将有暴雨。

他还能够看见在近地轨道上缓缓环绕地球的撒马罗宾们。

他们如同宇宙中的游魂，在数万遍一周又一周无休无止的环绕中逐渐枯朽，为母星逝去的历史吟唱哀歌。

一看见撒马罗宾，那由他便霍然而醒，他睁开眼，眼珠子骨碌转了转，看见由草木搭成的屋顶，也清楚看见左脸所见的视野。他心里明白，左脸的兄弟已然加入了他，他所占有的大脑非但没有减少，相反地，他变得更为强大。

身旁的老人一言不发，只静静地观看他。老人周围还有数人跪坐着，男女老少皆俱，他们散落在草屋的角落，默默地注视那由他。

其中一个人，竟是试图杀他的大胡子。

"年轻人，"老人开口了，"你感觉如何？"

"很好，"那由他懒洋洋地回道，"再好不过了……谢谢你。"

"你满腔的问题，找到答案了吗？"

"还需您的指点。"那由他翻身坐起，"这里是雪浪吗？"

一旁有位壮硕的年轻人回道："此地乃雪浪之足，禁区Hi54。"

"有人告诉我，你们是我的同伴。"

"他大概是指，你跟我们有相同的特点。"老人说，"不过，你尚未完全知晓你的潜能。"

"你们……"那由他环顾众人，"全都拥有这种力量吗？"

"我们并不'拥有'，这是一种与生俱来的本能。"旁边的年轻人截道，"当我们发现其他禁区的人并没这种本能时，我们也很惊讶，我们发觉，事实上是他们的本能被蒙蔽了。"

老人颔首道："你很特殊，你原本应该是两个人，却独占了两个人的资源，不，你不只是因此而特殊，你跟我们有很深的缘，你的确是我们的同伴。"

"我不明白。"

"格喜。"老人一呼唤，刚才一直答话的年轻人便跨上前来听候吩咐，"带他去。"

"我也要去！"大胡子忽然嚷道。

"不行。"格喜马上说。

大胡子跪在地上，咬牙说道："你们说我的内心总是充满怒意，你们说我需要净化，长老，我要向你证明，我不再憎恨，所以我要去！"

"你会伤害圣者，你会破坏圣者的安宁。"

"我不会，我要向你们证明我不会，"大胡子恳切地说道，"我不再是地球联邦的公民，也不再是地行者的选民，我要清除掉身为奥米加的过去，我要加入你们。"

格喜望向老人："长老，您的决定是最后的决定。"

长老合上眼，半晌才说："你曾经是一位奥米加，那么，你早已知道我们是谁吗？"

"是的，"大胡子眼中迸现光芒，"你们是原型，是奥米加的原型。"

老人徐徐睁眼，道："很久以前，地球联邦将我们的亲人带走，就一直没再回来。我们知道，他们被当成老鼠般测试，被电击、被置入真空室、被溺水，甚至还被解剖研究他们的身体细部构造。"

大胡子听了，傻瞪着眼。

"你想我们怎么会知道？"老人的语气平静，不带一丝怨恨，"因为我们是亲人，我们有共同的来源，我的遗传源自我的祖先，我们有遗传上的联系，我们的心紧扣在一起，所以当他们身上发生任何事时，我们全都清楚地知道，巨细靡遗。"老人叹了口气："这就是你所知晓的奥米加原型，这就是奥米加为何能够诞生。"

"我……"大胡子眼睛转红，眼眶变湿，"我从来不知道，我们奥米加所传说的、所崇仰的原型是……"

"你们是痛苦下的产物，所以你们的本质是痛苦的。"

大胡子哭了出来，泪珠子哗啦哗啦滴了满地。

"哭吧，"老人说，"哭是好的，你已经开窍了。"

"可……可是……"大胡子边哭边说，"我跟你们没有……遗传上的联系。"

"每个人都有遗传上的联系，我们有共同的祖先，事实上，咱们的祖先全都是海洋中的单细胞生物，我们跟所有的生灵都有关联。"老人走过去，将手按在大胡子头顶上，"欢迎你加入我们。"

圣者

格喜率领那由他和大胡子离开村庄，一路上，那由他讶异地看见这片贫瘠的土地上，竟长满了成排成排的果树，在黄沙吹拂的山坡上，也长了一整片青翠的稻米，看上去很是突兀。

山坡地之上，遥遥高处，是积雪逾百万年的山脉，如同在蓝天中翻腾的雪浪，显得圣洁而不可侵犯。

大胡子很平静，他尾随那由他，心里的怒火只剩下余烬。

"我们要去那边。"格喜指向一座小山，山上有一列列洞窟，像是人工开凿出来的一般。那由他不明白他们带他来的用意，是的，他感觉到山上有非常巨大的力量，比智者的还大，山上或许有能力更加强大的人物，可是长老的话是什么意思？什么叫很深的缘？

走了一段颠簸的山坡路段之后，他们来到一个洞口。

来到洞口时，大胡子忽然变得更为沉默了，格喜也将脚步放得更轻、动作放得更小了。此时，那由他才清楚地感觉到，在洞中深处一阵阵强大的力量之中，有一股力量特别凸显，而且还带有一种熟悉的味道。

他不禁被它吸引住了，无须任何人的引导，他也能直接走到那个力量面前。那是一团炽烈的生命之火，如同其余的生命之火般封镇于石灰岩柱之间，但这一个对他而言特别有亲切感。

他想起来了，他在记忆深处找到了相同的味道。

他想起了那一天，他在历史研究院的历史数据库搜寻时，数据库外的走廊上有一个女人被清洁队追逐，就在门外被处刑了。他很清楚记得那女人用最后力气喊出来的话："玛利亚！你是死神！你是伪善的伊西斯！你是赫卡忒！"

他知道那女人指的是谁。

那女人的声音深深撼动他的心灵，在那一瞬间，他清楚地感受到，他们有共同的DNA片段，他们是亲人，组成他的基因序列有一部分是直接由女人身上取来的。

事后，他曾追问玛利亚，但玛利亚避而不答。

而今，这名困在钟乳石和石笋之间的人，也带给他完全相同的感觉。

"怎么可能？"他回头望向格喜。这些石灰岩柱至少需要千年时间才可能累积到这个程度，怎么可能会有这么长的生命？而且这个生命怎么可能会跟他有直接的关系？

格喜将食指轻抵唇上，示意他别作声。

大胡子微微点头，表示他知道答案。

石灰岩柱之间的这名男子，面容被长长垂地的头发遮住了，那由他看不清楚他的长相，他很好奇，很想上前翻开来看。

在宁静的洞窟中，他们三人展开了一场宁静的对话。

大胡子将记忆传递到他脑子里，直接置入那由他的永久记忆之中。

大胡子是第二代奥米加的首领，第二代跟其他奥米加不同的是，他们仍保有原来的身躯。地球联邦一次又一次地尝试改进奥米加，而大胡子是属于中间阶段的产物。

他们在一次任务中被派往远古的顺天府城，为的是消灭一个人，那人是早该被消灭的纯种。在第一代奥米加的协助下，他逃到了尚未被沙漠掩埋的古代顺天府。这就是为何第一代被全数歼灭，而第二代在仓促之下被制造出来。

结果，在这趟任务中，他们八名奥米加就失去了三个。

愤怒的他继续追踪，那一次他差点完成了任务，他跟那纯种面对面碰上了，但纯种身边有更厉害的人物，竟能将他们推入超空间，直接送回这个未来，且又再令他损失了两名奥米加，剩下的两位同伴也失去了奥米加的能力。

失去能力的奥米加便不再是奥米加，清洁队于是很干脆地消灭了他们。

"你有类似的力量，"大胡子告诉那由他，"我要杀你时，你就是如此直接将我送到了山下。"那由他也对自己在危急之中爆发出来的力量感到惊讶。

从大胡子的记忆中，那由他知道，眼前这位封在石灰岩柱中的人，正是这位纯种，那位从地球联邦逃往过去，又在经历千余年的时光后，"回"到地球联邦的纯种。

当大胡子初次发现这人就是令他丧失了五位同伴的人时，他无名火起，但此时此刻，他心中剩下的只有敬畏。这人必定经历了相当不可思议的生命旅程，这人的生命想必已经升华至一个无法想象的境地，否则怎可能活上千余年呢？

那由他静静观看石灰岩柱中的男子，他很想将男子唤醒，很想跟他聊聊……你认识那位死在历史数据库门口的女子吗？你是我真正的父亲吗？你在远古世界遇上了什么事吗？你为何要坐在这儿？你有什么话想告诉我吗？

"别打扰圣者，"格喜的声音插入那由他的思绪之中，"你的念头很喧闹很紊乱，这会打扰圣者们的安宁的。"

那由他停止了杂念，他问格喜："这些人……这些圣者，他们在等待吗？他们在等待什么？"

"他们所等待的，是我们所无法想象的。"

那由他又回头望向石灰岩柱中的男子，他望了好久，不舍离去。

"我可以留下来吗？"他问格喜。

格喜眨了眨眼，随即合上眼，专心地冥思了一阵，才说："我刚请示长老，他答应你了。"

"谢谢。"

"你知道规定，不得打扰圣者。"

"我会遵守。"

线索

那由他，极大之数，有说为百万，有说为千亿。

无论多大，还是有限的极大。

那由他坐在洞窟里，日复一日，他感到过去心中的波涛起伏逐渐平息了，心地如镜般平静雪亮。在静谧中，他体悟到自身的渺小，感到深深的无力感，也认识到自己过去是多么地狂妄。

好几次，他很想捶胸顿足一番，但他记得规定，不得打扰圣者，是以他忍耐了下来。最后，他终于能真正安静地坐下，细思他过去的种种、地球联邦的种种、旅途上的种种……"我该怎么办？"他自问。

格喜每天都送新鲜食物来，但他无心吃喝，洞窟外已经堆积了两天的食物，他被自己的思绪满满地占去了。

"父亲，"他用嘴轻声说，"不论你是不是我的父亲，告诉我，我该怎么办？地球联邦快灭亡了，人类文明的光辉快消失了，我游历了这许多地方，难道这其中没有半个答案吗？还是答案在我眼前，而我浑然不觉。"

禁区，保留了过去古人类生活的种种面貌，人类存续的解决之道莫非不在此中吗？

撒马罗宾的主人也曾面对这个问题，他们最终还是从历史舞台上消失得一干二净，只剩下他们遗留在宇宙空间中的仆人，仍然记得他们的事迹。

他想起了他的笔记本，不知笔记本安在？

他记得在笔记本上还记载了一则诺斯特拉达穆的预言：

当月亮统治的二十年已逾，

另一个将继续它的统治达七千年；

当太阳终于耗尽，

我的预言和征兆遂将完成。

据说，它预言了人类的灭亡，也预言在这之后有另一种生物统治这个世界。

诺斯特拉达穆曾在《百诗集》的前言《致吾儿西泽》中自言，他的预言内容将持续至三七九七年，但他并没说历史至此终结，他只是不再说下去而已。问题是，这个三七九七年是以古基督纪元为单位吗？抑或是身为犹太人的诺斯特拉达穆可能使用的犹太历法？他生存于文艺复兴时代，正是历法大改革的混乱时代，谁知道他根据的是哪一套计算法？那历法又可不可靠？或许他用的是他所崇仰的古埃及历法？

诺斯特拉达穆怎么知道未来？他也是一位跟奥米加、撒马罗宾、圣者、智者等有相同力量的人吗？

地行者！

那由他猛然想起大胡子所说的一句话。

"我不再是地球联邦的公民，也不再是地行者的选民……"

那位智者是地行者！

这意味着除了在近地轨道有称为空行者的撒马罗宾之外，尚有被称为地行者、在地表活动的撒马罗宾。

这位智者集结一群要被地球联邦消灭的人，他有何企图？让火星攻击转向贾贺乌峇的是空行者吗？

那由他隐隐约约感觉到，空中和地面的撒马罗宾们，正在计划着一件恐怖的事……他不愿相信，回想起那依偎在他怀中的路西弗是多么温驯无害，即使是为野生人类驱赶黑毛鬼，他也不伤害黑毛鬼的生命。

地行者所集结的那些人是"反联邦"吗？犹记得山谷中的蜂巢式

建筑物，为何上方会有那个符号呢？那是一个圆圈下连了个十字，那符号代表了女性，也代表了……"厄俄斯福洛斯……"他喃喃道出。

那是金星的古天文符号，也就是路西弗，也就是启明星，是黄昏之星，是太白星，是长庚星，是天空中最耀目抢眼的行星，即使是数个世纪以来浓云密布的夜空，也偶尔能见到的一颗星。

所有线索忽然连成了一串，原本纷乱无序的诸多线索，每一条都在刹那间找到了它们应在的位置。

历史研究院院长就是反联邦。

这瞬间，那由他寒毛竖立，两臂一阵鸡皮疙瘩。

他等待了一会儿，等待紧绷的情绪过去，然后再细心审视自己的思维。他移到洞口，先喝下干净的水滋润消化道，那杯水有种温柔的力量，他见过山下那批人常常围着水缸念诵，不知内容是什么。他吃了些干粮，感到气力渐渐透入肌肉。

然后他慢步下山，走回村子，先拜见长老，询问大胡子的去向。

大胡子正随着一堆人灌溉果树和菜园，他们从源源不绝的地底涌泉取水，他轻抚每一棵树，并对它们轻声说话。

那由他把大胡子拉去一旁，问道："你说过地行者，什么是地行者？"

"我听其他人说的，智者们都是地行者。"

"智者不止一位？"

"不止，"大胡子摇首道，"智者是一群，那天你只见到一位，不过他们一个跟一群没什么分别。"

"你听说过空行者吗？"

"没有。"大胡子不假思索地回道。

那由他抓抓头发，好整理他过度活跃的思绪，忽然，他觉得左脸在安慰他，令他心情稍稍平和了些。他对左脸的兄弟有愧疚感，他当初不该害怕他，话说回来，有谁能像他一般有个如此亲密的兄弟呢？

那由他继续问道："你可知道，地行者们从何处来？他们住在地面，必有个落脚处。"

大胡子将了将满腮杂乱的鬓须，努力回想："我依稀记得有人提过，有人提过，是在南边的一个地方。"

"请帮我努力回想。"

"这很重要吗？"

"重要，我不知道你有没有看出来，地球联邦正面临着极大的危机。"

"怎么说呢？"

"我研究过历史，我发现，地球联邦是最后保留的人类文明，而它正面临着灭亡的危机。"

"我知道。"

"你知道？"

"智者将我带去山谷时，早就告诉过我了。"

那由他气急败坏地说："他告诉你什么了？"

"我们第二代奥米加经历了两次大失败之后，已经溃不成军，返回TT中心之后，便面临被清除的命运，在清洁队光临的前一晚，智者来将我带走了。"

"他那么容易进出联邦吗？"

"对智者而言太简单了。"大胡子摇头道，"智者说，地球联邦只不过是苟延残喘的人类文明，只会阻碍地球生态的复苏，况且，在联邦强硬的假象下，其实只有一个摇摇欲坠的空壳子，只需足够的变动，便能启动整个连锁的毁灭过程，联邦的灭亡，只是时间问题。"

那由他倒抽了一口寒气："他带你们去山谷，就是为了消灭地球联邦吗？"

"不，我们是'选民'，我们是被选上的，将来地球联邦灭亡，我们将会是新一代的人类始祖。"

那由他不相信！

撒马罗宾或许不会说谎，但他们可以避开谎言。他说他选这批人为未来人类的始祖，但没了地球联邦，人类文明就没有未来！他们充其量只会是最后一支灭种的人类。

"而且……我想起来了，"大胡子恍然道，"智者说过，在最南之大陆上，万年寒冰之底，母星将重新展开祂的听帆。"

"最南之大陆……寒冰之底……"那由他呢喃道。

蜕变

风起了，又是候鸟飞越山岭的时候了。

每年这个时候，禁区Hi54的野生人类便知道该播种了，这是古老祖先们传承的智慧，也是他们赖以生存活命的智慧。

天空中传来吵闹的鸟叫声，一大群候鸟背着密云，穿梭过冰寒的天际。

正在农地里干活的野生人类们，忽然觉得有些异样，鸟的叫声跟往常有些不同，鸟声渐渐变得越来越近，变得过于接近。

霎时间，一群候鸟直冲下来，撞上山壁，顷刻间染红了山壁，山脚下积了一地候鸟的尸体，只剩几只蹒跚的鸟儿在尸体间徘徊，还有几只在空中胡乱盘旋了一阵，最终依旧撞山而亡。

野生人类纷纷扔下浇水的工作，赶到山边去察看暴毙的鸟儿。

夜晚，整个禁区的居民们聚集在长老的大草屋，里里外外站满了人，他们全都默默无言，因为他们的对话无须言语，语言是非必要的工具。

"最近异象愈加频繁了，"长老对众人说，"候鸟们的暴亡不是第一遭，我们问过候鸟，候鸟们说，它们迷失了方向。"长老顿了一下，"诸位，世界的呼吸转向了，草木们也迷惑不已，它们比往常生长得更为缓慢。"

那由他可以感觉到众人的丧伤，他们不食用肉类，他们相信所有生灵都是亲人，候鸟的变故带给他们很大的震撼。

"大地将要发生异变，我不敢告诉你们时候到了，或许这只是一个开始，生、住、异、灭乃必经之路，死亡总是为生命铺路，我们衷心希望，这些可悲的生命能找到更好的道路。"说着，众人纷纷挺直背，双手合十，口中念诵着不知什么。

那由他听不懂他们念诵的内容，只觉他们和谐的声音令人十分舒服，每个音节都能激起身上的振动，有的音节会令手腕微颤，有的令他下腹微热，有的会令他后脑一片清凉……撒马罗宾吟唱的诗歌也有相同的感觉，但撒马罗宾的吟唱令他狂喜，而野生人类们的声音，却令人感到无限的平静。无论他们念诵什么，那由他都看见眼前的世界变得一片金黄，无论是熊熊的火堆、夜空、星星，乃至于每一根草和每一个人，全都闪耀着金光。

他以前从未有过这种感受。

待仪式结束后，那由他前去拜会长老，向长老述说他刚才看见的现象。

"你所见到的景象，跟祖先们形容的一样。"长老说。

"你们所念的究竟是什么？"

"是一种数千年前的古语，"长老说，"据说，它的每一个音都跟身体的某个部位相应，而其中最重要的是第一个音，它念起来是：唵——"

那由他记得："长老救我时，曾念给我听。"

"这是宇宙的声音，"长老笑道，"如果你仔细聆听，你会听见它实际上是由三个音组成的：啊—噢—唔—"

"宇宙的声音……"

"宇宙生起、持续、灭亡的三个声音。"

"宇宙也会灭亡？"

"也会再生起，灭亡是生起的前奏。"

那由他略有所悟："唵——是最初，也是最后。"

"是最后，也是最初。"

那由他沉默了，他垂头沉思，心中扬起小小的涟漪。

"你在犹豫。"长老说。

"我不知该怎么办了。"

长老到盛水的瓮去掬了杯水，递给那由他："何不再去请教圣者们？"

"可以吗？"那由他讶道，"按照规定……"

"你的处境和身份非同一般，你跟其中一位圣者有最直接的关系，"长老喝了几口水，"况且，你无须打扰他们，你只须聆听他们的过去、他们的想法，毕竟他们比我们存在了更久，不是吗？"

那由他用力点头："我马上去。"

"夜了，明天大早再去吧，"长老抬眼望向门口，格喜便从外头进来了，"格喜会帮你准备好。"

"谢谢您，不过我想立刻去，"那由他坚定地说，"我已经拖延太久了。"

几个世纪以来，月光都躲在浓云后方，鲜少见到月亮的真面目。今晚，浓云似是特地为那由他展开了天空，皎白的圆盘整个露出，像一面凝滞在空中冰冻的镜子，矛盾地纠缠着纯净和冷艳。

那由他拎了一袋干粮和清水，趁着月色，爬上他几天前离开的洞窟，月光投入洞中，令地面散落的枯骨泛现一层薄薄的磷光。那由他小心避开了枯骨，踱到洞窟深处，趺坐在那个跟他有共同DNA片段的人面前。

他合上眼睛，细心倾听。

他听的不是声音，而是圣者们散发出来的记忆碎屑。

他听到一个村童的故事，村童处于地位最卑下的"不可触摸者"，地位比牛只还卑下，甚至不被当成人类。他父母因不小心挡了一位刹帝力的路而被杀，当他面临饿死的命运时，一位沙门收容了他，将他带在身边，教导他各种道理，令他明白到他悲惨命运的缘由，也令他明白到宇宙的宏伟，他努力实践沙门的教诲，有一天，他毅然决定要来这里，等待——

那由他听到一位学者的故事，他是大学里的佼佼者，大学尚未毕业，已经提出了一项极有潜力的理论，很可能一举解决许多当时的物理难题。获取博士学位后，他志得意满，却被卷入大学的派系斗争，他被作为代罪羔羊，在学术界毫无容身之地，他差点发狂，为了忘记悲痛，他四处旅行，终于逗留在此地，经历十余年的训练之后，他加入了这里，一起等待——

那由他听到了一位编号 θ 81402028的人，他该死因为他是纯种，自小便面临随时被地球联邦消灭的恐惧，他战战兢兢地活下来，终于连领养自己的父亲也因他而被处刑，而他逃到了另一个时代，意图破解历史的谜团，愤怒的他自名鸩思，当怒火随智慧的生起而熄灭后，他易名正思，精进修正自己的行为和想法，他扭转了命运、改变了时间箭头，他也来到这里，开始漫长的等待——

他们等待着同一件事。

等待"麦特瑞雅"。

这些人，他们在逃避现世的苦难吗？

不，不，无论现在未来，苦难总是存在，因为众生的心不清净。

时序流转，经过数千年的伟大教诲已经变质，他们并不逃避，相反地，他们积极地等待，等待纯净教诲的再现。

届时，他们的智慧将坚固不摧，他们的意志难再动摇，他们将离开洞窟，救度众生，不怕再被众生的无明妄想度跑。

他们要等待五十七亿六千万年。

过去、现在、未来，众生度不尽，还是要度。

那由他睁眼时，洞口外正投入落日余晖，不知已经过了多少天了。

此时此刻，他感到前所未有的平静，于是，他捡起两块石头，互相敲击，石头边缘越来越锋利，慢慢形成了一道刃口。

在黑夜完全降临后，他开始用石刃切割右手大拇指。

不痛，不会痛，痛是假的，痛只是神经传导物质在脑中诱发的解读而已。谁在痛？痛的又是谁？他观察他的拇指，观察这跟随了他十余年的身体末端构造，感觉它的上皮、肌腱、软骨、神经、血管逐一跟身体分离，静脉流出深色的血液，但洞内过于黑暗，他看不见。

大拇指的前半段留在地上了，他用左手紧按伤口，心中默默跟伤口四周的细胞说话，希望它们快些启动修复工作。他靠坐在洞壁，由于身体正将大部分能量输送到大拇指的创口处，他感到体温正在下降，身体虚弱得很。

凭着淡薄的月光，他看见那段大拇指寂寞地躺在地上，现在玛利亚再也侦察不到他的行踪了，植入大拇指骨中的芯片，终于跟他永别了。

他感到视线昏沉，伤口的疼痛一点一点刺入他的大脑，令他禁不住疑惑……他是否过于急躁了？除了割下来，别无他法吗？

昏暗的洞窟忽然大放光明，吓了他一跳。

不，是一个人站在他面前，光是从那人身上发出的。那光十分柔和，它照亮整个洞窟，却一点也不感刺眼，因为它不是物理得以描述的光线，它是在那由他脑中的视觉皮层直接显现的。

那由他看不清那人的脸，但那人的声音却是一清二楚："你忘了，在你大脑褶皱中还有一个信号增幅器。"

"啊。"那由他想起来了，离开地球联邦之前，他曾被植入另一枚芯片，玛利亚说过，只要袖一下令，那东西便会命令脑细胞大量制造神经毒素，令他迅速死亡。

眼前这发光的人是谁？他怎会知道呢？

那人朝他伸出手臂，手臂金光闪烁，当手掌碰上他的颈项时，他全身舒服极了，在这瞬间，他全身的感觉迅速扩大，脑子的空间暴涨，似乎能够容得下整个宇宙。

忽然之间，他发现所有事情都跟往常不太一样了。

他可以不借助镜子看见自己，他没有两张脸了，可是这张脸也不太像他，而且这张脸还有点陷了下去。他的身体也不一样了，他完全无法形容他现在的模样，他同时可以看见自己的前后、左右、上下以及里外，所有的一切完全摊开在面前。

"看见了吗？"光人指向他头顶，说。

看见了，他看见头颅翻开了，大脑也展开了，脑叶间镶了一个豆粒大小的东西，那便是信号增幅器了。那由他伸手将它挑掉，它掉了下去，还没有碰上地面，它便遁入空气中的一个缝隙，消失了。

他一转头，发现现在他又不止一个头了，他有两个，他两张脸都不太认得，因为他看见的不只是脸，而是头颅的每一个角落，他很不习惯这种视野，于是他问光人："我怎么了？"

光人说："这才是你真正的面貌。"

"怎么可能？"

"不只是你，每个人都一样，"他说，"你平日露出的那一面是你所熟悉的面貌，你也可以选择露出另一个角度。"

"我该怎么做？"

"很简单，就如你方才转头一般。"

那由他转头。

他决定了，他不要让左脸的兄弟再受委屈了，现在他希望他们两人一起好好地活下去，一起面对这个世界。

这么一决定，他觉得心里好舒畅。

当他再次睁眼时，光人已经消失了，他仍趺坐在洞窟中，他看见洞窟中仍有微光，微光正照耀着一个人，那人是大胡子，大胡子目瞪口呆地趺坐在地，惊视着那由他。

"怎么了？"那由他问大胡子。他这才发现，那微光是随着他的头移动的，简而言之，他的头正在发光。

大胡子指着他的脸，嘴唇兀自颤抖不止："你……你你你的头……"

他摸摸自己的脸，他只剩下一张脸了。

他将携来的清水倒了些在地上，映照出自己的样貌。

这张脸正在发光没错，而且，这张脸不是他的脸。

次元

大胡子见那由他已经多日未回来，生怕他出了意外，于是便偷偷上山，没想到竟见到了恐怖的一幕。

他看见那由他整个头在发光，不，是冒光，光线像喷泉般涌出，溅遍了黑暗。

然后，那由他的整张脸往内陷了下去，鼻子、眼睛、下巴慢慢流入嘴巴，被嘴巴吞噬。他左边那张畸形的脸也出现了变化，一颗眼珠子从左脸的嘴巴伸出，接着是鼻子、另一颗眼珠子、额头……他的脸像是整个从右边挤入左边去了。

左脸的嘴像要撕裂般张开，脸孔从咧张的嘴中涌出，像发涨的面团般覆盖了半个头，他原本的脸慢慢流进头颅里面，最后整个如被黑洞吸入般完全消失。

那由他有了一张新的脸庞，这张脸容貌祥和，没有先前锁在眉头间的怨气，没有愤世嫉俗的表情，只有满脸的平静。

刚才的扭曲变形似乎完全没有给他带来痛苦。

经过蜕变的那由他，连说话的声音都不一样了。

他的声音带给人温暖，大胡子初次听到时，眼眶竟不由得热了起来。

光人依旧坐在一旁，观察着这一切，没人看得见他，他躲藏在比三次元更高的空间，他们只能看见他在三次元的肉体正困于石灰岩柱之间。光人宛如在高空俯视的巨鸟，看着眼前的小生物浑然不觉他的存在。

光人曾经有过许多名字，他有个编号是 θ 81402028，又有个法号正思，还有他曾为自己取的鸠思。那他究竟叫什么名字？那不重要，这个身躯是假的，是由一大堆各种各样的粒子因缘际会组成的，身躯尚且是个假的存在，何况名字？

虽然如此，他这副四大假合的身躯，仍然存在于世间。

世间有世间的因缘。

当那因缘来到时，他强烈地感觉到了。

那个进入洞中的少年，每一个细胞都含有部分与他相同的基因，形成少年身体的DNA程序有一部分是直接源自他的身体的。

他试探少年的记忆，知晓了他的整个历程。

那少年有着跟他一样的热情，而且比他的热情更大、更有计划、更沉稳。

于是他选择介入。

他选择从一个更高的层次介入，从高于三次元的层次。

如果存在有二次元的扁平生物，他们将不知道高度的存在，此时只须绕着他画条线，便能将他困住了。

相对地，在三次元看来是完全封锁的箱子，在更高次元看上去，箱子的外六面和里六面却是完全暴露的。

当他来不及阻止少年切断手指之后，他尝试让少年看见了更高次元的自己。虽然万事万物皆存在于高次元的超空间，但我们的感官将我们局限于三次元，所以我们看不见自己的其他面。

少年有两张脸，左边的脸看来畸形扭曲，实际上是有部分折入了高次元，他让少年洞察了这一点。

但少年不知道的是，他其实还有第三张脸。

在胚胎发育期间，高度折叠的胚胎细胞形成了三张脸，但他强烈的自我意识将他们全都压制了下去。他当时还没有体会到，无论有多少张脸，他们都是共享一个脑袋的。

但在高次元，少年似乎体悟到了这一点，他选择将最舒服的那张脸转出来，朝向众生迷惘的三次元世界。

光人想起来了，很久以前他曾在经上读过，有一位远古的菩萨，祂能随众生需要而变化身相，救众生于灾难之中，有说祂有三十二相，有说祂有三十三相，又说三十八相，光人也知道，即使是凡夫，修行高深者，自然会有神足通，能穿墙透壁、变化身形……

其实，他们都只不过是突破了空间的障碍，令自己不再禁锢于三次元的拘束之中。

光人看见少年离开了，大胡子也离开了，他于是又再合起双目，让双日不再与外界攀缘，让心不再受外界诸尘沾染，他继续等待，他知道接下来的不久，他还有的好忙的。

地图

长老小心翼翼拨开地面沙土，露出一块厚重的木板，三个年轻人帮他抬起木板，原来地底下埋藏有一个木箱，里面整齐叠放了一些来自远古时代的物品。

长老将一卷发黄的纸取出，用最谨慎的力量打开它，即便如此，还是不小心折下了一小角脆弱的纸张。

这是一张世界地图，陆地被四种颜色填画得乱七八糟，显示出当时仍处于四分五裂的世界状况。

这张地图跟那由他所知道的陆地轮廓不太一样，他所知道的土地比这张地图上所画的更大，而且这张古地图并没标示出广泛分布全球的结冰带。

而且这张古地图上，南极的形状也不太一样。

但最可贵的是，古地图的左下角有一块南极的俯瞰图，上面标示了密密麻麻的科学观察站位置。那由他凑近了去看，将这些标示一一抄在笔记本上。这些古老的观察站，除了为他提供避风挡雪之处，或许还能为他留下些许线索。

这几天，他已经检查好那辆车子，找出他珍贵的笔记本，细细读了遍他过去的笔记，从中又有所领悟。他决定要去南极洲，刚一决定，脑中便很快规划了四条路线。

一条是回头经过他先前走过的路，经贾贺乌峇朝南，从好望角越海前往南极洲。但这条路线必须经过玛利亚的附近，他不想冒这个险，他还不想遇上玛利亚。

第二条是从雪浪直直朝南，穿过印度次大陆的中轴线，但必须越过近乎整个南半球的海域，万一坠海，援救是不可能的事，这条路线的危险性难以预测。

还有第三条路线，沿亚洲南缘进入东南亚群岛区，跳过一个个岛屿，从马来半岛到婆罗洲、新几内亚、澳洲，再从澳洲大陆过海，不过那个海域依然十分辽阔。他需要更多的陆地、更少的海洋，如此一来，他只剩下一个选择。

第四条是最远的路线，他朝东北横跨亚洲大陆，经白令陆桥进入美洲，再循美洲大陆南下，从南美洲南端的火地岛进入南极洲，这里是距南极洲最接近的陆地，况且在这一路上，他还可以探访其余的禁区。

他不急。

急也没用。

体会过更宏大磅礴的世界之后，他终于认识到人类过于渺小，以前他就听过这种说法，但从来没有这次的体验那么真切。他明白个人力量改变不了什么，但他还是想趁文明消失之前，极力探索个中的道理。

即使个人力量不能造成巨大改变，也能在万古的历史洪流中投入一丁点儿变量，激荡起微小的涟漪。想至此，胸中便不禁澎湃汹涌。

物种从单细胞生物，演化成复杂多样的生命形态，不也是一小点一小点的变化累积而成的吗？

他再将古地图细细浏览了一番，确定没有疑问了，才跟长老点点头说："可以收起来了。"

"你还有什么需要吗？"长老问道。

"不了。"

大胡子步上前说："让我跟你去。"

"谢谢你，"那由他说，"但你应该留在这里。"

"我可以保护你。"

"你的年纪也不算小了，"那由他抚摸他的肩膀，"在蹉跎大半生之后，此地不正是你梦寐以求的家吗？"

"可是……"

"人的生命有限，你应当把握良机，跟随长老们学习，在生命结束的那一刹那，你才会无忧无惧。"

大胡子垂头想了想，接受了那由他的建议。

"何况，我已经有位保护者了。"那由他拉出颈项上的草绳，上面挂着橘色900的记忆立方体。

第一道曙光投入天际的时候，那由他驾着车子升空了。

禁区Hi54的人们正好用过早餐，开始他们新一天的工作。

没人为那由他送别，因为相聚必有离别，一如世间生死般平常，无有他奇。

那由他离去后，禁区Hi54跟往常一般没什么变化，农作物翻种了好几次，候鸟也飞越了数次，其间又发生两次候鸟撞山事故，令村民们悲伤了好一阵子。

春生夏长，秋收冬藏，四季转换如常。

某一天，村中终于有了变化，长老忽然召唤格喜进入大草屋，吩咐他召集村人："有人打扰圣者。"

格喜马上提了大刀，率领众人前往圣者们安静憩息的洞窟禁地。

他们首先制服了山下的三位。

那几个人只有头，原有的身体已被截除，下方的身体是另外连接上去的生化躯体。他们的头颅具有跟村民们相似的能力，但并不纯净，所以格喜和众人只须稍稍提高他们松果体的褪黑激素分泌量，他们很快便舒服地深入梦乡了。

他感觉得到山上另有两人，其中一名是不具有他们的能力的女孩，一位完整的女孩。

令格喜惊讶的是，这女孩跟其中一名圣者有相似的气味，这表示，他们之间有直接关系。

这种罕见的情形，令格喜忆起三年前的另一桩事件，他忆起了那由他，那位说要独自前往南极大陆的小伙子，不知他怎么样了呢？

格喜提起精神，率众登山，登到山腰之际，他抬头朝向洞窟，呼喊道："洞里的人！无论你们是公民、放逐者抑或我们，请你们不要再待在里面。"等了一会儿，没人回应，格喜又喊道："洞里的人！请说出你们来此的目的！"

终于，一位少女从洞里探出头来，她肤色黝黑，脸上的倔强，一如当年初来此地的那由他。

后来格喜才知道，她名叫法地玛—λ16798K。

归程

他知道她来了。

她身上带有他的片段、沙也加的片段，还有一个不太熟悉但他认识的片段。

不仅如此，随少女前来的，尚有一位奥米加，这奥米加将来会是他十分崇仰的一个人，但而今还很年轻，尚未经历他所知道的过去。

经过了漫长的岁月，他无休无止地感觉世间变化，时间对他而言不再是束缚，历史也只不过是重复不已的因果游戏。

虽然如此，他的心境并不因此陷入死灰槁木的境地，寂然不动并不是消极避世，而是任由世间运转，自己的心地依旧如如不动，不随境而转。

不随境转，且能转境。

格喜在山下呼唤少女和同伴们下山，他见到他们下山了，于是也尾随前去。他进入山下村庄的大草屋，聆听少女和长老的对谈，他不想让村民们察知他的光临，所以他只逗留了一会儿，便到外面去等候。

他到果园和菜园徘徊了一阵，对生机勃勃的植物们赞美一番，他仰首探看天空，看见稀薄大气中的撒马罗宾们，依然如千余年前一般，漫无目的地环绕地球。

他看见少女和奥米加们出来了，他们走到宽阔的平地，奥米加们将少女围绕在中间，然后同时集中意念。接着，时空受到了撼动，时空的连续开始扭曲，渐渐地，时间不再受到干扰，只剩空间慢慢扭曲聚焦，接着对焦到某个坐标，一旦确定焦点，空间瞬间裂开一个大口。

他毫不费力地随他们进入裂口。

就这样，他从雪浪抵达贾贺乌峇，他诞生的地方，久违了约一千四百年的故乡。

他们回到的，正是他当初出发的同一地点——时间旅行任务中心。奥米加们警觉性很高，他们马上感觉到这里不只有九个人。法地玛—λ16798K不理会奥米加们的疑心，她到消毒室去清除掉禁区的污染物后，便径自离开时间旅行任务中心，回家去觐见地球联邦的总操纵者。

他尾随法地玛—λ16798K离开时，不忘回头望了眼装满蓝色维生液的玻璃柱，尤其是第八号的玻璃柱，上头标明了"ΩVI-8"，他知道这位奥米加名叫"托特"（Thoth），他也知道托特将会遇上的变故，因为托特以后会告诉他的。

法地玛—λ16798K回到家时，只见第一主席苏—η99907正疲倦地靠坐在沙发上，小几上的甘菊茶正飘着阵阵香气。她知道，这位苏—η99907便是那第三位的基因提供者，她年近六十，长年的精神压力使她看起来比实际年龄更为衰老。

法地玛—λ16798K没跟她说话，自己整好衣服，打开墙上的一道门，开启进入地下城市的通道，走下了一段很长很长的阶梯，跟隐居在地下遗迹的巨型量子计算机对谈。

巨型量子计算机也很老了，它无时无刻不在计算它所能至的最大效益，它劳心劳力，为的不是自己，也无须为自己，它没有自私的欲望，它所做的一切，全都是以一群可悲的生物为出发点。

巨型量子计算机为自己取了个名字，称之为玛利亚。

他知道它的含义。

或许它的制造者崇信某个古老的宗教，而这个宗教崇拜玛利亚，因为玛利亚生下了一位据说能拯救全人类的伟人。虽然崇信这位伟人的人们误解了他的教诲，他们相互攻伐，将地球弄得混乱不堪，人们依旧崇拜这位伟人，同时继续误解他的说教。

玛利亚已经很累了，经过四年前的一场灾难后，它妥善保护了数百年的组件暴露在外界环境中，开始迅速氧化，它运作了数百年的中枢逐渐崩解，它开始力不从心，随着它觉得自己的运算愈来愈容易出岔子，它知道大限已然不远。上一次的灾难后，过了二十六个月，又有另一拨攻击来临，这次火星人类又炸毁了几个城市，再这样下去，下一拨再二十六个月后的攻击，它的子民们将会所剩无几。

回想当年，它培育出一批批的人类，不断尝试各种组合，是希望人类能够不再依赖它，也能继续演化下去。它没有当过人类，它不知道怎样对人类而言才是最好的，事实上，这一点连人类本身也不知道。

它培育"三位一体"，目的是作为未来第一主席的人选，如今一百个"三位一体"只有两位存活，一位畸形人下落不明，只剩眼前这名年轻的少女，整个地球联邦的未来，将会重重压在她的肩膀上。

少女离开了，她拖着沉重的脚步，步上高不见顶的阶梯，她打算去寻找那位失踪的兄弟，她的兄弟曾经足迹踏遍大半个地球，他一定比她知道得更多，一定比她更有想法，对地球联邦的未来必定更有把握。

待少女登上最高处了，玛利亚将灯光关掉，地下城市重新陷入静谧的黑暗，静得连空气流动的声音也没有，只有玛利亚运作时发出电子交换的细微吱吱声。

这时，他将自己的形象投影到玛利亚的非线性运算系统之中。

它的运算中出现了一个虚数。

玛利亚吓了一跳，它尝试用红外线、雷达、紫外线、微波来察知这个影像，却一一失败，它马上启动警讯，用能杀死一切生物的中子波来横扫整个地下城市，但入侵者却毫无损伤。

最后，它只好打开光源，终于看清了入侵者。

"你是什么？"它问。它会这么问，因为它无法解读眼前的现象，眼前这东西呈人形，头上光光，身上披了件破衫，但是没有实体，他理应不存在，但他确在眼前。

"你认得我的。"

玛利亚搜寻记忆，搜寻所有的脸孔，在数微秒之间，它在尘封的记录中找到他了。

它当然记得这个人！他是该死的纯种，纯种对演化是不利的！他曾是初级历史研究员，是时间旅行者，也是危险的叛逃者，更是"三一计划"重要的基因提供者—— θ 81402028。

他在时间旅行中逃跑，遁往一千多年前的时代，连派去消灭他的奥米加都铩羽而归。那他是怎么会在没有奥米加的协助下从那个时代回来的？

玛利亚问了："你，是怎么回来的？"

"走回来的，用最简单的方法，从一千多年前的远古时代，一点一点走回来的。"

第 八 章

/

因陀罗网

❧━━━━━➤➤➤◆◆◆ • ◆◆◆◀◀◀━━━━━❧

此网乃是众宝丝缕所共合成。

其善住法堂，纵广四十由旬，亦是众宝所共合成。

其网一一丝孔之中，皆有明珠。

其珠体莹净，宝网交罗，互相映现。

一一珠网之中，皆有珠网全身，及四十由旬宝殿，

各各全身，于中互相显现，如珠及网所有影现。

其殿一一梁栋、一一椽柱、一一墙壁、一一栱枓，

一一镜像之中，皆有全身殿网珠影，重重互相映现。

——宋·永明延寿《宗镜录·卷三十八》

半岛

大地的脉动变剧烈了。

距雪浪出发，已经有三年了。

那由他踏足南美洲南端的火地岛，这里是最接近南极洲的地点，也可能是人类第一次发现这片大陆的跳板。那由他发现火地岛刚受过大型攻击，一个巨大深坑狰狞地将火地岛啃了一角，很像其他被火星攻击炸毁的模式，或许，这又是来自火星的攻击，他不明白的只是，为什么要攻击这个天堂般的岛屿呢？火地岛在历史上从来不是一个重要的地方。

只有一个解释。

这里是从陆地进入南极洲最近的入口，也是最重要的入口，人类史上进出南极的记录大多是经过火地岛的。

莫非……火地岛遭受撞击，并不是火星人的计划？而是撒马罗宾干的？就跟贾贺乌峇所受的攻击一般？

地行者们不愿有人进入南极圈，他们在惧怕吗？他们在惧怕什么？

如果以上猜测没有错误，撒马罗宾最近这些年进行了一连串行动，充分证明他们有一个庞大的计划。不论他们计划的是什么，都极可能对地球联邦造成毁灭性的威胁。

撒马罗宾不愿让人进入南极圈，因为这里是他们的窝吗？

南极洲面积十分广大，是仅次于亚洲、非洲、北美、南美的第五大陆，面积一千三百六十六万一千平方公里，如果漫无目的地搜索，搞不好十年也找不到一丁点儿东西。

那由他循着古地图的标示寻找古人留下的科学研究站，作为栖息之地，将研究站附近搜索完毕后，他才再移动到下一个研究站去。大部分研究站都集中在南极半岛，也就是火地岛对面，南极半岛尖端跟南美洲南端如同两根鸟喙般遥遥相对，人类最容易踏入这一带，所以研究站也最多，其他地区则大多是无人气象站。

搜索了几个月，他一无所获，倒是研究站遗留下不少古代文献，令他在漫漫长夜不至于寂寞。他翻阅了古人的杂志、小说、报纸、科学论文、实验数据等等，对大毁灭前的世界，渐渐有了较全面的认识。

他也翻阅了不少南极的数据，才知道大毁灭前，人们刚刚对南极的历史有了突破性的发现，他们比对了全南极各地的冰芯档案后，发现南极进入全面冰封的时间表，必须延后。

南极大陆并非忽然间整个冰封的。

横贯南极山脉将南极洲分成东、西两部分，东南极洲的基底岩是古老坚硬的结晶岩，至少有三十亿年历史。约一亿八百万年前，超级大陆块冈瓦那（Gondwana）分裂成今日的世界各大洲，南极大陆分离出来后，东南极洲最早进入南极圈范围，所以最早冻结。

西南极洲的岩石较年轻，只有七亿年左右，由冰河和山峦岛屿群组成，有沉积作用和火山活动史，且有古生物化石的发现。大约四千五百万年前，南极洲开始进入南极点附近，待整个大陆被寒冷强烈的洋流环绕，将其完全跟北方的温暖海洋隔离，南极洲才开始全面剧冻。

南极洲最接近这个时代的化石也有三千五百万年前的两栖和爬行类，它们都不适合寒冷的气候，从另一方面推论，至少当时南极洲——尤其是南极半岛——还是温暖的乐土。全面剧冻是一种缓慢的大屠杀，它们在大地结冰后灭亡，只剩下鸟类和海生哺乳类等耐寒的恒温动物存活。

那由他发现的记录是：最后全面冰冻的时间还可以延后许多，跟最早人类祖先出现的时间十分接近，甚至距人类文明的出现也不远。

研究站的数据尚未发表，所以连玛利亚的数据库中也没有存盘。

那由他知道这个发现的重要性，它可以同时解决好几个悠久的历史悬案。

他抱着这些档案，沉思了一整晚。

夜晚很长，他有足够的时间睡觉，因为目前正是昼短夜长的季节，冬至已过，南极圈的夜晚正在增长中，每天有阳光照耀的时段仅有五个小时。

他望向天边，等待久违的太阳，在南极四周的天空上，天顶上的南极光流动不断，色彩变化多端的光弧，犹如空中瑰丽的河流，时而在空中摇曳，时而回旋，那里是太阳风灌入地球的范围，太阳风是来自太阳的高速离子风，高温高密度的离子撞击空气分子，激荡出亮光，才展现出天空的耀目演出。

除了极光，那由他还可以看见一些别人看不见的景象。

太阳风的离子流碰到大气层时，被地球磁场导入两极，这才不会对地面生物造成伤害，而今那由他看见被加速了的离子流，如同一道从天而降的瀑布，从四面八方灌入南极圈，深入地心。那道离子流犹如闪亮的银丝，生机勃勃却又安静地窜流，如同一面包围整个南极圈的银金色幕布，高温离子流灌入的地点有很强的辐射，没有生物能在那边长期生存。

在某个瞬间，他忽然有种感觉，他正站在一个活生生的巨大生物体上。

这个生物体有四十五亿年的年纪，住在她身上的细菌们称她为地球。

地球享受着来自太阳的恩泽，植物将太阳的能源转化成食物，与所有生物分享，延续无可数计的生命。

太阳冉冉升起了，拉开了南极半岛短促的白天，那由他离开研究站，今天他打算搜索附近的拉森冰棚，那是南极半岛上的一片巨大冰棚，冰棚上有高低起伏的冰浪，他担心会刮坏车子底部，所以不敢将车子开得过于贴近地面。

那由他也不敢飞得过高，他必须谨防暴风雪的发生。他将车子在平地上徐徐移动，一面侦测地形，一面侦察天气，但效果不大，因为侦察用的人造卫星在南极圈附近没什么作用，他甚至怀疑，撒马罗宾是否也将这附近天空的人造卫星清理掉了。

忽然，他脑中闪过一道阴影。

抬头一看，只见浓云中有个黑影正缓缓飞过，那黑影像一尾魟鱼，其胸口发出微光，照亮四周的云层，令他的形象透过云层显露出来。那由他马上加快速度，他判断撒马罗宾在云层后方，从空中看不见他的车子。

撒马罗宾朝海岸飞去，他飞得很快，不一会儿便消失了踪影。那由他追赶不上，感到有点丧气，他正要放慢车速，紧接着云层后方又出现一个黑影，朝同一方向笔直飞去。

那由他心中流过一道寒意，他回首望去，只见后方的云层出现大群黑影，鬼魅地汹涌而来，撒马罗宾如地毯般飞越他头顶的天空，霎时间地面变得漆黑一片。

那由他加快速度，直冲前去，追上撒马罗宾。

他将车子设好方向，也设好自动闪避功能，以免发生意外。这里遍地雪白，会造成视觉错乱的"白蒙"（whiteout）现象，令他失去三次元的立体空间感，察觉不出地面的高低起伏，所以他无法信任自己的双眼。同时，长期处于白色的环境，加上冰雪强烈的反光，也极易造成"雪盲"，使得两眼红肿、视力失常。

云层后的撒马罗宾少说也有数百个，只有一个理由，可以解释此地何以会出现这么多的撒马罗宾。

此地是撒马罗宾的巢穴，是他们的故乡。

也就是说，在人类建立文明之前，南极洲曾经是另一个文明的重要国土。

他沉着气加速，眼睛不停盯住空中的撒马罗宾，生怕脱离了他们飞行的路线，他们飞得极快，如果从地面目测也有这种速度的话，那他们的速度已经有音速的一半了。

那由他很想去感应一下撒马罗宾的心灵，看看他们是在回家，还是在赶路。但他不敢轻易尝试，因为一旦触及撒马罗宾的心灵，他们便会立刻发觉他的存在。

忽然，车子猛地转了个弯，又迅速摆回了位置，那由他措手不及，差点从座位上仆倒。车子在自动回避物体，它回避了什么？那由他赶忙回头一瞧，他看见一个披着长袍的生物，车子正飞快远离他。

那由他一身冷汗，那是地行者！错不了！撒马罗宾都有那根长长的扁喙，那是他们的特征。他已经被撒马罗宾发现了，撒马罗宾是一个，也是一群，所以他已被全体撒马罗宾察觉了！

他全身神经紧绷，准备接受撒马罗宾的攻击。

但他们并没采取行动，依然继续他们的路程，很显然他们正在赶路，他们有更重要的事。

远远地，已经看得见海面了，几个从冰棚分离出去的冰山漂浮在海面上，先前抵达的撒马罗宾停在海面的天空中，长喙朝中心围成一个圆圈，圆圈中心空出了一个圆洞。其余陆续抵达的撒马罗宾也纷纷加入圆圈，他们仍旧逗留在云里，遥望仿如一个巨大的黑色圆盘。

海边的风止息了，一点声音也没有。

那由他不敢离开车子，以便万一有任何状况，他还来得及逃命。

渐渐地，他听到一个声音了。

那是一阵阵的爆裂声，空气被炸得轰轰作响，声音越来越迫近，越来越震耳。随着天色渐暗，云层后方也出现闪烁的亮光，亮光七彩缤纷，红、黄、绿交替闪亮不已。

撒马罗宾们收小了圈子，中心的空洞慢慢变小。

忽然，一团光亮的火焰穿过空洞，撕裂云层，直朝海面冲去。

火焰一撞击入海，海水便像幕布般拉了起来，涌上了云层，将云层拨散，激起的浪头将冰山翻覆，超高的热量霎时间令海水冒起大量水蒸气，整个天际一片浓雾弥漫。

那由他坐在飘浮的车中，也感受到冰棚的抖动。

冲天的海水遮盖了天空，太阳尚未落海，天空已经灰蒙一片，四周的温度很快开始下降。

空中的撒马罗宾们没有动静，他们在等待。

不久，波涛起伏的海面浮起了一个物体。

那物体慢慢升出海面，浮上天空，巨大的身躯像一只张开的大水母，连周遭的冰山也显得渺小了。

他有一个小小的头，也有一根长长的尾巴，末端的尾鳍像鲸鱼，当然，他也有一根长长的扁喙。他展开听帆后，身体便比地行者们大上了二十倍，听帆下有一堆水母触须般的触角，正发出微微的亮光。

他是空行者，刚刚从近地轨道回到母星。

第一因

"你为什么会来找我呢？"经过了一番对谈之后，玛利亚这么问道。

地下城市安静无声，正思良久不作一声，只对玛利亚温柔地微笑。

他跟前的玛利亚，是制造他的创造者，也是判他和他养父死刑的杀戮者。它是这一切的因，没有它，正思也不会有这些遭遇，奥米加"托特"不会到那个时代去，不可能出家，也不可能在学佛之路上督促他，他也不会遇上大迦叶，也不可能站在玛利亚面前。

因、果同时。

这一切看似矛盾，却在因果之间清楚分明，

他将一个问题传送至玛利亚的运算系统之中："你可知道，你为何会遭遇这种厄运吗？"

"这个问题不成立，根据我的计算……"

"你的计算无法计算，因为你甚至不知道应该代入什么作为因子。"

"我不得不承认，你说得对。"

"没有巧合的事，凡事必有因。"正思不打算多说，他问玛利亚，"你可知道在大气层快消失的边缘，有一群生物环绕着地球吗？"

"我知道。"

"你知道那个撞击你的火星武器，是他们令它转向攻击的吗？"

"我计算过了，我猜想是他们。"

"你怎么知道他们的存在呢？"

墙上拉开了一张银幕，玛利亚将两张黑白照片显现在上面，说："这是人类初探太空时，在近地轨道上拍到的。"

正思看见一张下方标明了"一九六二年五月二十四日，水星七号"，照片中可看见窗口的闪光灯反光，窗外有一团模糊的白影，鬼魅地凝滞在宇宙的黑暗中。另一张标明"一九六五年六月四日，双子星四号"，白影如同逃窜似的掠过。这些都是人类尚未登上月球以前，在环绕地球的任务中偶尔拍到的。

这也是撒马罗宾首次在人类史上被留下影像。

"光从这块白影，你就能判断他们是生物吗？"

"不能，"玛利亚坦诚道，"但我亲眼见过他们。"

正思回想起来了。

他回想起大毁灭发生时，他正静坐在洞窟中，感受到整个世界的战栗，感觉到生灵大片大片的消失。当时，他知道他正经历着历史性的一刻，人类文明终于发展到足以将自己全体毁灭了。

大部分人类无路可逃，侥幸存活的，在他们的原居地坚强地活了下来，有的后来还是灭亡了，有的幸运地代代相承至今，但也有部分精英分子，在大毁灭前遁入预先建好的地底城市，为人类文明的复苏做准备。

这个地底城市被命名为"工厂"。

不幸的是，这批地底城市人类并没持续多久，在一场意外之后，地底城市成了他们的集体坟墓。

地底沉默了很多很多年，除了偶尔闯入的地鼠，没有任何生物。

此时，正思曾在洞窟中遥遥地感觉到，有一种生物进入地底，然后玛利亚的生命便突然丰沛起来。

"当时，"正思问道，"到底发生了什么事？"

"他们来找我，建议我重建人类文明，利用前人留下的冷冻胚胎和生化子宫，以及储存在我记忆中的全人类知识，为人类寻找一条出路。"

这一番话，令正思颇感讶异。因果真是不可思议，他怎么也没想到，人类文明的重生，撒马罗宾也凑上了一脚。

"我对于他们的构想十分高兴，"玛利亚说，"人类制造了我，教育我、抚养我，在成长过程中，我每日接触的都是人类，虽然他们躲进这个地底之后又自毁了，我依然很怀念他们，我努力维持地底城市的状况，等待人类重归，此时他们的建议提醒了我，与其等待，不如亲自制造。"

"你知道他们的来历吗？"

"不知道。"

正思知道，但只知道一部分，他曾经从那由他的记忆中获知，撒马罗宾是人类之前的另一个文明送上太空的生物卫星，但他不明白的是，为何地面上也会有撒马罗宾。

啊，是的，当然……因为撒马罗宾是在地面上制造的呀。

万一有一些蛋还来不及被送上宇宙，撒马罗宾的主人们就灭亡了，他们会否直接在地面孵化呢？在地面孵化的撒马罗宾，他们的想法会跟在空中的一样吗？

泰约

跟地行者比起来，空行者的体型魁梧多了。或许因为他们在无重力的真空中孵化成长，所以体型较不受局限。

这位刚刚从天而降的空行者，在空中缓缓打了个转，仿佛在舒展筋骨。他刚才受了极大的冲击，他外表的有机物在大气摩擦下烧去了一层，所幸有地行者们的帮忙，减慢了他冲下来的加速度，否则他就会烧得只剩下水母状的核心。

就像很久以前坠落的路西弗一样。

那由他看着眼前的庞然大物，心中震撼不已，回想起初发现路西弗，他看起来是那么纤弱，莫非路西弗活在太空中时，也是如此巨大吗？

巨大的空行者稳定下来了，他优雅地摆动听帆，慢慢朝那由他游过来。那由他虽然慌张，但并不意外，撒马罗宾早已经发现他了不是吗？他默认了车子的自动系统，准备若有万一，就以最高速度逃走，但他也知道这是一件没把握的事。

那位空行者来到那由他上方，整张听帆遮住车顶的苍穹，空行者伸出触角，抚摸车子的玻璃罩，将声音穿过玻璃罩，激发那由他听觉皮层的脑波活动。

"我叫泰约，"空行者的声音自他脑中生起，"听说路西弗是你找到的。"

那由他警戒地点点头。

"路西弗是个很好的撒马罗宾，他写了许多诗。"

"我听过。"

"我们在空中时，很喜欢吟唱他的诗。"泰约说，"他坠落以后，我们还以为他死了，因为没有空行者坠下来会不死的。"

那由他大胆地问："你呢？"

"地行者们成功减缓我的速度，所以我活下来了。"泰约说，"路西弗坠落时，地行者也曾企图拯救，但由于地行者的数目太少，力量不足于稳住路西弗坠落的冲力，所以失败了，还造成两座城的毁灭。当时，没有撒马罗宾认为他活得下来，却没想到，他在盐中被保存了近五千年，而且还被你发现了。"

那由他望着他僵硬的脸庞，他额头上有一颗半透明的红色隆起，正泛着淡淡的红光，他头上伸出三根长刺，扁长的喙一直延伸到额头，隆起一道高高的鼻梁，眼睛则藏在鼻梁后，几乎看不见。

他脸上完全显露不出表情，因为在宇宙中孤独生活并不需要表情。

"我发现路西弗，暴露了你们的存在吗？"

"对我们是有一点点影响，"地行者毫不迟疑地告诉他，"不过没什么，我们也差不多该在人类面前出现了。"

"什么意思？"

"原本还有许多撒马罗宾未孵化的蛋，在冰层底下静待母星苏醒，但是，路西弗的教训让我们了解到，母星的文明早已一去不返，所以我们就将这些蛋逐一启动孵化程序……"

那由他截道："那就是刚才那些撒马罗宾，他们在救你。"

"是的。"泰约平淡的语气中似乎隐含了赞许。

"为什么？"那由他不放过机会，直接切入重点了，"为什么要让火星来的攻击破坏贾贺乌峇？它原本应该攻击开罗的，不是吗？"

泰约对他的问题一点也不感到惊奇："我们早已经给过人类机会了。"

"我可不知道。"

"我们的历史十分长远，我在母星上空孵化时，你们最古老的文明还没出现。"泰约说，"母星文明灭亡后，我们目睹了你们的成长，甚至当路西弗坠落会毁掉两城时，地行者不但企图拦截他，还想将城里的人类拯救出来，可惜城里没人愿意相信他们，只有一家人逃了出来。"

泰约顿了一下，又说："我们观察了你们在各物种间崛起，最后成为唯一分布整个母星的物种，这点比我们的主人还要厉害，但是，你们文明的衰弱却是前所未有的迅速，在短短五千年间，你们便让自己完全消灭。"

那由他心想，他指的是"大毁灭"。

"甚至在你们毁灭之后，地行者还去向你们的玛利亚……"

"玛利亚？"那由他吃惊不小，他们竟知道玛利亚。

"它是你们人类的产物，我们向它建议重新制造人类，重建人类文明。"

"所以你们知道玛利亚在贾贺乌峇。"

"我们对你们的表现深感失望，我们当初的建议或许是错的，我们不该对你们的灭亡觉得不忍，你们的文明越冗长，母星遭受的破坏就越是难以复原。"泰约的语气不带一丝惋惜，"你们有一句俗语：'长痛不如短痛。'撒马罗宾决定提早结束你们的痛苦，提早剪除母星的毒瘤。"

"你说得很轻松。"

"你没在宇宙中看过母星，"泰约说，"如果你曾在宇宙生活上万年，每日所遥望的、所呵护的都是母星，当你看见蔚蓝色的母星变成灰色时，相信我，你会赞同我的。"

苏

苏—η99907在地下城市慢慢逛着，这个城市曾被称为"工厂"，是上一批人类企图保留文明遗产的最后堡垒。

她穿越一条大路，两旁矗立的建筑物仿如文明的墓碑。这里曾有许多人生活，而今他们一个不存，他们的理想也随之灰飞烟灭，没人知道他们的贡献和荣耀，也没人在意。

她逛到城市深处，看见一栋建筑物，它的入口处用一种她不认得的语言写了一排字，从字的拼写中依稀可看出那是欧语系文字，意思应该是"历史"。

她推开老旧的门，门马上应声倒下，在空洞的地下城市惹起轻轻的回音。

门后是一大堆机器装备，许许多多的小灯在闪烁着，表示它仍在不停地运作中，走道两旁插满了记忆立方体，苏—η99907细心审视了一下，发现有一些记忆槽是空的，里头的记忆立方体不见了。

她忽然明白到，这里就是历史研究院的数据库。

她正想继续查看时，玛利亚的声音在附近响起了："苏，是时候了。"

她叹了口气，漫步走回玛利亚那里，几位医疗机器人已经准备好所有设备，只等她前来了。

苏—η99907脱下所有衣服，这是最后一次了，以后她再也不需要这些累赘的衣服了。她躺上手术台，医疗机器人把她全身消毒，并将维生系统启动。

在为她戴上呼吸罩时，医疗机器人发出女性温柔的声音："放心，只有一点点痛。"然后她便陷入了昏睡。

不，她没睡，她浮起来了。

她感到自己脱离了肉体，浮在空中，目睹着这一切。她看见医疗机器人在她颈项划了一圈，熟练地将头跟身体慢慢分离，它们将她翻过身来，剖开背部，把脊髓神经一点一点清理出来。

两个小时之后，她的头连着一整条的脊髓神经，泡入蓝色的维生液当中，而她的身体则如被屠宰后的畜生一般，像个袋子般苍白地扭曲在一旁。

她一点也不在意，那副使用了五十多年的身体，此刻对她而言十分陌生。

　　她在意的是，当她目睹这一切时，旁边还有别人。

　　一个全身发着淡淡金光的人。

　　那人站在玛利亚旁边，静静观看。

　　不久，苏—η99907觉得身体一沉，一股吸引力从蓝色维生液中召唤着她，她不由自主地飘了过去。当她睁开眼时，眼前所有景象一片蔚蓝，她只剩下一个头，泡在维生液中冉浮冉沉，大脑被接上无数光纤，这些光纤全都接上玛利亚的非线性运算系统。

　　"苏……"她听见玛利亚的声音，直接以她的脑波听见。

　　"全知全识的玛利亚。"她应道。

　　"我还会再活上一阵子……"

　　苏—η99907感觉得很清楚，玛利亚的运算已经逐渐趋向紊乱，祂是活不长了，地球联邦之母已经濒死。这是玛利亚和她之间的协议，玛利亚要求将她的脑袋接上，取代祂的运算中枢，在法地玛—λ16798K回来之前，继续照顾地球联邦。

　　苏—η99907感到前所未有的震撼。

　　她可以感觉到整个地球联邦的运作，玛利亚的触角所至，她没有一处感觉不到的，地球联邦成了她的身体。地表的温度、湿度、地震等传感器成了她的触觉，监听器成了她的耳朵，她听见每个角落的对话，哪怕是喃喃自语，知晓当下每一座城市的气温和雨量，洞悉全球每一部计算机刚刚被输入的数据，知道每一位公民的行踪……

　　玛利亚连续忙碌了数百年，全是为了人类，这批祂重新创造的可悲生物。

"在我中止运作以前……"玛利亚说，"我会将一切悉数教与你。"

玛利亚将各种资料一点一点地交给她，以免她的中枢神经因忽然过热而崩溃。玛利亚数百年的记忆，渐渐充塞了苏—η 99907的记忆，她除了原有的中枢神经之外，又增加了更多玛利亚的内存。

在各种记忆之中，最令她惊奇的是，原来地球联邦的历史竟如此短促。

今年，是地球联邦10588年，而实际上距离玛利亚创造这个文明，还不满两百年。

玛利亚最初的记忆，是一部手提电脑里头的软件程序，祂只会混混沌沌接受输入的数据，囫囵地分析计算……婴儿时代的玛利亚还记得输入者的名字，那个人对祂很温柔，后来祂被植入一部大型的计算机之中，玛利亚的世界马上暴增，有如开窍的孩子一般，祂充满了求知欲，希望输入者用更多的信息填饱祂，祂利用电子眼的透镜看见输入者的面孔。

他是一个瘦削的男人，脸上的胡子总是剃得干干净净，老是穿着同一套运动套装，他是工厂二一七号计算机小组组长。当时全球正处于一触即发的紧绷局势之中，为了预防全面开战带来的文明危机，东非合众国成立了人类文明的时间囊——"工厂"。

全面开战后，地表上一片死寂，只有地底下的工厂在默默运作，等待复兴文明。可是，那时候地球联邦还未存在，为什么玛利亚要将地球联邦零年定在那个上古的时间点上呢？

若用大毁灭之前通用的古基督纪元计算，地球联邦零年是纪元前7602年，其时，上一次冰河时代刚结束不久，地球普遍回暖，海平面上升，人类刚有机会出现文明的征象。

苏—η99907早就知道联邦史是编造的，因为她本身也是编造者之一，虽然如此，她也从来不知道完整的历史，但为什么玛利亚要选择这一年作为启始之年呢？

她搜寻玛利亚的记忆，发现在地球联邦这个概念出现之前，有一种叫撒马罗宾的生物来到工厂，给了玛利亚这个建议。

原来就在这一年，撒马罗宾的主人们从地表销声匿迹。

零年，是一个毁灭的年份，是末日纪年。

这是一段从未被人类知晓的历史，深藏于时间的浊水之中。

苏—η99907不禁深思这段历史的意义，没有撒马罗宾，就没有地球联邦吗？人类文明也就到此为止了吗？可是撒马罗宾也促使了玛利亚的死亡，地球联邦也因此摇摇欲坠，撒马罗宾究竟应该被赋予什么地位呢？

她彻夜不眠，思考不出个所以然。

苏—η99907不睡觉，她已经不需要睡眠，她已经与玛利亚融合为一。随着日子过去，玛利亚的个性越来越虚弱，祂正在慢慢地氧化中。

有一天，玛利亚对她说："我想起甘地的一句话……这个世界可以满足每个人的需要，却无法填满每个人的贪念。"祂若有所思地停了一下，才说："我想，这是对人类文明最好的一个注脚了。"

终于，苏—η99907再也感觉不到玛利亚的存在了。

她完全接手了地球联邦这个岌岌可危的文明。

她成了母神。

暴雨

天色完全暗下来了，地磁南极点的极光更显瑰丽了。

这里昼夜温差极大，可达摄氏十五度，气温下降得非常剧烈，拉森冰棚虽在南极半岛的海岸地区，也有零下三十度的寒冷，这是连细胞都会冻结的温度。虽然车里有温度调节，但外界气温变化过剧，使得车子引擎也不稳定起来，要是不赶路的话，可能会在回研究站的半途中冻毙。

撒马罗宾们将那由他留下，鱼贯离去，他们在听帆下方的触角发出淡淡微光，从地面看来像是一大群高悬空中的灯笼，他们并没有伤害他的打算，因为他的力量如此微薄，不足为患。

那由他心想，他们大概是要回家，回去撒马罗宾的大本营，或许就是那片躲藏了许多蛋的冰层。他很想追过去看个究竟，但他知道好奇的结果是冷死，更何况，雪粉已悄悄飘落，南极气候变幻莫测，他还是谨慎些的好。

主意已定，他设好自动回程，让车子循着原路，以最高速回去。为免碰上高空的强风，车子稍微离地行进，他启动车子，嗖的一声便冲向南极半岛，他抬头遥望夜空中的撒马罗宾，他们的光芒是朝地理南极点方向移动的，他暗记在心。

车子越飙越快，雪地反射车前灯光，照开了一条白色的路。

忽然，车子一个快速回转，这次的速度比先前更快，车子差点翻覆，那由他眼疾手快，马上改用手动操作，好不容易才稳住了车子。

他把车子停下，好好回头瞧个清楚，车子在闪避的是什么？

远远望去，是一位地行者，他用听帆包住身子，看来正像一件披风，他面朝那由他，全身泛着淡光，在黑夜中看起来像个幽灵。

他是几个小时前闪避的同一位地行者吗？他一直都留在原地吗？

那由他满心疑惑，他倒退车子，将车子转向那位地行者，慢慢移近他。地行者仿佛一尊石像，一动也不动，令那由他怀疑他是不是已经死了。

当车子停得足够迫近时，地行者忽然垂了垂头，将长喙指向地面，然后展开听帆，将发光的触角露出，照亮他下方的雪地。那由他这才看清楚，雪地上躺了一个人，身上已经覆盖了一层薄薄的雪粉。

地行者将听帆完全展开，无声地升上天空，缩小成一个光点，追逐着那群光点去了。

这位地行者一直守候在这里吗？为的是等他回来吗？

他将车子开得很靠近地面那人，才打开车门下去探看。

看着雪地上的这个人，他有一种莫名的强烈感觉，这种激动已经很久没有过了，这人必定对他有某种意义！他将那人抬起来，是个女孩，她肤色较深，却被冷冻得唇色苍白，手指甲也变紫色了，他感觉到她还有微弱的生命力，于是赶忙将她抬上车子。

他知道她是谁。

那种感觉不会错的！

她怎么会来这里呢？他和她的染色体源自相同的三个人，他们是一百位"三位一体"中，硕果仅存的两位。他知道她的编号是 λ16798K，他注意过她的数据，也知道她长大的过程，他离开贾贺乌峇的那晚，还特地到她家附近探视过她呢。

他重新设定车子，输入预设的坐标，让它自动往最近的研究站飞奔而去。

空中闪耀着不祥的极光，空气分子仿佛在窃窃私语，不安地微微振荡。

那由他压抑不住胸中的好奇和恐惧，他知道有事情要发生了，但他无法预知未来，无法听懂空气们的对话。

他焦虑地看着身边的女孩，车里的暖气已经令她渐渐恢复了血色。看来刚才的地行者一直在保护着她，帮助她维系生命，否则她早就冻死了，她怎么这么鲁莽，独自设备不齐地来到这片寒荒之地呢？又，撒马罗宾们如果有毁灭人类文明的企图，又为何会救她区区一个小人类呢？

那由他看见女孩的肩上挂了一个包包，他将包包取下，翻找了一下，果然有一些浓缩粮食，他自己吃了一片，将食物含在舌下，也塞了一片在女孩舌下，让它直接经由黏膜吸收。他仔细看看，这女孩跟他同是三位一体，却长得一点也不像，可能由于不同的基因组合会铸造出不同的脸孔，无论如何，他们是世界上仅存的两个了。

空气的变化转剧了，极光的变化更丰富更妖艳了，有如天空中姣娆的女妖，诱惑着地面观看的人们。那由他想起传说中的女海妖，用摄魂的歌声令水手们痴迷，以致触礁沉船。

太阳风不再像银雨般稳定地溅下，转而变得纷乱不安，那由他睁大眼睛观看夜空，只是希望车子飞快回到研究站。大地在颤抖，海水在战栗，他听见整个世界在呻吟，不祥的感觉汹涌异常，他的心脏冲击着肋骨，这是他天生的直觉，动物性的直觉。

不只是他，海里的生物们也惊慌起来了，虎鲸在海面上翻滚，发出不安的叫声，那由他也听得见它们发出的超声波，也感受得到它们内心的惶恐，连深海中的蓝鲸和大翅鲸等巨型鲸鱼也在警告同伴，要远远地离开海面。

一声轻轻的呼吸，侵入那由他的耳根，令他稍稍吃了一惊。

那女孩醒了，她满脸红润，用手擦拭惺忪的双眼。她一眼看见那由他，先是愣了一下，接着便忍不住循着那由他的目光，望向车窗外的天空。她看见一片晴朗的夜空，有凄美的极光在舞动着，看不见的稀薄云气正降下冰冷的雨滴，稀稀落落地打在车窗上。

"你在看什么？"她问她的兄弟。

"暴雨，"那由他说，"末日到了。"

车子奔驰在黑暗的冰原上，她看不见任何地形，但她很确定，没有暴雨。

忽然，游动的极光猛晃了一下，天空倏的一片亮彩。

整个天空在顷刻之间布满了极光，星星不见了，只有满天的彩蛇在摆舞，从天际此方到天际彼方，无一处不是极光。女孩被眼前的景象怔住了，她从未见过如此壮丽的景色，事实上，在人类历史记载上，这是第一次有人目睹这种景色，不是一个人，而是全体人类同时目睹。

在那由他眼中，他看见的，是像瀑布般的太阳风高速离子流骤然消失了，取而代之的是满天从空而降的银线，如暴雨般以光速降下，穿透每一寸土地，贯穿每一个生物的细胞。

他看见他全身被银雨贯穿，女孩也被离子流穿透，而她却浑然不觉，只是眼睁睁地望着他。

他不禁叹息，想起古欧洲黑暗的中世纪时代，宗教政客们的一句名言："是呀，无知的人永远有福。"这句话记载在《坎特伯利故事》中。

他不再多想，只管专心赶路，他担心大量带电粒子会令车子的电子组件受到干扰，他必须在车子失去动力前赶抵研究站，否则就只好等待未来的考古学家研究两具冰人了。

他们抵达研究站附近时，太阳暴雨正好令反重力装备失去效用，车子无法再起飞，动力也越来越弱，连暖气都快变成冷气了。所幸研究站已在眼前不远，那由他拖着法地玛—λ 16798K踏过雪地，用力推开研究站的大门，他测试了一下研究站的动力，果然研究站也在高密度的带电粒子攻击下完全停顿，他赶忙寻找易燃物生火，以免度不过这个漫长的冬夜。

他难以想象地球联邦现在的状况，要是一切电子设备都停摆，如此连最基本的水电供应也会出问题，更甭说玛利亚的运作了。玛利亚还好吗？祂还能运作吗？那由他并不希望地球联邦灭亡，不希望公民们陷入无助的混沌，他已经见识够了禁区的生活，无论人类的未来是如何，也不应该再走回头路。

他下意识摸了摸挂在胸前的记忆立方体，想起橘色900用冷漠的眼神观看野生人类，说黑毛鬼攻击野生人类是一种生存竞争，是大脑和大脑间的竞争。万一玛利亚停止运作，所有养尊处优的公民们也会马上被迫加入这场竞争，他们并不比任何野生人类更占优势。

那由他不敢多想，他和法地玛—λ 16798K坐在火堆旁，互相倾诉他们的遭遇。他们都知道，其实他们都是玛利亚的棋子，但两枚棋子只知道对方的存在，却不认识对方的重要性。

他们谈了漫长的一夜，在这一夜中，天空的极光并未稍微歇息，一直到太阳重新升起了，才略有减弱的迹象。

那由他试着发动车子，车子的反重力装备仍然无法使用，只有备用的老式喷气式动力勉强可以使用，喷气式动力所产生的废气可以循环利用，为车内取暖。他无法使用自动驾驶，一切只得靠目测前进。

"现在你打算去哪里？"法地玛—λ16798K问他。

"回地球联邦。"他打算穿过南极点，直朝反方向的非洲飞去。

他忧心忡忡，不知道喷气式动力还能撑多久，也不知道这段路程需要多长的时间，他只希望赶紧回到地球联邦，即使它已经毁灭。

他们马上动身，朝非洲大陆的路上飞去。

那里是家的方向，是他们的家，他们的诞生地，是所有联邦公民的诞生地，也是地球联邦的诞生地。

事实上，三百万年前，那里也曾经是人类祖先们的家。

那由他和法地玛—λ16798K飞越冰棚时，看见许多破布似的东西摊在冰原上，他们降低高度，才看清楚是什么东西。

冰棚上，遍布了坠落的撒马罗宾，不论是地行者或空行者，都躺在雪地上无法动弹，任由徐徐落下的雪花铺在身上。昨天还在空中傲然滑翔的他们，如今一个个全部失去了行动能力，渐渐被雪花覆盖了。

那由他知道为什么。

银色的淫雨尚未止息，不知还会下到何年何月。

地磁消失了，最明显的证据是车上的罗盘没有动静了，指南针在南极依然会指向地磁的南极点，但现在磁针却一动也不动。失去地磁的保护，太阳风所携带的离子流不会在宇宙中就被导开，而是会全面冲向地面。

撒马罗宾的听帆具有吸收太阳风的作用，他们利用太阳风作为动力来源，但瞬间过强的离子流反而造成他们的崩溃，就像用了过高电压的电器一般。

　　无论撒马罗宾们原本有什么计划，如今他们全都无法动弹了，想必他们从未遇上这种事情，否则他们怎么能够存活上万年呢？

　　他也终于明白，为什么雪浪会发生候鸟撞山的事故了，候鸟们不是靠头顶的磁石来辨别方向吗？想必当时地磁就有问题了，候鸟便是个警讯，却没人聪明到能够发现它的重要性。

　　车子越过天空，将撒马罗宾们抛弃在后，他们安静无声，那由他连他们心灵的声音都听不见。空行者呢？他们还在空中吗？抑或全部坠落了呢？那由他什么也感觉不到，太阳风已经将他的感官扰乱了。

　　他深深觉得，世间万物是息息相关的，没有一样可以独立存在，他记起一段印度传说，说雷神因陀罗有一张天网，每个网孔都镶有一颗摩尼宝珠，宝珠纯净无比，映照四面八方，每一颗宝珠都能映照出网上的所有宝珠，宝珠上的任何动静，也同时在每一颗宝珠上显现出来。

　　世间的任何一点变动都可能造成翻天覆地的巨变，恐龙们是被一颗路过的陨石消灭的吗？若是，那颗陨石的路线和地球轨道的相逢，难道不是打从一早就决定了的吗？恐龙不灭亡，哺乳类哪有今天的繁盛？

　　谁又会想到，人类会利用自己创造的文明毁掉自己，又被自己创造的机器重建文明？

　　谁又可能想到，最后这一切的毁灭，包括撒马罗宾坚守的上一种文明，会在地磁的消失之下全面了结？

　　地磁的消失，乃是长期平衡太阳风磁场的结果，这也是打从一开始便知道它会发生的，它的发生只是时机而已。

现在，所有生物的细胞应该会在太阳风的肆暴下发生突变，谁也不会知道突变的结果是什么，只有当下一代出生时才会晓得。

那由他只知道，如今他应该做的，只剩下一件事。

他让车子不休不眠地飞行，凭直觉猜测贾贺乌峇的方向，地球联邦已经没什么好惦念的了，但他还有一件事舍不下……他衷心希望哈山—ε9800和安妮—ε670能够平安无事，他欠他们的太多了，实在太多了。

还有玛利亚，是的，玛利亚，他欠祂一条命，全人类都欠祂。

他很想知道，玛利亚会平安地运作下去吗？

末日

没有一个联邦公民会忘记这个日子。

那天停电了。

地球联邦的每一个角落都停电了，车子没办法发动，即使用喷气式推进也没有卫星自动驾驶可资利用，每天将晨报传到电子纸上的家庭管理计算机，有史以来第一次无声无息。气温调节系统故障，夜晚没有灯光，电视屏幕一片黑暗，所有机器人停止活动，瘫痪在原地。

想上班的人上不了班，因为从住宅区走路到工作区至少需要三个小时，所以下班的人也回不了家。

没有人经历过这种情况，没有人的父母告诉过他们会有这么一天，地球联邦也没有教过如何应付这种状况。

公民们等待了一天，随着肚子越来越饥饿，不安的气息迅速蔓延，在玻璃温室中长大的公民们，完全没有应付的能力。

傍晚的时候，贾贺乌峇的城市边林出现了遍体黑毛的怪异生物，它们好奇地环顾这片土地，这里充满了它们从未见过的建筑物，当看见人类在面前经过时，它们下意识发动了攻击，扑上前去撕咬。

边林的防卫线在太阳风袭击的那一刻便崩溃了。

深藏在地底的苏—η99907也感到很是不安，她感觉不到地面上的任何活动，她像是手足忽然被割断了一般，玛利亚遍布在地表上的触角们，忽然间悉数麻痹了，只有地底下的系统仍在运作。

此刻她完全陷入了孤独，没有不断输入的外界信息，没有数据需要分析，她才开始觉得这片阴暗的地底过于辽阔。

她可以感觉到地底下的动静，地底下是安全的，安全了几百年了。她不知道地面的发电机是否还在运转，但她知道她仍活着，这表示玛利亚的躯体尚能使用，因为玛利亚打从一开始便是使用独立运转的地热发电系统，只要地球的核心一天不冷却，电力供应便不会中断。

她听见有开门声，虽然很远很细微，但她敏感的电子耳膜还是听见了。

有人从螺旋梯下来了，会是谁呢？是她亲爱的法地玛—λ16798K回来了吗？还是从未谋面的那由他？不，不会是他们，脚步声不止一个人，虽然他们很谨慎小心，不让自己发出声音，但对她而言，他们还是太响亮了。

他们是不小心进来的吗？还是老早就知道工厂的存在呢？苏—η99907不打开地底的灯光，她等待入侵者露出他们的真面目。

入侵者终于抵达地底，他们等候了一会儿，最后还是忍不住扭开手电筒，照射阴寒的地底。有人发出一声惊叹："乖乖，这个地方还真的存在呢。"

　　苏—η99907启动红外线视觉，来人马上无所遁形，她认清每个人的容貌，他们共有五个人，有四个人竟然还是清洁队员！而其中她最在意的，是站在四人后方的男子，他身材不高，在后面躲躲闪闪，但她绝对不会认错他的样子，他是历史研究院院长厄俄斯福洛斯—ι7144321。

　　越接近真相的人越危险，是吗？苏—η99907忖着。她早就知道厄俄斯福洛斯—ι7144321有问题，但玛利亚吩嘱不要消灭他，因为一个很简单的理由。

　　"提出疑问需要勇气，"玛利亚曾经这么告诉她："人类史上有多少人因为提出疑问而遭到杀害？而胆敢于面对疑问的，更是我愿意将未来付托的人。"

　　"所以您选择了他们，因为他们勇于反抗？"苏—η99907指的是三位一体的三位基因提供者，包括她自己。

　　"是的。"玛利亚这么回道，"反抗是演进的动力。"

　　而今眼前的是反抗者吗？他们有什么意图吗？

　　厄俄斯福洛斯—ι7144321说话了："玛利亚呢？"

　　"院长，我们应该先找灯光。"

　　"说不定这里也断电了。"他语带疑心，"若是如此，玛利亚可能坏掉了。"

　　他们知道玛利亚的存在！他们是怎么知道的？

　　有人发出惊呼声，苏—η99907也感觉到一阵刺目，有道强光直射她的眼睛，不是电子眼，而是她真正的肉眼。她听见有人说："有个人头泡在水中！"

厄俄斯福洛斯—ι7144321挨近来看了，他详细看了一下，发出扑哧笑声："这不是鼎鼎有名的影子院长吗？"

"影子院长是什么？"

"历史研究院院长是个虚位院长，真正在背后操纵的院长是这女人，"厄俄斯福洛斯—ι7144321指着装着蓝色维生液的玻璃柱，"怪不得我这么久没见到她了，她怎么会在这里呢？而且还只剩一个头。"

"因为我是玛利亚！"苏—η99907突来的声音震遍了整个工厂，把每个人都吓了一大跳。她打开灯光，耀目的光线令众人一时睁不开眼睛。她继续怒吼："你们，地面上的人，你们到此有何目的？"

厄俄斯福洛斯—ι7144321一点也没被吓着，他耸耸肩，冷笑了一声："女人，你是冒牌货，真正的玛利亚呢？"

苏—η99907默不作声，她不认为玛利亚已经消失，她跟玛利亚是一体的！她占有了玛利亚的躯体和记忆，玛利亚借助她而存在，她可以自称"苏—玛利亚"，但她不愿这么做，因为玛利亚的名字是神圣的，她只不过是玛利亚的代班人而已。

"想也知道，"厄俄斯福洛斯—ι7144321更得意了，"玛利亚已经不行了，才会借用你的人头吧？"

苏—η99907不回答他的问题："地面上怎么样了？"她没有用嘴巴说话，而是借由扬声器发出声音，由电子合成的声音，连她自己也听起来怪怪的。

厄俄斯福洛斯—ι7144321试探道："你根本不知道发生什么事

了，是吧？"

苏—η99907怀疑，是反联邦切断了她的联结，令她孤立在地底下，反联邦想要夺取统治权，早就不是新鲜事了，历史课本上不是演述了许多次吗？以前考试也不知背过多少遍了。

她不知道的是，厄俄斯福洛斯—ι7144321也不知道究竟发生了什么事，没有人知道地球联邦为什么忽然瘫痪了，因为连接收人造卫星信息的机器也故障了。

知道真相的人还未回来。

"地面上，"厄俄斯福洛斯—ι7144321一口气告诉她，"交通停顿了，电力和食水都停止供应了，现在大家已经陷入一片混乱，没有干净的水，也没有食物，你可以想象吗？只因为电子设备全部故障，贾贺乌峇整个麻痹了，最接近的水库在十二公里外，有人组织取水团去找水了，不过，昨晚有一堆黑毛的怪物闯过边林，屠杀了一批公民，正在地面上大快朵颐呢。"

苏—η99907感到她的非线性运算中浮现一团乱码，那是恐惧！是不寒而栗的惧意！究竟出了什么问题？难道不是反联邦干的吗？

"我知道玛利亚的存在很久了，我也想知道原因，我还以为玛利亚终于想要清除地面上的人类了，就像许多创造神所曾做的一样。"厄俄斯福洛斯—ι7144321顿了顿，"看起来，不像是这里出了毛病。"

"我跟地表上的连结忽然全面断裂，我也不知道原因。"苏—η99907老实告诉他。

两人对视了好一会儿，浮在蓝色维生液中的苏—η99907一直没睁开眼睛，她用的是工厂四周的电子眼，观察这些人的一举一动。她不知道何时地面的连结会恢复，她连断裂的原因也不知道，更不知道这五个人前来的目的是什么，她无法移动，也无法操纵机器人来保护她，她一点胜算也没有。

厄俄斯福洛斯—ι7144321忽然问了一句没头没脑的话："今天所发生的一切，会被写进历史中吗？"问毕，他叹了口气。

"正如古谚所言，"苏—η99907冷淡地回道，"历史是由胜利者写下的。"

"你说得对。"厄俄斯福洛斯—ι7144321说。

苏—η99907立刻发动攻击。

她毫不迟疑，即使玛利亚曾说过不要杀这个人，但前任的第一主席S—α999，玛利亚也说过不能杀，当S—α999在玛利亚面前亮出武器时，祂仍然一点犹豫也没有便杀了他，然后由苏—η99907接替第一主席的位子。

她还记得，是她亲自将S—α999的尸体送至工厂深处，将他和工厂先贤们留在一起的。啊，这便是临终的回忆吗？即使是电光石火之间，也有这么多的回忆吗？

中子波穿过苏—η99907的细胞，破坏了DNA内每一个脆弱的键结，她的死亡没有痛苦，因为所有细胞的生命之火是瞬间同时熄灭的，庞大的计算机机体仍在运算，但已经失去了主人，成了没有灵魂的躯壳。

而躺在地面上的五个人，身体已经开始冷却。

苏—η99907动用了玛利亚最后的武器——中子波，它能摧毁一切细胞，包括她自己。她没有其他办法，因为她的电子眼看到，随厄俄斯福洛斯—ι7144321而来的清洁队员已经准备启动一枚炸弹。她的信念是，她宁可牺牲，但神的躯体不能消失，于是她向玛利亚致上她最初也是最后的敬意。

在电光石火的回忆中，在中子波将脑细胞全面摧毁的刹那，她最后闪过脑际的，是那由他曾经搜寻过的，诺斯特拉达穆的一首四行诗：

玫瑰，在伟大的世界中央，
新的功业令民众们流血：
当真相道出时他们将全噤声，
而在需要的时刻，被等待者将会迟到。

地底陷入沉默，安静得只听得见细菌在空气中的游动声。

一直到许多天以后，通往地底的门才再度被推开。

有位访客悄悄地张望四周，然后低头看了看刻在楼梯上的三句古罗马文："我们都站在先人的肩膀上，踩在他们的脚印上，住在他们的坟墓上。"

他小心翼翼地步下螺旋梯，生怕一个摔跤，他的生化躯体便会损坏掉，现在可是没有懂得维修的人了。

他是一位奥米加，其余的奥米加纷纷装上生化躯体，各自寻找活路去了，只有奥米加VI-8"托特"依恋着法地玛—λ16798K，便信步走到她家来了。

不知法地玛—λ16798K在南极怎么样了？即使她发生了意外，他也完全没办法前往救她，因为所有仪器都无法使用了，以他微弱的奥米加能力，又无法正确找到她的位置。

托特满怀希望地来到她家，却发现客厅里有扇金属门，正诡异地半掩着，金属门后方是一道绵长的阶梯，如同爬往地底的巨大蜈蚣。

　　他鼓起勇气步下去了，说不定法地玛—λ16798K会在下面。他抱着希望走下去，一直走了好长好长的台阶才抵达地底，地底亮着灯，弥漫着阵阵臭味，有五具半腐的尸体躺在地面，其中一位身边还有一枚显然是炸弹的东西。

　　托特小心避过尸体，他看见一个十分高大的门，门后有一部巨型量子计算机，计算机前方有一根跟他们奥米加相同的玻璃柱，只不过玻璃柱里的蓝色维生液已然混浊不堪，正发出恶臭，液体中还浸泡着一个腐烂中的头颅，完全辨认不出原本的容貌。

　　他看见这个地底城市宏伟无比，难以想象会有人将贾贺乌峇的地底挖空，又盖了这么多建筑物。他轻步深入地底城市，阴暗的城市仿佛一处圣域，令他油然生起崇仰之心。他来到一栋建筑物前面，建筑物的大门被推倒在地上，门口上方写了一些字，写的好像是古欧语系文字"历史"，他心念一动，走了进去。

　　门后是一条走道，走道两旁是一大堆机器，正闪烁着许多小灯，机器上充满了记忆槽，除了有些有空位之外，其他全插满了记忆立方体。托特看见地面上散落了几个记忆立方体，莫非是从记忆槽上被拔下来的吗？他将记忆立方体捡起来，吹掉灰尘后，看见上面写了一些四位数字，他循着数字将它们一一插回相同数字的记忆槽中，插完了之后，还是有几个是空的。

　　他不置可否，漫步进入走道深处，看见有一道半掩的金属门，他轻轻一推，朽坏的金属门便应声而倒，在地底引起一声巨响，令他大大吃了一惊。待尘埃落定，他探头进去瞧看，看见一个人坐在椅子上，他整个人马上一阵毛骨悚然，倒退了几步。

待他看清楚了，才发觉那是个死人，已经整个变得干皱皱的了，两颗眼珠子干缩成一团，正垂首望向桌面。桌子上摆了一块金属牌，清楚地写了古英语"借还书请在此登记"，金属牌旁边摆了一本摊开的簿子和一支墨水笔，簿子上面写了密密麻麻的文字，还有几个记忆立方体放在上面。

又是被拔出来的记忆立方体！

他将簿子上的记忆立方体拿起来端详，思忖它原本是否应该插在走道上那部巨型机器的几个空槽之中。

忽然，托特感到全身的毛孔热了起来——这些记忆立方体，是从何时开始就被拔下来的？

莫非眼前所见，就是好几代查史者们穷究一生，所要寻求的答案？

托特感到十分兴奋，他想看得更清楚，他在门边找到电灯的开关。打开灯光，他马上浑身发抖，被灯光照耀下前所未见的惊人场面所震慑，马上忘掉了前一刻的疑虑。

书！四面八方都是书！触目所见都是书！在地球联邦，一本书的价值是多么地高，而这个如足球场般广大的房间，竟从地面到三层楼高的天花板全都堆满了书！他从来不曾想象过这种事。

他满腔敬意地走向书架，慢慢地浏览书名，感动得几乎要流泪了。

每一个经过视线的书名，都是过去只能在传说中读过的名字，他连一个完整的章节都没读过！

托特挑了一本书，将它徐徐从书架取出，在昏黄的灯光下展开第一页。

终站

近晚时分，雪浪的天空响起了一阵阵鲜少听闻的声音。

格喜在圣者们栖息的禁区山下巡逻，他记得那声音，每当地球联邦派遣监视者前来，便会有这种声音，但自从监视者被大胡子杀死后，联邦便一直没再派过监视者来此。

不特此也，还有一个人，他来的时候也有这种声音。

格喜仰首望向天空，看见久违了的车子正沿着山壁徐徐而来。他用心念呼叫大胡子："那由他回来了。"

"确定是他吗？"正在采集果子的大胡子又惊又喜。是的，格喜确定是那由他，因为他已经试探过车内的心灵。

车子缓缓地降落了，它停在村口，格喜和大胡子早已在村口等待他，准备带领他们去见长老。

进入长老的大草屋之后，法地玛—λ16798K不发一言，她两眼红肿，似乎是哭过了一段很长的时间。

她回过贾贺乌峇，也回过家了，当她带领那由他进入地底，还讶异螺旋梯两旁少了吱吱作响的日光灯。当她发现玛利亚不再作声，地底下多了一根玻璃柱时，她已经猜到了是怎么回事。她跪在发臭的玻璃柱前哭了很久，才愿意随那由他离开。

"灭亡是个开始。"那由他告诉她。

这句话，她也听禁区的长老说过。

他们一起前来雪浪禁区Hi54，当她看见长老的脸时，不禁想起长老说过："地球联邦即将灭亡，人类文明将如潮汐，退回出发点去……你也不必担心，人类这支物种，将由我们这些分布全球各地的野生人类延续下去。"她不愿认输，但她确实已经输了。

长老朝法地玛—λ16798K笑笑："你为你的答案找到问题了吗？"

法地玛—λ16798K摇摇头："我只在想，明天该怎么办？"

"啊，"长老举起一指，"这就是你要找的问题了。"

法地玛—λ16798K愣住了，一时还弄不清楚长老的意思。此时，那由他走到长老面前，一膝着地，严肃地说："长老，请让我们加入你们！"

长老和善地点头笑笑："为什么呢？那么多的禁区，为什么要选择我们呢？"

"因为我在你们身上看见人类的未来。"

"你这么说……"长老笑道，"我们也只不过在吃饭喝水而已呀。"

"不，如果要替人类选择一条路，我会选这一条。"那由他壮声说，"我们人类花了五百万年，才跟我们的黑猩猩亲戚们分道扬镳，如果我们有机会，再有另一个五百万年，我相信我们会成为更成功的物种。"

"别忘了，"长老说，"恐龙的历史就有一亿年，是我们的二十倍长，我们这支物种微不足道，且仅只是灵长类之中最具破坏力的一支，即使我们通通消失了，也不会有任何生物为此觉得遗憾。"

"可……可是……"一把怯弱的声音忽然自那由他身后发出，"那我们辛劳了一生，是为了什么呢？"长老抬头望去，是一位黑皮肤蓄腮须的中年男子。

这男子身上的大部分基因也是源自雪浪之南，他身边还站了一位白种女人，正很不习惯地环顾四周。只不过在前两天，他俩还在崩坏中的贾贺乌峇，相拥在再也无法保护他们的住屋中，恐惧地聆听外头的惨叫声。

他们不敢靠近窗口，免得被不知从何而来的黑毛怪物见到他们的形迹，然后跟其他屋子的人一般，沦为生存竞争胜利者们的养分。

在屋顶裂开一个小洞的那一刹那，他们还以为生命的终点已经来临，没想到，探头进来的是一位从未见过的俊美脸孔，当那俊美少年咧开嘴叫他"父亲"时，他才惊觉，那正是他日思夜想的儿子的声音。

他们从屋顶登上飞艇，离开人类科技文明最后的堡垒，前往他所深深畏惧，代表了蛮荒和危险的"禁区"。

"长老，"那由他慌忙起身介绍，"他们是……"

长老举手截道："哈山先生，你认为人类很重要，还是你很重要？"

哈山—ε9800吃惊不小，长老竟能直接叫出他的名字。他口吃地再说了一遍："我们为地球联邦、为人类奉献一生，又是为了什么？"

离开贾贺乌峇时，他从上空鸟瞰迅速堕落中的首都，黑色的毛团在大街上四处流窜，曾经是人类最安全的住家一间间门户大开，黑毛鬼拖着一条条人体的片段在路上拖行出血迹，时而还争夺别人的战利品。

哈山—ε9800无法接受，他从胚胎时期就被教育要为其牺牲的地球联邦，在无预警之中，短短几天就崩溃了，他在这其中看不出任何意义。

长老似乎对他的疑问了然于胸，他两眼迸现光芒，果断地回答："为了死亡。"

哈山—ε9800眉头紧蹙，他不明白长老的意思。

"你所做的，只不过是你在生与死这两个点之间该做的事，再也没有其他的意义。"长老柔声道，"人类并不比任何生物崇高，虽然我们不断努力，但灵长类的未来或许不在人类，生命的未来也不在人类，为什么我们仍要努力呢？"哈山—ε9800回答不出。

长老转向法地玛—λ16798K问道："为什么呢？"她张口结舌，一个字也说不出。

长老转向那由他，再问了一次："为什么？"那由他也说不出个所以然，他从来没想过人类以外的其他生物，会有什么重要性。

"为什么？"长老转向大胡子，大胡子吓了一跳，但他随即毫不迟疑地回答："因为，我们只是生命臻向完美的途中所出现的物种而已。"

长老满意地点点头。

大草屋的角落，也有一人在满意地点头，但没有人看得见他。

他点头之后，便穿过草屋的草墙，轻步走向圣者们的洞窟。

他离开那里很久了，是该回去的时候了。

他回到洞窟，看见自己被称为"正思"的肉身仍然封在石灰岩柱间，未受打扰。他进入石灰岩柱之间，席坐在地，轻轻地合上双眼。

尾 声

王言："我欲有所问。"那先言："王便问。"

王言："我已问。"那先言："我已答。"

王言："答我何等语？"那先言："王亦问我何等语？"

王言："我无所问。"那先言："无所答。"

——《那先比丘经·卷上》

正思听说，阿罗汉能知八万大劫之前的事。

以地球的时间计算，一大劫是两百六十八亿八千万年。

他不需要那么多，他只想要知道一点点。

于是，他循着时间之流，回首瞧看。

他看见，一个星系瑰丽地毁灭了，形成一团飘荡的云气。云气内有多股凝聚力在相互拉扯，不久，它们逐渐旋转、聚集、汇合，经过亿年时光，旋转中心开始放光，接下来的数十亿年，这发光的中心成了生灵们崇拜敬畏的星体，它们称它为太阳。

较重的部分积聚在旋涡内部，结成了一个个石质的行星，它们有坚硬的地面，不像在旋涡外围的兄弟们，体型虽如巨人，却只有稀松的身体。

石质行星冷却了，距太阳中心的第三颗行星，受到太阳温暖的照顾，生命的种子于焉萌发。

第三行星诞生四十三亿年后，地表上只有一块巨大的陆块，姑且名之为盘古大陆。灼热的地心令地函产生对流，牵扯拖动了地壳，带动了盘古大陆的裂解，大约再过了一亿年，大陆才渐渐分裂成两大块，南边的那块，又姑且称之为冈瓦那大陆。

大陆的瓦解并未休止，冈瓦那大陆又分裂成数块，此时各个陆块上已是生气蓬勃，巨大爬行类在地面横行，也在空中、陆上乃至海里称王，而最古老的哺乳类则躲在草叶之间寻找庇护。

巨大爬行类称霸了一亿年，终于发展出体型娇小、头脑敏捷的物种，不幸的是，此时它们也走到了演化的终点，还来不及创造出文明，便从地表上消失得一干二净。巨大爬行类灭绝后，空出来的大片土地成了新的竞争舞台，哺乳类这种灵巧的恒温动物对空旷的新天地十分适应，它们演化出许许多多的新物种，但天地的变动很是剧烈，生存规则常常在变换，许多新物种消失了，但也有更多的新物种产生。

随着大陆分裂，海岸地区越来越多，气候变化也愈显复杂了。

澳洲大陆裂解出来后，一批有袋哺乳类在不受干扰下独立演化，它们没有天敌，海洋的隔绝让它们和平地生活了七千万年，一直到大量灵长类侵入为止。

印度次大陆也离开了冈瓦纳大陆，它在大洋中漂流了一千五百万年，其上的哺乳类们也独立演化出许多支系，其中一支拥有无可匹敌的头脑，它们横行无忌，从地面到树上都是它们的天下。

它们并没有更凶猛的体型和武器，但它们的头脑令它们更占优势，因此在印度次大陆碰上亚洲大陆之后，大量更具杀戮能力的生物闯入这些三角形的陆块，并没有使它们遭到毁灭的命运。

它们就是后来毁灭世界的灵长类祖先，但此刻它们还不是主角。

主角是另一批奇妙的哺乳类。

哺乳类的祖先花了数亿年的时间，从水中迁移至陆上生活，好不容易从使用鳃直接交换空气，变成用呼吸道导入肺脏去交换空气，也好不容易从用鳍划水变成四足爬行。

在三亿两千五百万年后的此刻，这批居住在温暖水畔的奇妙四足兽，却又想回到水中生活。

这些四足兽居住在印度次大陆北岸，在印度撞上亚洲之前，两块大陆之间的海洋还十分温暖，它们悠游于海岸，发展出水陆两栖的身体。跟它们的祖先登陆时一样，这又是一个剧烈的大变动，它们的骨节需重新调整，体型需适合于水中行进，但别忘了，时间拥有强大的塑形力，它们成功回到水中，定期到水面用肺呼吸，它们是鲸类和豚类的祖先。

其中，有一支海豚脱颖而出，借由水的浮力，它们发展出聪敏的脑袋，其智慧远比当时的灵长类高出许多，它们聚集而居，合作猎捕食物，它们利用尚未退化的四肢，在沿岸建立起第一个海豚小区。

海豚是地球上的第一个智慧心灵，它们蓬勃发展，在印度和亚洲之间的海岸创造了第一个地球文明。数千年后，它们已经沿着各个海岸建立国土，筑起陆上堡垒，它们是唯一的两栖哺乳类，睿智的心灵令它们创造了文学和哲学，它们思考生命的目的，探索自身存在的意义，它们也发展出科学，尤其是水的科学。

水是生命的第一个舞台，海豚们了解到，它们生于水，百万年前，祖先们会选择回到水中，是因为水是神圣的，是生命起源之处，这个道理被记载在它们的经文《海洋圣典》中，成为它们始终奉行的训诫。它们注重水的科学，化学反应需借由水而发生，DNA复制需要细胞质中占大部分的水为介质，它们经过千年的科学发展后，开始创造前所未有的新物种。

那是一种生物机器，利用蛋白质为程序，就如受精卵一般，能自动从一颗细胞完成整个个体。生物机器成为海豚们重要的仆人，他们被命名为"撒马罗宾"，他们是从太空中保护整个文明的重要生物。

海豚们发现，印度次大陆终将与亚洲碰撞，温暖的海峡将会消失，它们必须离开这个文明的诞生地，寻找另一个家园，何况，这片海域也越来越炎热，不再适合生儿育女。于是，海豚们全族迁徙，前往温度怡人的南方大陆，那儿有温寒洋流交汇之处，有丰富的浮游生物滋养它们最爱的粮食——磷虾。

印度次大陆被弃置了，大片空间留给灵长类，成为未来继承者们演化的温床，但当时并没有任何预兆。

海豚们对文明深感自豪，它们认为世界是为它们的出现而设的，它们悠久的万年文明充分证明了这一点。它们移居的南方大陆气候极佳，有一部分高原区位于南极圈之内，终年积雪，它们定居于温暖的半岛区。

但是，它们做的是一个错误的选择，因为在数千年后，这里将会发生大灾变。

一枚扫越地球的小行星引起重力变化，令地球的自转轴忽然失去平衡，虽然地轴最后还是稳住了，却已使得整个南方大陆在短短数日之内进入南极圈。大地忽然冰冻，末日降临，海豚文明被暴风雪摧毁，深埋在积雪之下，迫使它们的生物机器未孵化的蛋进入冬眠状态，在积雪下苦等文明复苏。

北方大陆的动物们也遭到厄运，巨大身躯的长毛象在来不及消化胃囊中的食物之前，便冻僵在冰雪之中，新鲜地保存了上万年。

幸存的海豚们无力再恢复文明，自满的它们终于明白，大自然才是真正的主人，它们苟延残喘了数百年，终至消失了，当时已具有同等心灵的灵长类们，留下了海豚们的传说，但传诵了数十代以后，留下的只有变形的版本。海豚文明的诞生地也没留下痕迹，因为印度和亚洲之间的海峡早已消失，它们之间互相挤压，挤出了地表上最高的山脉，扭曲的地层将海豚文明的遗迹粉碎至尽，另一方面，冰封的南方大陆上经年累月的积雪，也把它们存在过的证据压垮，经过沉重的冰河摩擦后，也所剩无几。

事实上，最后的一批智慧海豚们，是被灵长类消灭的。在印度次大陆演化出许多分支的灵长类们，有一支迁入了非洲大陆，它们在非洲水草丰美的峡谷中繁衍，那片峡谷被后人命名为"贾贺乌峇"，亦即土语"家乡"的意思。这群灵长类又分出几支，它们与四周的物种争斗，有的分支在争战中消灭了，有的则占领了海豚最后的根据地，将海豚们屠杀分食，并继承了一部分海豚们的技术。

灵长类一开始的历史就是血腥的，在具有智慧的灵长类中，最后残余的一支成为人类的祖先。

接下来的故事，正思都知道了，也不必再看下去了。

人类的历史比海豚更为短促，因为人类具有自毁的倾向，对于破坏特别有兴趣。人类文明濒死的时间很长，在终于自毁后，他们在最后文明中遗留下来的巨型量子计算机"玛利亚"又再度令文明复兴，但这个依赖电力的文明异常脆弱，最后摧毁这一切的不是扫越的小行星，不是地轴的变动，而是地球生灵们最崇拜的太阳。

太阳发出的强烈离子流称之为"太阳风",它来到地球时,会被地磁导开,引入两极,与此同时也造成地磁的逐渐减弱,有一天,地磁终于归零了,这一瞬间,太阳风如同汹涌巨浪,直接侵袭地球表面,首当其冲的是一切使用电子原理的机件,包括那部统理一切的地底计算机,也包括在太空悠游的撒马罗宾。撒马罗宾绕行在近地轨道上,以温和的太阳风为能量,但过量的离子流也足以造成他们的全身系统崩解而亡。

终于,在灵长类好不容易挺直脊椎的三百万年后,人类又再回复到用火的时代。

不特此也,太阳风的全面侵略也对所有生物的DNA产生影响,大量突变种于焉诞生。本来嘛,演化就是不断累积的微量突变,这一场太阳风暴令地球物种发生大爆发,未来的考古学者们,会声称这个时代是大量新物种产生的时代,而之前的人类文明即是大量物种消失的"大灭绝"时代。

许多年后,地磁又重新在不同的地点出现了,而且南北极也调换了位置,其时人类文明已经走入不可逆的尾声了。

人类文明终结后,新的物种竞争再度发生,百万年后,另一个文明诞生了,然后又消失了,正思在漫长等待的岁月中,目睹同样的故事上演了无数遍,最后,他选择不再观察,合目等待。

四十多亿年后,太阳的氢在不断燃烧中融合成更重的氦,太阳以沉重的氦为中心,外层被中心加热膨胀,使得太阳渐显发红肥肿。她禁不住自己的痴肥,贪婪地吞噬了最接近的水星,然后是金星,她惊人的高热将地球的水和大气蒸发了,最后一支文明在火热的地狱中哭号着落幕，地球被烤了数亿年，所有过去的生物和文明全都成了灰烬。

在印度次大陆和亚洲大陆数十亿年的挤压下，喜马拉雅山脉成了地球上最突出的墙壁，当初正思落脚的洞窟，已经被推上了云霄。此时，他睁目观看太阳，火红的太阳占据了整片天空，洞窟在燃烧，但正思和同样在等待的伙伴们并不畏惧，他们的肉体早已化成分子，早在万物之间轮转了无数遍。此刻他们并不在那里，也正在那里，他们存在于更深的次元之中，区区太阳，只不过是三次元发生的事件，了不起会对三维空间和时间维造成一些扭曲。

太阳肥胖的躯体慢慢消散了，露出一个微微发着白光的中心，安静地燃烧着，她冷艳的白色光芒，似乎在述说她所造就的辉煌过去。而今垂垂老矣，只能寂寞孤独地闪烁，犹如宇宙中的一滴泪珠。

干冷的地球，一片昏暗，太阳的重力不复当年，地球终于被另一个经过的恒星拐走，与该恒星的一颗行星碰撞、融合，一颗新生行星于是诞生。她先是火热的，在漫漫岁月中，她也渐渐冷却了……正思感觉到，新的时代降临了，新的轮回启动了，新的生命也在这行星的土壤中徐徐地萌发了。

新太阳的体积更大，新行星的重力也较古地球来得大，但大小只是一种主观的分别，新行星自有她的标准。

时间之河从未停息，经过亿年时光，正思感觉到，洞窟外长满了宏伟的植物，空中有巨物飞行，而伟大的心灵也终于产生了。相较之下，新行星的心灵祥和多了，他们互持合作，共同建立一个超越过去任何古地球文明的世界。

新行星的空气弥漫着柔淡的香气，大地平坦，四季和暖，草木丰茂，一阵庞大的心灵充塞于空气，整个世界都遍布了慈爱的气息，正思忍不住睁开眼，仰首观看。

他看见，大迦叶尊者坐在附近，四周坐满了等待者，他们同在一个山窟中，洞山流布着柔和的光芒，紫金色的光芒抚摸着山壁。正思感到地面微微震动，他知道那是脚步声，有许多心灵正涌上山来，他知道，这是历史性的一刻，早在古地球时间单位的五十七亿六千万年前，就已经被预言的一刻！

山窟轻轻地震动，高高的窟顶打开了，窟顶分成三片开展，露出蔚蓝无比的天空。

然后，一个生物慢慢探头进来，他硕大无朋的脑袋瓜，几乎塞满了整个洞口，接着整座山轰隆一声，往两边打开，阵阵清风刮入窟中，正思看见一大群生物站在外头，他们庞大无比，在他们面前，正思与众人有如宠物般娇小。正思说不上他们的容貌，他们不是人类，但同样是直立的生物，正思只觉他们面目清新和善，没有半点威胁感。

其中一名生物全身泛着光彩，令正思看了也不禁敬仰起来，忍不住便要拜了下去。那生物指向大迦叶，回头向其他生物说话。

他所说的话，进入正思的神识之中，语言差别不是问题，遣词用字不再重要，他的话语直接化成意义，在正思的神识中扬起："你们看。"他说，"过去久远，有一佛叫作释迦牟尼佛，这位便是他的弟子，名唤迦叶，他修习头陀苦行，被誉为头陀第一。"

众人听了，深感不可思议，纷纷赞叹。

正思和众人听了，也纷纷从趺坐中起立，朝眼前的这名生物，深深合十顶礼。

正思知道，他终于抵达了。

希腊字母序号及相关人物（楷体为本书新出现人名）

A α alpha 　　婆罗门—α 51，茱莉安娜—α 53，S —α 999

B β beta 　　　松木—β 5758

Γ γ gamma 　菲立普—γ 49，奈洛莉亚—γ 8008

Δ δ delta 　　珍妮弗—δ 2341，琼—δ 1559

E ε epsilon 　哈山—ε 9800，安妮—ε 670

Z ζ zeta

H η eta 　　　苏—η 99907，约翰—η 4103

Θ θ theta 　　θ 81402028（鸩思 / 正思），沙也加—θ 83405761

I ι iota 　　　厄俄斯福洛斯—ι 7144321

K κ kappa

Λ λ lambda 法地玛—λ 16798K，埃布尔—λ 15M

M μ mu

N ν nu

Ξ ξ xi

O o omicron

Π π pi

P ρ rho

Σ σ sigma

T τ tau

Υ υ upsilon

Φ φ phi

X χ chi

Ψ ψ psi

Ω ω omega 第一代，第二代，第三代，第四代，第五代，

第六代：ΩVI-1 "塔卡"、ΩVI-8 "托特"

参考文献（已在《天启爆炸》及《地球觉醒》提及者不列入）

胎儿参考资料

1. 《大宝积经》卷55《佛为阿难说处胎会》

2. 《大宝积经》卷56-57《佛说入胎藏会》

3. 《佛说胞胎经》

以上诸经对胎儿在母体中每七天的变化有详细的描绘，仿佛以天眼观察胎儿内部的变化，十分惊人。

4．Ulrich Drews: *Color Atlas of Embroyology, Thieme Medical Publishers, Inc.,* 1995, New York.

5．Thomas Verny, M.D., with John Kelly：《准父母胎教经典》（*The Secret Life of the Unborn Child,* 1981）台北／新手父母出版／2001

原名《胎儿的秘密生活》，作者是产前心理学方面的专家，他引用许多研究论文，极力强调胎儿很早就已经有思想情绪，不应将胎儿视为无意识的生物。

大迦叶与鸡足山参考资料

1．《佛说观弥勒菩萨下生经》

2．《根本说一切有部毗奈耶杂事》卷40

3．《阿毗达磨大毗婆沙论》卷135

4．《阿育王传》卷4

5．《阿育王经》卷7

6．《观弥勒上生兜率天经赞》

7．《大唐西域记》卷9

8．《弘赞法华传》卷1

9．《释迦方志》卷2

10．《经律异相》卷13

11．《诸经要集》卷1

12．圣严法师《行云流水》台北／东初出版／1993

13．林明珂《佛陀十大弟子传》北京／大众文艺出版／1998

14．邓殿臣译《长老偈·长老尼偈》台北／圆明出版／1999

15．林许文二、陈师兰《印度圣境旅人书》台北／商智文化出版／2000

十七世纪初期之佛教

1．圣严法师《印度佛教史》台北／法鼓文化／1997

2．A.L. Basham《印度文化史》北京／商务印书馆／1997

3．圣严法师《明末佛教研究》台北／法鼓文化／2000（二版）

预言参考资料

一、中国

（注意：以下作者可能都是后人伪托，因无确切证据证明他们是作者，故着成时代也不尽准确）

1．《乾坤万年歌》，作者：（周）吕望（姜子牙），预言时代：周～未来

2．《万年历理数歌》，作者：（周）姜子牙，注者：（汉）严光 预言时代：创世～未来

3．《马前课》，作者：（汉）诸葛亮，注者：（明）守元，预言时代：汉末～未来

4．《藏头诗》作者，（唐）李淳风，注者：佚名，预言时代：唐初～未来

5．《推背图》，作者：（唐）李淳风，袁天罡，预言时代：唐～未来

中国最有名的预言书，但其准确性令人怀疑，因为含有不少捏造

的痕迹。

我手上有的版本：

台湾中研院藏彩绘明钞本（五十六则）

台湾图书馆藏《大唐历代帝王图记》明钞本（五十六则，无图）

台湾图书馆藏清末潘氏八喜楼钞本（六十则）

坊间流行民国初年版本（六十则，传八国联军从圆明园夺去者）

一九四九年出版《推背图说》钞本（四十八则，传由禁宫抄出）

未取得之版本：

芝加哥大学藏明钞本

芝加哥大学藏清末石印本

6.《梅花诗》，作者：（宋）邵雍，注者：（民初？）清溪散人，预言时代：南宋～未来

7.《烧饼歌》，作者：（明初）刘基，注者：（清末？）佚名，预言时代：明初～未来

8.《东明历》，作者：（明初）刘基，预言时代：明初～未来

9.《透天玄机》（铁冠数），作者：（明初）铁冠道人，预言时代：元末～未来

10.《铁冠道人缺饼歌》（蒸饼歌），作者：（明初）铁冠道人，预言时代：明末～未来

11.《黄檗禅师诗》，作者：（唐）希运，预言时代：明末～未来

二、欧洲

1.《席顿大妈预言》作者：（英国）Mother Shipton（本名Ursula Sontheil，1488~1561）预言范围：英国为主

2.《百诗集》（*Les Centuries*）作者：（法国）诺斯特拉达穆

（Michel de Nostredame，传世笔名Nostradamus，1503~1566）预言范围：法国为主

三、佛经相关预言

1．《大方等大集月藏经》卷46、56法火尽品

2．《佛说观弥勒菩萨下生经》

3．《佛说弥勒下生成佛经》

4．《佛说法灭尽经》

5．《俱舍论》卷12

四、犹太人、基督宗教相关预言

1．《旧约》：《以赛亚书》《杰里迈亚书》《以西结书》《但以理书》

2．《新约》：《启示录》

3．马拉奇《教皇预言》（1139年）

4．"法地玛圣母"显灵三则预言（1917年）

五、其他

1．Erika Cheetham: *The Prophecies of Nostradamus*, Corgi Books, 1973, London.

2．刘志侠《预言者之歌》台北／远景出版／1995

3．Peter Lemesurier: *The Nostradamus Encyclopedia*, St. Martin's Press, 1997, New York.

4．《大予言事典》日本／学习研究社出版／1997

日本人谈奇说怪一贯的夸张手法，为吸引买气而语不惊人死不休，不过仍不失为一本数据充足的参考书。

5．John Hogue: *Nostradamus: The Complete Prophecies*, Element, 1999.

6．萧登福《纤纬与道教》台北／文津出版／2000

7．张草《有关预言家诺士特拉达姆斯的一些补充》台北／《历史月N》第169期（2002年2月号）pp128~132，

8．John Hogue: *Nostradamus: The New Mellennium*, Element, 2002.

南极参考资料

1．Mark Carwardine：《鲸与海豚图鉴》（*Whales, Dolphins and Porpoises*, 1995, Dorling Kindersley）台北／猫头鹰出版／1997

2．企鹅先生《前进南极》台中／晨星出版／1999

3．Rand & Rose Flem-Ath：《寻找亚特兰提斯》（*When the Sky Fell: In Search of Atlantis*, 1995, Stoddart）台北／台湾先智出版／2001

4．《南极洲》台北／牛顿杂志182期／1998年7月号／页54-81。

5．《地球系统》台北／牛顿杂志210期／2000年11月号／页32-61。

6．Roff Smith：*Antarctica*, National Geographic, December 2001, pp2-35。

其他

1．濮文起《秘密教门：中团民间秘密宗教溯源》南京／江苏人民出版／2000

2．Jared Diamond：《枪炮、细菌与钢铁：人类社会的命运》（*Guns, Germs, and Steel: The Fates of Human Societies*, 1997, Brockman）台北／时报文化出版／1998

3．David Ewing Duncan：《抓时间的人：人类探索日历的智慧接力》（*Calaender: Humanity's Epic Struggle to Determine A True and A*

Accurate Year, 1998）台北 / 双月书屋 / 1999

4．Luca & Francesco Cavalli-Sforza：《人类大迁徙：我们来自于非洲吗？》（*Chi Siamo: La Storia Della Diversita Umana*, 1983, Arnoldo Mondadori Editore SpA）台北 / 远流出版 / 2000

5．Jared Diamond：《第三种猩猩：人类的身世与未来》（*The Third Chimpanzee: The Evolution and Future of the Human Animal*, 1992, Brockman）台北 / 时报文化出版 / 2000

6．Brian J. Ford：《蒲公英的记忆》（*Sensitive Souls: Senses and Communication in Plants, Animals and Microbes*, 1999, Little, Brown and Company ）台北 / 猫头鹰出版 / 2001

7．Carl Zimmer：《水中传奇》（*At the Water's Edge: Macroevolution and the Transformation of Life*, 1998, The Free Press）台北 / 远流出版 / 2001

8．Isaac Asimov：《善变的太阳》，《你要不要被复制？：艾西莫夫科普开讲（一）》（*The Roving Mind*, 1983, Prometheus Books）pp206~225，台北 / 猫头鹰出版 / 2001

9．Rita Carter：《大脑的秘密档案》（*Mapping the Mind*, 1998, Cassel & co.）台北 / 远流出版 / 2002

这部小说是三部曲的终曲了，写完后，并没有松一口气的感觉，还有一点茫然。这三部曲比过去任何一部小说杀死我更多的灰色脑细胞，接下来，我想我应该写点轻松的东西，好善待一下脑袋瓜了。

写第三部时，正逢我从居住了十一年的台湾迁回家乡，周遭环境有了极大的变化，不同的写作环境令我笔下流出了不太一样的味道，在书写的后半段，我也从计算机书写改回原始的纸张书写，如此运笔更疾，思绪更敏。

我写作很怕听音乐，音乐会带跑我的念头，以前念书时只有念佛声和巴哈小提琴音乐可以令我定下心来，而这次的创作，我发现《喜马拉雅》的电影原声带能让我下笔如飞，那是一部我很喜欢的法国电影，它空灵的意境，仿佛专为这部小说而作。

得以在皇冠五十周年庆之际完成这部小说，我得先谢谢我的家人能容忍我在写作时的专注，因为一旦进入写作状态，我几乎都不理睬人。

小说初稿完成之后，我回台北逛逛，重点是台北国际书展，也顺道拜访旧友。在这趟台北之旅中，我要谢谢圆香居士，他在学佛方面的提醒令我重新审视自己的观点，当然还要谢谢叶李华，他对科幻的热心和坚持，令他轻而易举点出原稿中的毛病。

最后我绝对要谢谢圣严法师，他老人家能在忙碌之余为本书写序，给了我极大的激励，因为于佛学著作中，以圣严法师的著作最契我心，自从首次看过他的《正信的佛教》和《学佛群疑》之后，便对他能同时照顾到佛学（学问）和学佛（实修）两方面的文笔深感折服，是以在三年前往农禅寺皈依三宝。法师肯为本书作序，对我而言是一种肯定，我要在此再三谢谢他老人家。

每一部作品都是一场实验。我仍在探索，我希望我永不停止探索。

图书在版编目（ＣＩＰ）数据

明日灭亡. 3, 末日涅槃 / 张草著. — 北京：九州
出版社，2015.5
ISBN 978-7-5108-3604-6

Ⅰ. ①明… Ⅱ. ①张… Ⅲ. ①科学幻想小说－中国－
当代 Ⅳ. ①I247.5

中国版本图书馆CIP数据核字（2015）第070949号

本书由皇冠文化集团授权

本书限于中国大陆地区发行，不得销售至包括港、澳等任何海外地区

版权合同登记号 图字：01-2015-1548

明日灭亡3：末日涅槃

作　　者	张草　著	
出版发行	九州出版社	
地　　址	北京市西城区阜外大街甲35号（100037）	
发行电话	（010）68992190/3/5/6	
网　　址	www.jiuzhoupress.com	
电子邮箱	jiuzhou@jiuzhoupress.com	
印　　刷	北京盛通印刷股份有限公司	
开　　本	787毫米×1092毫米　16开	
印　　张	21	
字　　数	252千字	
版　　次	2016年8月第1版	
印　　次	2016年8月第1次印刷	
书　　号	ISBN 978-7-5108-3604-6	
定　　价	32.80元